UNAFRAID

MELODY GRACE

UNAFRAID

Traduit de l'anglais
par Camille S.

ÉDITIONS PRISMA

Titre de l'édition originale :
UNAFRAID

Coordination éditoriale : Ambre Rouvière
Édition et correction : Nord Compo Multimédia
Mise en page : Nord Compo Multimédia
Maquette de couverture : Éric Doxat
Photo de couverture : © Fotolia

ISBN : 978-2-8104-1299-0

Prologue
Hunter

Sa vie, mon grand-père l'a passée à élever des chevaux. Il avait un don pour ça ; les gens disaient qu'il était le meilleur.

Chaque été, nous allions lui rendre visite, dans son ranch, à Beachwood Bay. Fasciné, je regardais les étalons qui trépignaient dans le vieil enclos poussiéreux, une lueur sauvage dans les yeux, les naseaux fumants. Ils tiraient sur la longe, et se cabraient au moindre contact. Une fois même, deux cow-boys faillirent y laisser la peau. Mais grand-père n'était pas du genre à abandonner facilement. Cela pouvait lui prendre tout l'été, à faire passer entre lui et les chevaux ce truc magique qu'il avait, à arpenter lentement cet enclos, à comprendre ce qui les énervait, mais à la fin, même les plus sauvages venaient manger des bonbons à la menthe dans le creux de sa main.

La première fois où j'ai posé les yeux sur Brittany Ray, j'ai su que cette fille était plus sauvage que tous les étalons que j'avais jamais vus. Entêtée, vulnérable, passionnée. Libre. Et il fallait absolument que je la possède.

— Certains chevaux ne seront jamais domptés, avait coutume de me dire grand-père. La seule façon de les approcher est de gagner leur respect. Tu dois découvrir ce qui les effraie autant, parce que les plus sauvages… tu peux me croire, ce sont ceux-là qui ont le plus peur.

Je ne l'écoutais pas, pas à cette époque en tout cas. J'avais dix-huit ans, je pensais avoir tout compris à la vie et merde, je la voulais tellement cette nana, j'ai saisi la chance quand elle est passée sans me poser de questions. Une nuit ensemble, à peine le temps de goûter sa beauté. Mais au petit matin, elle était partie.

C'est alors que j'ai réalisé : une nuit avec elle ne serait jamais assez.

Après cet été-là, le monde a basculé pour moi, m'emmenant loin de Beachwood et jetant ma vie dans un chaos si tragique qu'on a du mal à l'imaginer. Aujourd'hui, grand-père s'en est allé aussi, le vieux ranch tombe en ruine et certaines nuits, c'est comme si ce temps passé avec Brit n'avait été qu'un rêve fiévreux. Mais c'est ça, les rêves : parfois, ils vous permettent de rester debout, même au milieu des nuits les plus fragiles, des jours les plus sombres. Quand tout autour de vous n'est que culpabilité, tristesse et douleur, ils vous donnent quelque chose en quoi croire.

Cette fille, elle m'a sauvé la vie. Elle m'a sauvé, et elle n'en a jamais rien su.

Je me suis toujours promis de faire d'elle plus qu'un rêve. De revenir dans cette ville, et de prendre le temps de gagner sa confiance, comme grand-père me l'a appris, jusqu'à ce que je découvre tous les secrets cachés dans ces grands yeux noirs, tous les espoirs qu'elle garde enfouis au fond de son âme.

Jusqu'à ce qu'elle me fasse suffisamment confiance pour rester, cette fois.

Au volant de mon pick-up, sur l'autoroute battue par le vent, juste après le virage, j'aperçois le panneau qui se rapproche comme je passe la frontière du comté.

Bienvenue à Beachwood Bay.

Je souris, avec l'impression d'être moi de nouveau, pour la première fois depuis si longtemps. Oui, je vais faire les choses comme il faut, cette fois.

Je vais la chercher.

Chapitre un

Brit

On est vendredi soir, à Beachwood Bay, ce qui veut dire qu'il n'y a qu'un endroit où aller : chez Jimmy. À huit heures, le bar est déjà plein à craquer de touristes et de gens du coin qui se pressent là pour la bière pas chère et la musique forte, histoire de bien attaquer le week-end.

– Quand vas-tu te décider à changer le nom de ce troquet ? je demande à Garrett, après lui avoir lancé une autre commande. Il s'agite derrière le comptoir du bar, remplissant les bières à la pression aussi vite que possible pour tenir le rythme. J'ai trois touristes qui veulent absolument faire la connaissance de Jimmy et j'en ai ras le bol d'expliquer à chaque fois…

– Hé, t'embête pas avec cette histoire, me répond Garrett, avec un haussement d'épaules. Il porte sa tenue habituelle : chemise écossaise, jean, barbe de deux jours. C'est le boss, maintenant, alors il s'habille comme il veut, tandis que moi je dois me farcir l'uniforme de la maison, short en jean et top noirs.

Je lève les yeux au ciel, repousse sur mon front une mèche de cheveux moite, teinte dans un noir presque ébène, ce mois-ci.

— Bon, eh bien si tu pouvais accélérer, je suggère. J'attends encore ces cocktails pour les filles du club, là-bas.

Garrett jette un coup d'œil au groupe de nanas en short trop court, en train de glousser dans leur box.

— Non, c'est bon, je m'en occupe…

— Des nouvelles de Melissa ? j'insiste tout en arrangeant carafe d'eau et couverts sur mon plateau. Je lève les yeux, juste à temps pour surprendre son air penaud.

— Oui, Melissa a dit qu'elle viendrait pas, ce soir. Ni les autres soirs, marmonne Garrett.

— Oh non ! j'enrage en lui balançant un coup de torchon. Tu ne peux vraiment pas t'en empêcher !

— Empêcher de quoi ?

— De baiser toutes les serveuses.

— Pas toutes, fait-il remarquer avec un large sourire.

— Pfff ! C'est dégoûtant, je peste. Garrett est un peu comme mon grand frère, et comme Emerson, le vrai, est parti pour la ville, il est la seule famille qui me reste, ici. Je suis sérieuse, je l'avertis, elles rendent toutes leur tablier quand tu leur brises le cœur, et après je me retrouve toute seule à faire le service !

Je traverse la salle, furieuse contre Garrett incapable de tenir sa braguette fermée. À ce rythme, le bar sera sur la liste noire de toutes les serveuses de la région avant l'automne.

Mais après tout, qu'est-ce que ça peut me faire ?

En vérité, dans ma tête, donner un coup de main au bar était juste du dépannage. Un job temporaire, le temps que je sache ce que j'allais bien pouvoir faire de ma vie. Mais voilà, ça fait un an maintenant que j'ai eu mon bac, et je suis toujours là, à servir des hamburgers à des gens qui ne se retourneraient pas sur moi s'ils me croisaient dans la rue. Comme si faire la serveuse était mon destin, et pas juste une façon de tourner en rond, alors que le temps file.

— J'allais oublier, me dit Garrett quand je me repointe au comptoir avec une autre floppée de commandes. Tu as reçu une lettre. Je l'ai mise dans le bureau.

— Merci.

Profitant d'un moment de répit, je vais vérifier. L'enveloppe trône au milieu du bazar, avec mon nom imprimé en caractères typos noirs.

Cachet de la poste de Charleston.

Je me fige, et mon cœur soudain se serre dans ma poitrine. L'enveloppe est toute fine, elle ne pèse presque rien, et avant de me perdre à essayer de deviner si elle renferme de bonnes ou de mauvaises nouvelles, je la déchire et en sors l'unique feuille de papier.

Chère Mademoiselle Ray,

Très touchés par l'intérêt que vous portez à notre entreprise, nous sommes cependant au regret de vous informer…

Les mots se brouillent devant mes yeux soudain pleins de larmes. Je m'essuie les joues d'un geste rageur, froisse ce bout de papier en une boule et la balance sur le sol sans lire un mot de plus.

Inutile. Ces lettres disent toujours la même chose.

Cela fait des mois que je postule en secret pour un stage, envoyant mon book à tous les créateurs de mode et à toutes les marques de fringues de ce pays. Je ne suis pas stupide, je sais que je peux au mieux espérer un boulot basique de petite assistante – le genre qui va chercher le café ou qui court après les échantillons de tissus –, mais cela m'est égal. Tout ce que je veux, c'est mettre un pied dans la place et tracer mon chemin pour un jour créer ma propre ligne de vêtements. Mais toutes mes candidatures me reviennent avec la même réponse impersonnelle. Bien sûr, ils sont polis, mais après avoir lu les dix premières lettres de refus, j'ai commencé à saisir le message entre les lignes : vous n'êtes pas assez bien. Vous n'avez pas les aptitudes, ou les qualifications requises, ou les diplômes de je ne sais quelle fantastique école de stylisme pour espérer ne serait-ce que mettre un pied chez nous.

Nous ne voulons pas de vous.

— Mauvaise nouvelle ?

La voix de Garrett me fait sursauter. Je me retourne et le vois à la porte du bureau, en train de m'observer d'un air inquiet.

— Ce n'est rien, je lui réponds en ravalant ma déception.

— Tu es sûre ?, insiste Garrett, avec un regard doux. Parce que…

— Je te dis que ça va !, j'explose. Ou plutôt ça irait si tu arrêtais de sauter sur tout ce qui bouge pour qu'on puisse enfin garder ici une seule putain de serveuse.

Et telle une furie, je sors du bureau. Pas assez vite cependant pour ne pas voir la douleur dans ses yeux. Il est trop tard pour rattraper les mots, alors j'ajoute la culpabilité à tout ce bordel d'émotions que je traîne avec moi, lourd et tranchant comme une lame plantée dans mes entrailles.

Dans ma poche arrière, mon portable vibre, et je m'empresse de l'attraper, trop heureuse de la diversion.

« Slt beauté, on se voit tt à l'heure ? »

C'est Trey, le mec avec qui je sors depuis deux semaines. On s'est rencontré dans un bar quelques villes plus loin. Un verre en entraînant un autre, on s'est finalement retrouvé à passer la nuit sur la banquette arrière de sa vieille Chevrolet déglinguée. Depuis, c'est devenu régulier, on se retrouve tard le soir. Une bonne façon de me changer les idées, après une longue soirée de vaste néant au bar.

Et ce soir, j'ai plus que jamais besoin de me changer les idées.

Bien sûr, je pianote aussitôt, et un instant plus tard sa réponse apparaît.

« Tu me fais déjà bander. »

Super romantique.

Je glisse mon téléphone dans ma poche avec un petit sourire. Trey et son langage grossier et coquin ont rempli leur fonction ; à présent, ma dernière lettre de refus va simplement rejoindre les autres. Elle n'est qu'une chose de plus à oublier et je tourne la page.

J'inspire profondément et me répète : je vais y arriver. Ces boîtes de fringues à la mode ne veulent peut-être pas de moi, mais je peux laisser Trey pantois avec un petit clin d'œil et un bout de dentelle rouge qui dépasse de mon top. Là-bas dans leur monde, je ne suis peut-être rien, mais mettez-moi dans une pièce pleine de garçons qui n'ont qu'une chose en tête et c'est moi qu'ils voudront tous.

Ils me désireront toujours, pour ça.

J'oublie ma déception et retourne dans le bar en chaloupant un peu plus des hanches, et m'avance crâneuse, dans mes bottines à talon compensé. Garrett me lance un autre regard inquiet, auquel je réponds par un sourire hypocrite, puis je me dirige avec mon plateau chargé de carafes vers les tables vides du fond de la salle.

Tu vas y arriver, Brit. Tout ira bien.

J'aperçois un nouveau groupe qui entre dans le bar : un couple plus âgé et leur fille, une blonde mignonne qui doit avoir mon âge. J'attrape une pile de menus et me prépare à aller les accueillir quand la porte s'ouvre de nouveau.

Trey.

C'est plus fort que moi, je souris. J'imagine qu'il n'a pas pu attendre la fin de mon service. Je note qu'il s'est fait beau : chemise repassée, jean impeccable, rasé de frais. Les quelques dernières fois que nous nous sommes vus, il était tard. Il était tout fripé et ébouriffé après une longue journée de travail. Nous savons tous deux que l'affaire est entendue de toute façon, mais quand même, j'apprécie qu'il fasse cet effort pour moi. C'est rare, chez les mecs.

— Hé !, je l'appelle, mais il ne m'entend pas. Il ne regarde même pas dans ma direction. Au lieu de cela, il se dirige droit vers la table tout au fond, là où s'est installée la famille qui vient d'entrer. Il se glisse à côté de la fille blonde et enroule son bras autour de ses épaules.

Je me fige.

La fille sourit à Trey, et lui se penche sur elle et dépose un baiser sur ses lèvres. En réponse, elle lui caresse la joue, et c'est là que je la vois : la bague de fiançailles à son doigt, brillante, sertie de pierres précieuses et pleine de trahison.

Mon sang ne fait qu'un tour.

Trey ne m'a pas encore vue. Il sourit, détendu, plaisante avec les parents de la fille. Ils s'amusent bien, tous, comme si, à peine dix heures plus tôt, il n'était pas en train de me murmurer des insanités à l'oreille, tout en caressant chaque centimètre de mon corps.

Bizarrement, il avait omis de mentionner sa fiancée.

La rage monte en moi, brûlante dans mes veines. Je ne devrais pourtant plus m'étonner de la façon dont ça se passe. Dont ça se passe toujours. Mais après cette énième lettre de refus, c'est comme si on déversait une tonne de sel sur une plaie béante. Tous mes échecs me reviennent brutalement, la colère et l'amertume se mêlant aux regrets.

J'imagine que je ne suis bonne qu'à baiser.

Je me dirige vers eux avant de changer d'avis.

— Bonjour à tous, bienvenue chez Jimmy, je dis entre mes dents. Je regarde Trey, en quête d'une réaction, la stupéfaction peut-être, ou la peur. Mais rien du tout. Il a même le culot de me sourire et de me faire un clin d'œil, comme si nous étions complices dans cette histoire.

— Nous avons quelques spécialités au menu, ce soir, j'enchaîne, la voix cassante, métallique.

— Bonne idée, dit Trey, presque hilare, en se prélassant sur la banquette. Écoutons ça.

Je regarde mieux. À jeun, sans tequila pour brouiller ma vue – et mon jugement –, je réalise qu'il est juste un sale con plein de muscles qui n'a rien dans la tête. Mais pourquoi suis-je allée perdre mon temps avec lui ?

Parce que tu n'avais rien de mieux à faire, répond la petite voix dans ma tête. *Parce qu'il t'aidait à oublier, juste l'espace d'un instant, le vide de ta vie.*

Je fais taire la petite voix en moi et fusille Trey du regard, avec l'envie de le dépecer sur place.

— Eh bien, pour commencer nous avons le trou du cul trompeur, j'annonce. Et en accompagnement, nous le servons avec une petite bite.

Ma phrase efface le sourire sur son visage. Trey se renfrogne, tandis que, confus, les autres autour de la table écarquillent les yeux.

— Brit..., m'avertit-il d'une voix menaçante, mais je n'en ai pas encore fini avec lui.

— À moins que vous ne préfériez la pourriture de menteur, je continue. Vous n'aurez pas à attendre trop longtemps. Faites-moi confiance, vous serez vite servis.

— Ça suffit ! Trey bondit sur ses pieds, mais je recule, plus rapide.

— Qu'est-ce que tu disais tout à l'heure ? *Tu me fais déjà bander* ? je hurle en citant son texto, hors de moi.

C'est drôle, je me souviens pas que tu aies mentionné ta fiancée.

Je m'empare d'une assiette de nachos sur la table voisine et je la lui renverse sur la tête. La garniture de fromage, de guacamole et de haricots rouges lui dégouline sur le visage et goutte lentement sur le carrelage.

Un lourd silence s'ensuit. À sa table, les autres me regardent, sous le choc.

— Putain de merde !, éructe Trey qui retrouve sa voix et essuie bêtement sa chemise. Espèce de salope !

— Mais de quoi parle-t-elle ?, demande la blonde, toute innocente, qui tombe des nues.

— Ce n'est rien, ma chérie, répond Trey brièvement.

Je ricane.

— Voilà des semaines que monsieur baise avec moi, je lui explique durement. Et dieu sait avec qui encore. Tu ferais mieux de faire le test de dépistage du sida. Moi, j'irai dès demain en tout cas… Passez tous une bonne soirée, j'ajoute en direction des parents de la fille, qui restent assis là comme s'ils étaient pétrifiés.

Et je m'éloigne, criant victoire. Ça lui apprendra à me prendre pour la pouf qu'on saute vite fait la nuit, avant d'aller retrouver ventre à terre Miss Perfect au petit matin. Je l'entends derrière moi qui supplie maintenant et qui rampe devant eux :

— Ne l'écoute pas, ma chérie, gémit-il. Tu sais ce que tout le monde raconte sur elle. C'est juste une salope. Une ratée.

Je manque trébucher. À présent que la rage décroît, je réalise que le bar tout entier a les yeux braqués sur moi. Je peux voir les visages ébahis et scandalisés. Puis des murmures s'élèvent, on chuchote, on me montre du doigt alors que je traverse rapidement la salle.

— Tu sais bien, la famille Ray… Elle tournera mal, c'est sûr… Comme sa mère…

J'accélère le pas. À la colère succède l'humiliation alors que la réalité s'évanouit. Pour tout le monde ici, ce n'est pas Trey qui s'est ridiculisé. Non, c'est moi, en me comportant telle une furie, en pétant un câble, en provoquant un tel esclandre. Et tout ça pourquoi ?

— Mais qu'est-ce qui se passe, Brit ? s'exclame Garrett qui sort juste à cet instant de la réserve et découvre le carnage, derrière moi.

— Je prends ma pause, je rétorque et j'attrape une bouteille de whisky dans le bar, avant de me précipiter dans le couloir.

— Brit, attends une seconde !

La voix de Garrett et le brouhaha dans le bar s'estompent, alors que je m'engouffre dans l'escalier de service. Je passe le premier étage, où se trouve son appartement, et je continue de grimper, même quand la cage d'escalier se rétrécit en colimaçon. Enfin, d'un coup d'épaule j'ouvre la porte rouillée de la sortie de secours et plonge dans la nuit froide.

Le toit est désert, il n'abrite que deux malheureux transats défraîchis et un vieux grill. Je m'approche lentement du bord et me penche au-dessus de la rambarde.

Pourquoi faut-il que tu fasses toujours ce genre de truc ?

Je me repasse la scène dans ma tête, mais ce n'est pas le visage arrogant de Trey que je vois. Non, c'est la fille blonde. Gentille, jolie et tellement naïve. Assise là avec sa famille parfaite, jamais il ne lui avait traversé l'esprit que Trey puisse la trahir.

Je ne saurais dire si elle est chanceuse ou si c'est juste une idiote de plus.

Pas une fois il ne m'a invitée au resto. Ils ne m'y emmènent jamais. Je ne suis pas ce genre de fille, en fait : celle à qui on donne rendez-vous, à qui on offre des fleurs et à qui on chuchote des mots doux, le soir, en la raccompagnant chez papa-maman. Non, moi je suis celle qu'on baise vite fait contre le mur d'un club, dans une allée éclairée au néon. Celle à qui ils envoient un texto à deux heures du mat, quand ils s'ennuient et cherchent quelque chose pour passer le temps.

Je me suis toujours dit que c'était mieux ainsi. Inutile de croire en un rêve qui va forcément finir en cendres. Mais se sentir aussi fatiguée et vide, encore et toujours… Qu'est-ce qu'il y a de *mieux* là-dedans ?

J'avale une gorgée de whisky, qui m'arrache la gorge en passant. La colère, l'adrénaline, tout ça s'estompe peu à peu, seule reste la douleur amère du rejet, au fond de moi. Je regarde en direction du port, quelques feux de bateaux qui dansent sur l'eau, là-bas, derrière la galerie des boutiques à touristes et des nouvelles résidences de vacances sur le front de mer. À la lueur pâle du crépuscule, Beachwood s'endort, paisible, silencieuse, les lumières scintillantes – et rien pour étouffer les voix qui résonnent dans ma tête.

« *Tu sais ce que les gens racontent sur elle. Ce n'est rien qu'une pauvre pute. Une ratée.* »

C'est vrai. C'est ce qu'ils disent tous sur moi. Grandir dans une petite ville comme celle-là, avec une mère junkie et un père absent, c'était forcé, je n'échapperais pas aux ragots. Alors j'ai préféré laisser faire. Laisser les gens raconter ce qu'ils voulaient à mon sujet. Je n'allais pas me bouffer la tête à tenter de laver l'honneur de la famille. Ils voulaient me considérer comme une fille perdue, répandre des rumeurs et jaser en douce à chaque fois que je passais ? Grand bien leur fasse.

Plus jeune, ça m'amusait même d'en rajouter : je me pavanais en ville, fringuée comme une dévergondée, à draguer tous les mecs, ricanant devant le regard scandalisé des gens. Comme si leur opinion m'importait. C'était juste un jeu, de toute façon. En faisant ça, j'avais le sentiment d'être plus forte qu'eux.

Et puis tout a changé.

Une nuit. C'est tout ce qu'il m'a fallu pour avoir un aperçu de ce que pouvait être la vie, et après ça, plus rien n'a été pareil. Ces petites victoires avaient perdu de leur saveur. Les ragots et la méchanceté ont commencé à m'atteindre. Peu à peu, ma mauvaise réputation a cessé d'être une sorte de fierté pour devenir un boulet, m'entraînant toujours plus bas. Parfois aujourd'hui, je m'interroge. Quelle serait ma vie si j'avais grandi normalement ? Anonyme. Je pourrais marcher dans la rue sans que l'on chuchote dans mon dos. Je rencontrerais des mecs qui ignoreraient tout des rumeurs à mon sujet, des histoires à moitié vraies sur mes frasques amoureuses. Quelqu'un qui ne penserait pas que je suis une fille facile à la simple évocation de mon nom.

Un mec qui me connaîtrait vraiment, telle que je suis.

Je chasse cette pensée et avale une autre gorgée de whisky. C'est la lettre de refus de ma candidature et l'alcool qui me mettent ces idées en tête. Car je le sais bien, même si ce genre de scénario se produisait, ça ne mènerait à rien. Quelques semaines de comédie du bonheur, peut-être, et le mec finirait par se casser.

S'il y a une chose que j'ai apprise dans la vie, c'est que les gens vous quittent toujours.

Je m'affale sur l'un des transats. La magie du whisky finit par opérer, il me réchauffe les os même si, à l'intérieur, je continue à me sentir comme un bloc de glace. Je devrais descendre aider Garrett, je le sais, mais je n'arrive pas à décoller de là, pas encore. Les dernières lueurs du crépuscule s'évanouissent et ici, je peux prétendre que tout ce désordre et cette laideur en bas n'existent pas. Il n'y a que moi et les lumières du rivage qui tanguent, au loin. C'est si beau que pour un peu, j'en oublierais presque à quoi ressemble cette ville, tout près.

Je viens souvent ici. C'est mon refuge secret, au-dessus de tout. C'est ici que je viens chercher un peu de solitude, pour réfléchir, j'y passe des heures à observer l'agitation de la ville en contrebas, laissant l'écho lointain de l'océan balayer mon chagrin, alors que je rêve tout éveillée d'une autre vie, d'un autre avenir, loin, très loin de cette ville et des souvenirs qui me hantent.

C'est bien beau de rêver, mais ça n'avance pas à grand-chose. Les années passent et je suis toujours là, cachée sur mon toit, pendant qu'ils cancanent et se moquent de moi derrière mon dos. J'aimerais tellement leur prouver qu'ils se trompent, mais tout ce que je fais, c'est de leur donner raison avec mes conneries.

— C'était un sacré scandale.

Une voix masculine retentit derrière moi, amusée.

— Foutez-moi la paix, je crache, sans prendre la peine de me retourner. Je ne suis pas d'humeur à affronter une autre idiotie ce soir, et encore moins envie de supporter un mec qui, encouragé par la rumeur, s'imagine que je suis une proie facile.

— C'est une propriété privée, ici.

Le type rigole doucement.

— La Brit que je connaissais se foutait complètement de ce genre de détails.

Mon cœur s'arrête.

Non, ce n'est pas possible, je me dis. Pas ici, pas de nouveau, après tout ce temps.

Mais si. La vérité, je la connais avant même de trouver le courage de me retourner. Je reconnaîtrais cette voix entre mille : une voix profonde, sensuelle, qui continue d'accompagner mes rêves, douce comme le miel, tendre comme cette nuit que nous avons partagée, il y a trois longues années.

Hunter Covington.

Chapitre deux

— Si tu veux mon avis, tu as gâché un bon plat de nachos, dit Hunter tout sourire à l'autre bout du toit, des reflets d'or sombre dans les cheveux dans le soleil couchant. Et toi qui disais qu'il ne se passait jamais rien, dans cette ville…

Mon cœur cogne comme un fou alors que je le regarde, incrédule. Il est appuyé contre la porte, désinvolte au possible. Un fantôme, une survivance du passé, un souvenir auquel je me suis cramponnée pendant mes nuits les plus sombres et mes jours les plus désespérés.

Je ne pensais pas le revoir un jour.

Mes jambes se dérobent sous moi, et je dois m'accrocher au dossier du transat pour ne pas tomber.

— Toi, ici, je chuchote, le souffle coupé.

— Moi ici, acquiesce-t-il tout en m'observant, avec un sourire plein de malice, un sourire irrésistible.

Tout s'efface.

Le bar, la lettre de refus, Trey. Tout se dissout sous l'effet des yeux vifs de Hunter. Je le dévore du regard. Il est plus âgé maintenant, comme moi, mais d'une certaine façon j'avais gardé de lui l'image de celui qu'il était autrefois, l'ado, pas l'homme que visiblement il est devenu. Il émane aujourd'hui de son corps athlétique une certaine puissance, on le voit bien à la largeur de ses épaules, à ses muscles saillants sous sa chemise BCBG. Ses cheveux sont toujours blonds, sa peau dorée, et ses yeux bleus brillent, plus limpides que le plus pur des ciels d'été.

Je sens une douleur qui me transperce, de la nostalgie et des regrets doux amers. Juste une nuit, c'est tout ce qui m'a été donné de partager avec lui, mais quelque part, cette nuit-là a plus compté pour moi que tout ce que j'ai vécu depuis. Je pensais, avec le temps, ça s'effacera, j'éprouverai ce genre de sentiments pour un autre garçon, je diluerai le pouvoir des baisers de Hunter dans des centaines d'autres baisers, des dizaines d'autres corps, et de lèvres et de mains.

Je me trompais.

Aujourd'hui encore, il est le seul, l'unique. Le seul garçon devant lequel je baisse les armes. Le seul à comprendre ma douleur.

Cet homme que je me suis empressée de fuir, avant qu'il n'ait une chance de me briser le cœur.

— Excuse-moi, je ne voulais pas te faire peur, reprend Hunter, sourcils froncés. Je croyais qu'après un show pareil, tu serais montée ici pour fêter ça. Je ne pensais pas te trouver là en train de…

Il s'interrompt, mais je n'ai aucun mal à remplir les blancs.

De te morfondre, complètement abattue. De rester là prostrée, exactement comme la dernière fois qu'il m'a vue. De te cacher à l'abri des racontars, comme une petite gamine terrifiée.

— Je ne peux pas… Je relève la tête, je bafouille. Ce n'est pas…

Hunter me dévisage, l'incompréhension se lit sur son visage fier et bronzé. Il attendait sans doute de moi je ne sais quelle plaisanterie, le genre de vannes cassantes dont je suis coutumière, mais là toutes mes défenses sont tombées et je me sens comme si j'avais la poitrine déchirée et grande ouverte, et que le monde entier pouvait voir mon cœur battre à nu et sanguinolent.

Pourquoi ce soir ? Pourquoi lui, ici, ce soir, parmi tous les autres soirs ?

— Brit ?

Hunter fait un pas dans ma direction, mais je recule.

— Non !

Je trébuche. Je ne peux pas affronter ça. Et merde ! J'ignore si je serai un jour capable de lui faire face à nouveau, mais là, maintenant, mon instinct me hurle de fuir.

— Tu ne devrais pas être ici, je m'étouffe.

Je me détourne et veux m'élancer vers la porte, mais mon pied dérape sur le gravier et je perds l'équilibre, du coup je m'écorche douloureusement le tibia contre le rebord métallique du transat.

En une seconde, Hunter bondit et me retient dans ma chute.

— Doucement, murmure-t-il, en me serrant le bras. À son contact, je ressens un choc tandis que les sensations me submerge, et en dépit de tout, rien qu'à le sentir si près de moi, mon cœur s'emballe. Il me tient contre lui, enserrée dans la chaleur sécurisante de son corps, et l'espace d'un instant, je suis piégée, je me noie dans ses yeux, perdue dans mes souvenirs.

Mais le passé est le passé. Tout s'était déjà fini, à peine commencé.

— Au revoir, je parviens à articuler en me libérant de son emprise. Je me précipite, dévale l'escalier, me rue dans le couloir et débouche sur le parking de derrière. Le pick-up de Garrett est garé à droite, près de la sortie de secours, et je sais qu'il planque les clés derrière le rétro. Je grimpe dedans, me mets au volant, démarre et déboule à fond sur l'avenue, sans ralentir une seule fois, pas avant d'avoir fait au moins un kilomètre, fonçant à travers la ville plongée dans la pénombre. Laissant Hunter derrière moi, il n'est plus qu'un souvenir dans le rétroviseur.

Si seulement il pouvait y rester.

Je martèle de rage le volant, les joues brûlantes d'humiliation. Mais qu'est-ce qu'il fait là ? Hunter Covington, le prince de l'élite sociale, l'héritier d'une grande fortune. Il devrait être en train de jouer au tennis dans je ne sais quel country club, ou de faire la fête à Monte Carlo, comme tous les jeunes et séduisants garçons, ceux qui ont le monde à leurs pieds, et des millions de dollars à claquer dans les poches de leurs vêtements de marque.

Il pourrait être n'importe où, à faire tout ce qu'il veut, et au lieu de cela, le voilà de retour ici à Beachwood ?

Je secoue la tête, déterminée. Le fait qu'il soit revenu ne signifie rien du tout. Il ne fait sans doute que passer, comme avait l'habitude de le faire sa famille, l'été, quand j'étais plus jeune. Les Covington possédaient un vieux ranch, en dehors de la ville, et aussi une luxueuse maison de maître, toute neuve, en bord de mer. Ils venaient en juillet, avec Hunter et son frère, Jace ; et parfois ils amenaient des amis aussi riches qu'eux qui débarquaient de leur yacht. On les voyait se balader en ville, s'émerveillant devant nous, les ploucs, si « pittoresques », si « rustiques ».

Tu es injuste, me chuchote une petite voix. *Hunter n'a jamais été comme ça.*

Non, c'est vrai. Je soupire et je le revois, à cette époque. J'avais quatorze, quinze ans, trop jeune pour vraiment m'intéresser à lui, au début, même si, année après année, je voyais bien qu'il était de plus en plus beau. Il devenait plus grand, ses muscles se dessinaient. Le jeune garçon mince et sportif qui ressemblait à un jeune chien fou bourré d'énergie, se métamorphosa bientôt devant nos yeux en un jeune homme bien découplé. Bon sang, les filles ici étaient toutes dingues de lui : elles flirtaient et gloussaient dès qu'il regardait dans leur direction. Et pareil avec son frère aîné…

Ils étaient de véritables stars, d'accord.

Beaux. Charmants. Riches.

Inaccessibles.

Du moins, jusqu'à cette fameuse nuit…

N'y pense surtout pas, je m'ordonne en engageant le pick-up dans l'allée de la maison de la plage. Quelle que soit la raison de son retour en ville, il reste ce garçon qui héritera de tout, et je suis toujours la fille qui n'a rien.

Certaines choses ne changent jamais.

Je me réveille à l'aube, avec la vision de Hunter, de ses yeux rivés sur moi, sur cette terrasse de toit. Je n'en avais jamais vu d'un bleu aussi bleu, avant lui. Et je n'en ai jamais retrouvé, depuis. Peut-être est-ce sa couleur de peau, cuivrée par le soleil, qui les fait ressortir comme ça…

J'arrête net ce souvenir et saute de mon lit. Je ressens une certaine fébrilité, et je sais qu'il vaut mieux que j'évite d'aller traîner en ville, surtout au risque de tomber sur Hunter à chaque coin de rue. Quant au bar, je commence mon service en début de soirée. J'ai donc toute la journée devant moi.

Je me douche rapidement, enfile ma minijupe en jean et l'un de mes tops préférés. C'est moi qui l'ai fait, à l'aide d'un grand foulard imprimé de couleurs vives, cousu replié sur lui-même pour créer un petit haut. Un dos nu, que j'attache à mon cou avec un fin cordon de cuir, puis je chausse mes bottines et descends au rez-de-chaussée. Je meurs d'envie de prendre la route tout de suite, avant de me raviser. Je m'oblige à faire le tour de la maison, je vérifie les fenêtres et arrose les plantes, sous le porche de derrière. C'est le moins que je puisse faire. Je loge ici gratos, c'est moi qui garde la maison pour mon frère, Emerson, et sa fiancée. Il m'a scotchée quand il m'a expliqué l'avoir achetée pour elle. C'est vrai, drôle d'idée d'acheter une maison ici juste avant d'aller s'installer en ville ! En fait, ils voulaient que cette baraque reste dans la famille de Juliet. Oui, je sais, de quoi je me plains ? S'ils n'avaient pas été là, j'aurais sans doute atterri sur le canapé du minuscule appart de Garrett, ou bien dans un petit studio, en ville. Mon grand frère a toujours pris soin de moi.

J'ai beaucoup de chance. Il est tout ce que j'ai. J'avais à peine quatre ans quand papa est parti et pendant des années, maman n'a pas arrêté de partir en vrille. Alcool, cachets et mecs tordus… Pour tout savoir sur l'autodestruction, demandez à Dawn Ray ! Nous, ses enfants, nous la regardions se désintégrer, et nous ne pouvions rien y faire. C'était comme regarder un carambolage survenir au ralenti sur la route devant nous, sans réussir à trouver aucun moyen de l'éviter à temps.

À la fin, ce fut presque un soulagement quand elle nous a abandonnés pour de bon, l'été de mes quinze ans. J'ai eu du chagrin de voir qu'elle pouvait s'en aller comme ça, loin de moi. Mais au moins, après son départ, je n'ai plus eu à lutter chaque matin au réveil contre la peur et le doute qui pourrissaient ma vie. Fini de rester éveillée jusqu'à pas d'heure, à me demander si elle allait rentrer ou pas, et dans quel état. Si j'allais la trouver ivre morte ou dans le coma sur le pas de la porte, shootée à la coke.

Elle était juste partie.

Je chasse ces ombres. Ce doit être d'avoir revu Hunter qui ravive mes souvenirs, mais je refuse de me laisser reprendre par mes vieux démons, pas aujourd'hui. La maison est bien fermée, tout est verrouillé, alors j'attrape une Pop-Tart et me mets en route. Mais je viens à peine de sortir de la ville que mon portable sonne. Garrett.

— Tu as pris mon pick-up.

— Oh, oui, désolée, je m'excuse. Je n'ai pas eu le temps de te laisser un mot.

— Et tu comptes me le rapporter bientôt ? demande Garrett, pas fâché apparemment, plutôt amusé même.

— Je te le rendrai ce soir, quand je prendrai mon service, promis.

— Si je comprends bien, aujourd'hui, je devrai m'en passer, répond-il en riant.

— C'est-à-dire que je suis déjà loin, je reconnais. Je suis vraiment désolée. C'est juste que j'avais besoin de m'échapper un moment.

— Si ça peut t'aider, reprend Garrett avec douceur, sache que ce connard est interdit à vie au bar. Et si tu veux que je m'occupe de lui…

— C'est bon, je soupire. Il n'en vaut pas la peine. Inutile d'aller te chercher des coups pour rien.

— Tu ne me crois pas capable de lui régler son compte ? s'exclame Garrett, l'air vexé.

Je souris.

— Si, mais je ne veux pas que tu aies des histoires avec les flics pour si peu. Il irait se plaindre directement au shérif, tu sais… J'ai un frisson de dégoût en repensant à Trey, à ses manières mielleuses et sournoises de menteur.

— Je parle sérieusement, Brit. Tu n'as qu'un mot à dire, insiste Garrett.

— Tu n'as pas à faire ça.

— Bien sûr que si, dit-il calmement. Tu es comme ma famille.

Une douce chaleur m'enveloppe.

— Merci, mais ça va, je t'assure. Trey ne vaut pas la moitié de...

Je m'interromps, mais Garrett perçoit le changement de ton dans ma voix et demande :

— Que se passe-t-il ?

— Rien. Je te raconterai ce soir, je soupire.

Oui, quand j'aurai eu une journée entière pour digérer cette humiliation et la ranger dans dans un coin de ma tête.

— En tout cas, merci pour le pick-up. À plus...

— Sois prudente au volant, lâche Garrett, avant de raccrocher.

Je bifurque sur l'autoroute, et fouille dans le vide-poches parmi le tas de CD, jusqu'à ce que je retrouve le best of de rock, celui que j'ai écouté la dernière fois que j'ai emprunté cette voiture. Je le glisse dans le lecteur, sélectionne le morceau de Paramore et laisse les kilomètres défiler. Le vent frais tourbillonne autour de mes épaules nues, une fraîcheur nouvelle dans les températures accablantes habituelles.

Je réalise avec une pointe de regret que l'été est presque terminé. Septembre sera bientôt là, et Beachwood Bay retombera dans sa léthargie coutumière pour une année supplémentaire : les touristes retourneront à leur vie, les enfants feront leur rentrée à l'automne, les boutiques de souvenirs baisseront le rideau pour l'hiver. La fièvre des fêtes du week-end sur la plage et des festivals sur le port va retomber. Pareil pour mon service, j'aurai de moins en moins de travail chez Jimmy, il n'y aura bientôt plus que les gens du coin qui viendront, le vendredi soir, pour engloutir une bière et un hamburger.

Et moi, je serai encore là. Plus vieille d'une année, et pas plus proche de mes rêves. En tout cas pas si je m'en tiens à toutes ces lettres de refus.

Je savais que ce ne serait pas facile pour moi d'arriver à quelque chose. Un moment, j'ai pensé quitter cette ville, comme Ray Jay et Emerson, et recommencer une nouvelle vie quelque part, mais je me suis toujours sentie coincée, piégée comme en suspension entre le côté sécurisant de Beachwood Bay et l'inconnu du monde extérieur. J'ai beau avoir mauvaise réputation ici, je sais comment me débrouiller ; j'ai ma place, même si c'est celle de la *bad girl* de la ville. Ici, au moins, je peux m'accrocher à l'espoir qu'ailleurs, la vie serait différente, que ce serait mieux. Mais que se passera-t-il si un jour je me décide, que je fais mes cartons et que je déménage, et que je découvre qu'ailleurs c'est exactement la même chose ?

Les mêmes cancans dans mon dos, les mêmes jugements. La même moi.

Cela dit, je n'ai pas à m'en inquiéter dans l'immédiat, je me rappelle. Il faudrait d'abord que je trouve un job, ou d'autres plans pour vivre que de faire la serveuse. Tandis que la grande ville émerge peu à peu à l'horizon, les tours de verre et d'acier scintillent sous le soleil. Et la possibilité d'un autre avenir se dessine devant moi, comme à chaque fois que je laisse Beachwood Bay derrière moi. J'agrippe le volant avec détermination, plongeant dans le trafic urbain. J'ignore comment je vais m'y prendre, mais j'y arriverai un jour. Ce sera ma vie, pas simplement pour un après-midi, mais pour de bon.

Et d'ici là... Eh bien, j'ai la journée pour moi, loin des déceptions et des désillusions de ma petite vie, et je compte bien en profiter.

Comme d'habitude, ma première visite est pour un entrepôt qui ne paie pas de mine, à côté du campus, et abrite l'endroit que j'aime le plus au monde. J'adore ce lieu : *Chez Emilia*. Pas d'enseigne, pas de site web ici, mais tout le monde connaît ce temple du textile dirigé par le regard d'aigle d'Emilia en personne, une imposante vieille dame d'origine russe, qui a toujours sur le nez ses minuscules lunettes cerclées d'or. Et un goût incomparable pour tout ce qui est étoffe et textile.

— Brit-Brit !

Elle se précipite sur moi à la seconde où j'entre. Elle m'attrape avec ses mains toutes ratatinées et me claque un bisou sur les deux joues.

— Tu es si maigre, il faut que tu manges. Les hommes préfèrent les femmes bien en chair…

Et elle éclate de rire, décochant un regard à son mari, Henri, assis comme toujours dans son coin, silencieux, d'une patience angélique, toujours le nez dans ses livres de comptes.

— Mais je vais bien ! je proteste. Vous devriez me voir avaler un hamburger. Franchement, il n'y a aucune raison de s'inquiéter.

— Hmm. Emilia m'observe, sceptique. Et cette jupe, où en es-tu ? Tu n'as pas eu trop de mal avec cet ourlet ?

— Vous aviez raison, je reconnais. Le tissu n'a pas résisté à la machine. J'ai dû le coudre à la main.

— Je te l'avais dit… Elle jette un coup d'œil derrière moi à un groupe d'étudiantes en stylisme, en train de tâter différents velours. Non ! elle les interpelle. Bas les pattes ! Booh ! Elle reporte son attention sur moi et lève avec grandiloquence les yeux au ciel. Ah, ces nouvelles, aïe aïe aïe ! Elles posent leurs doigts sales partout.

— Je vais juste jeter un œil, je souris. Et regardez, j'ajoute en montrant mes mains, toutes propres.

— Je sais que tu fais attention, répond Emilia, avec un large sourire.

Je la laisse gronder ses étudiantes et m'avance dans l'allée principale. Tout autour de moi, ce ne sont que rames de tissu empilées sur près de cinq mètres de hauteur, des échantillons artistiquement drapés de satin et de soie, des bandes de toile imprimées.

Le paradis, quoi. Je peux flâner ici pendant des heures, à imaginer ce que je ferais de tel échantillon de tissu, ou de cet imprimé, à prévoir ce qu'ils pourraient devenir sous mes doigts en quelques jours – et un budget illimité. Une jolie petite robe du soir funky, ou une jupe longue sophistiquée ? Un blouson en jean, ou une chemise à impressions psychédéliques ? Dans cet endroit, tout semble possible.

J'étais encore gamine quand j'ai été touchée par le virus de la mode, autant par nécessité qu'autre chose. Il n'y avait pas d'argent à la maison pour de nouveaux vêtements, aussi maman faisait régulièrement des raids à la Croix-Rouge de la ville voisine, ou ramenait des sacs-poubelles remplis des vieux vêtements des enfants de ses copines. En y repensant, ça paraît dur, pourtant les jours où elle rentrait à la maison avec de nouveaux sacs avaient un goût de Noël pour moi. Excitée comme une puce, j'arrivais toujours à dénicher dans les piles un vieux sweat ou une chemise à fleurs qui comme ça semblaient plutôt ringards, mais une fois les manches retirées, et du strass cousu sur l'encolure…

Je passais des heures à transformer ces vieilles fripes, d'abord avec du fil et une aiguille, et bientôt à l'aide d'une machine à coudre d'occase. Mes premières tentatives s'étaient la plupart du temps soldées par un désastre à cette époque, mais quand je suis arrivée au lycée, je savais créer un joli top à partir d'un vieux sweatshirt, ou transformer un jean XXL en une minijupe. Je ne serais jamais une star du bahut, comme ces filles avec leurs jeans fashion, et leurs chemises toutes identiques, mais au moins je n'essayais pas désespérément de leur ressembler et je ne donnais pas l'impression de vouloir à tout prix être quelqu'un qui, de toute évidence, n'était pas moi.

À cette époque, je me contentais de transformer de vieilles affaires. Aujourd'hui, mes carnets sont pleins de croquis libres et originaux : des robes incroyables, audacieuses et excentriques... Et totalement immettables à Beachwood Bay. Je conserve la plupart d'entre elles en tête, les caressant de mon imagination, sauf certains modèles, je ne peux pas m'empêcher d'essayer de les créer. Je pars de rien : je découpe minutieusement les patrons et les maquettes sur toile, avant de me lancer avec le vrai tissu et de donner vie à ce qui n'existait que dans ma tête.

Je passe la moitié de l'après-midi à rêver entre les rayons, jusqu'à ce qu'Emilia me trouve en train d'examiner des échantillons de dentelle que je pourrais utiliser pour orner un caraco. Elle émet un claquement de langue.

— Ce n'est pas ça qu'il te faut, me dit-elle en me faisant signe de la suivre. J'ai mis quelque chose de côté pour toi.

— Vous êtes un amour.

Je la suis au fond du magasin en souriant. Emilia n'oublie jamais de garder pour moi les bons trucs : bouts de trames de dimensions bizarroïdes, chutes de tissus hors de prix que les autres clients n'ont pas pensé à utiliser. Les belles matières sont trop chères pour moi, alors je fais avec ce que je trouve et en général, un morceau de soie m'inspirera un nouveau croquis dans mon book, même si je n'ai pas l'argent pour réaliser la robe tout entière pour de vrai.

Emilia attrape un panier sous une table et en verse le contenu devant moi : tout un stock de fine dentelle, exactement ce qu'il me faut, aussi délicate et transparente qu'une toile d'araignée, mais en noir et rouge vif ; il y a aussi tout un stock de rubans ; un lé de beau satin orange. Et encore des tas de toiles épaisses, comme celle que j'utilise pour donner forme à mes dessins et monter mes patrons, avant de passer à l'étape création proprement dite.

— C'est parfait, je lui dis en caressant la dentelle. Cette année, j'ai été beaucoup inspirée par la lingerie, intégrant de la dentelle et des liserés de soie à mes caracos et mes brassières. J'adore porter des dessous audacieux, la façon dont je me sens immédiatement hypersexy, comme si j'avais un secret que personne ne connaisse.

— Vous êtes géniale…

Emilia balaie mon compliment d'un sourire.

— Sur quoi travailles-tu, en ce moment ? Quelque chose de mignon, pour une fois ? Tu es toujours si sombre, si agressive. Si tu essayais un peu de légèreté… Elle me tend une étoffe de coton en dégradés roses, mais j'oublie sa suggestion car quelque chose attire mon attention, sur la table derrière elle.

— C'est nouveau, ça ? je demande en m'éloignant, comme aspirée par une force magnétique. La table est recouverte de rouleaux de soie de toutes les couleurs de l'arc-en-ciel, chatoyant et brillant même sous les pâles néons.

Emilia me rejoint, contemplant fièrement ses dernières acquisitions.

— C'est arrivé cette semaine, de mon représentant en Inde.

— C'est magnifique, je chuchote en effleurant la soie du bout des doigts. Elle est d'une douceur extraordinaire, raffinée, souple et élégante. J'étire une longueur du rouleau pourpre. Il est aussi profond que la nuit. Avec des reflets rosés. Je me pourrais me noyer dans la profondeur de cette couleur. Un frisson me parcourt. Je vois déjà la robe : une ligne épurée, longue, bustier. Intemporelle.

— Combien ? je demande.

À l'hésitation d'Emilia, je comprends tout de suite que c'est au-dessus de mes moyens, mais je m'en fiche. Ce tissu, il me le faut.

— Je le prends, je décide, avant qu'elle ne puisse répondre. Il coûte sans doute plus que ce que je gagne en un mois, mais il en vaut la peine. Ce tissu est fait pour moi.

Emilia me sourit d'un air entendu. Elle a sûrement vu ça cent fois, l'attraction qu'un bout de tissu peut avoir sur quelqu'un.

— Je vais te le couper, répond-elle en emportant le rouleau, sans me laisser y réfléchir à deux fois. Et en moins de temps qu'il ne faut pour le dire, je me retrouve dans la rue, le cœur battant à toute vitesse, à moitié sonnée à cause de l'énormité de la somme que je viens de débourser, et à moitié à cause aussi de l'euphorie nerveuse de ma trouvaille. Sur la route qui me ramène à Beachwood, l'excitation prend le dessus à la pensée de ce que ces sacs renferment. Les robes n'ont jamais vraiment été mon truc, à moins qu'elles ne soient coupées sexy à mettre un garçon à genoux, mais ce tissu-là appelle quelque chose de raffiné, d'élégant. Pas une robe de princesse de conte de fée, tout en froufrous et en paillettes, mais quelque chose d'inouï. Le genre de robe qui vous cloue sur place.

Je suis encore noyée dans mes projets à imaginer ce que je vais faire de mon précieux trésor, quand je m'engage dans l'allée de la maison de la plage et découvre un pick-up bizarre garé devant, encore plus crade et déglingué que celui de Garrett.

Et juste derrière lui, assis sur les marches du porche, à demi allongé sur ses coudes comme s'il était ici chez lui, Hunter.

— Comment as-tu su que je vivais ici ? je l'interroge, en claquant la portière derrière moi.

Il déplie ses longues jambes et se lève, descendant les marches pour venir vers moi.

— Je me suis renseigné dans le coin, répond Hunter. Il porte encore une de ces chemises BCBG, un jean qui lui va à la perfection. Ah ! l'hospitalité des petites villes, enchaîne-t-il, hilare. Un vrai bonheur…

— Je t'en prie, je marmonne. Voici une autre chose que je n'aurai plus à supporter quand je quitterai cette ville : les gens qui débarquent à l'improviste et sans avoir été invités.

Sans me laisser le temps de me préparer.

— La dame du café m'a même fait un plan, poursuit Hunter en me montrant sa main, toute gribouillée au feutre. Il est souriant, détendu, comme s'il se fichait complètement de mon hostilité.

Son regard tombe sur mes sacs.

— Partie faire un peu de shopping, hein ?

Hunter fait un geste pour m'aider, mais je m'engouffre à l'intérieur, sans m'arrêter. Il m'emboîte le pas le long du couloir, jusqu'au salon, que j'ai aménagé en atelier. Des échantillons de tissu s'empilent sur la table, ma machine à coudre trône sous la fenêtre, pour bénéficier de la meilleure lumière, et il y a un mannequin dans un coin qui porte un négligé en cours de finition.

Je pose mes sacs sur la table et me retourne, mains sur les hanches.

— Qu'est-ce que tu veux ?

Hunter esquisse un sourire amusé.

— Qu'est-ce que tu veux ? répète-t-il. C'est tout ? Pas de « Comment vas-tu ? », ou « Qu'est-ce que tu deviens ? », ou encore, « Désolée de t'avoir plaqué, il y a trois ans ».

Il plaisante ?

— Donc, je vais bien, merci de t'en inquiéter, continue Hunter tout en regardant autour de lui. Il se dirige vers le mannequin, examine de près le déshabillé sur lequel je travaille. J'ai fini la fac, la famille va très bien, merci. Et toi ?

— En superforme, je réplique. Veux-tu… Ne touche pas à ça ! Je me précipite pour l'empêcher de bousiller mon travail en cours. Aussitôt, Hunter recule d'un pas, les mains en l'air en signe de reddition.

— Désolé. C'est super. Tu fais tout ça toi-même ?

— Faut bien que je m'occupe, je réponds, lugubre, en croisant les bras dans une attitude défensive. Ma vie ne se réduit pas à faire la serveuse, tu vois.

— Je n'ai jamais pensé ça, dit Hunter, et son sourire s'efface. Il m'observe un moment, avec une expression indéchiffrable. C'est bon de te revoir, Brit.

L'écho de mon nom, agréable sur ses lèvres, me fait quelque chose. Un frisson me parcourt, délicat, doux. Je me souviens du contact de ces lèvres, couvrant mon corps de baisers. Soudainement, la pièce devient trop petite, et Hunter se tient bien trop près.

Assez proche pour l'embrasser.

— Bien, maintenant que les retrouvailles sont faites, tu vas peut-être répondre à ma question, je lâche en me retranchant derrière ma machine à coudre. Alors, qu'est-ce que tu veux ?

— Je suis juste venu en voisin. J'ai repris le ranch de mon grand-père, m'explique-t-il. Tu sais, à trois-quatre kilomètres d'ici, il rajoute avec un signe de tête en direction de l'est.

Mon cœur s'arrête.

— Tu t'installes ici ? Je veux dire, tu vas rester ?

Hunter semble amusé par la surprise dans ma voix.

— Apparemment, oui. Mais attends, je t'ai apporté quelque chose.

Encore abasourdie par la nouvelle, je reste bêtement plantée là pendant que Hunter disparaît sous le porche pour réapparaître une minute plus tard avec une boîte en carton marquée du logo familier vert et rouge de la pâtisserie.

Des beignets. Une bonne dizaine.

— Tu m'as acheté des donuts, je murmure, prise de vertige.

— J'avais bien pensé à des fleurs, et puis je me suis souvenu que tu avais toujours été gourmande. Hunter me sourit, fier comme un gosse, tandis que je m'empare de la boîte. Le parfum du sucre et de la pâte frite se répand, et malgré moi j'en salive déjà.

Il m'a apporté des beignets. Je ne crois pas qu'un garçon m'ait jamais offert quelque chose, à part un pack de bière tiédasse et des petits matins amers.

Hunter m'observe.

— Alors, veux-tu dîner avec moi pour me remercier ?

Attends, quoi ?

— Dîner avec toi ? je répète. Tu veux dire… Un *rendez-vous* ?

Et moi qui pensais qu'après les donuts, j'étais au bout de mes surprises.

— Ce n'est pas un gros mot, tu sais, rigole Hunter. Oui, un rendez-vous. On pourrait aller manger quelque chose, discuter, se disputer pour savoir qui paiera l'addition, tout ça dit-il en s'avançant, et maintenant seule ma machine à coudre, sur sa petite table ridicule nous sépare. Mais autant que tu le saches : je ne te laisserai pas faire, ajoute-t-il en prenant un beignet glacé dans la boîte toujours ouverte dans mes bras. Il mord dedans et me sourit, les lèvres tapissées de sucre glace. Je me fous de ce que tu pourras dire sur l'émancipation des femmes et l'égalité des sexes. Ma mère m'a donné une éducation de gentleman, et un gentleman paie toujours la note.

Je le regarde, complètement sidérée.

Hunter Covington. Ici, dans mon salon. En train de mâcher un donut, et m'invitant à dîner.

Je n'ai qu'une réponse à lui faire.

— Non.

Hunter mâchouille, l'air songeur.

— Pourquoi non ?

— Une fille n'a pas besoin d'une raison pour décliner une invitation, je réponds, malicieuse, à deux doigts de perdre mon sang-froid. Je n'en ai pas envie, c'est tout.

— Bien sûr que si, tu en as envie.

Hunter tend la main pour prendre un deuxième beignet. Je referme la boîte d'un geste sec.

— Ah, vraiment ?

Son arrogance commence à me taper sur les nerfs. Ou peut-être est-ce parce qu'il n'est pas dupe de mon refus, quand n'importe quel autre garçon, en ville, serait déjà passé à une cible plus conciliante.

— Ouais, dit Hunter en me fixant, comme s'il lisait en moi. Tu as envie de passer du temps avec moi. De sortir et de rire devant quelques verres, et aussi que je t'embrasse à t'en faire perdre la raison, sous le porche, quand je te ramènerai chez toi. Alors laisse tomber ce petit jeu de merde de la fille indifférente et donne-moi plutôt une bonne raison de refuser.

De t'embrasser à t'en faire perdre la raison…

Mon cerveau s'affole. Comment arrive-t-il à voir en moi comme ça ? Qu'est-ce que je pourrais dire pour qu'il s'en aille et me laisse tranquille ?

— Je travaille ! j'explose en désespoir de cause, jusqu'à ce que je voie l'heure sur la pendule, au-dessus de la cheminée, et que je réalise que mon excuse est vraie. Merde, je suis en retard. Garrett ! je m'exclame.

Le visage de Hunter s'assombrit.

— C'est ton copain, Garrett ?

Je suis tentée de mentir, mais ça ne servirait qu'à prolonger ce face à face.

— C'est mon patron. Je pose la boîte de beignets sur la table, attrape mon sac et me dirige vers la porte. Plus exactement, mon futur ex-patron, si je ne me bouge pas les fesses pour être chez Jimmy dans les cinq prochaines minutes.

Je suis déjà dehors, pas mécontente cette fois que Hunter soit sur mes talons.

— Tu veux que je t'emmène ? propose-t-il.

— Je peux me débrouiller toute seule.

Je verrouille la porte et me dirige vers le pick-up de Garrett, sans un regard pour Hunter.

— Réfléchis à ce que je t'ai dit ! me lance-t-il. Toi, moi, une bouteille de vin, l'occasion ou jamais d'un bon dîner dans le meilleur resto de la ville. Tu vas t'amuser, je te le promets.

— Ne te fatigue pas, je crie, en mettant le contact. Plutôt crever de faim.

Le rire de Hunter résonne encore dans mes oreilles quand je m'engage sur la nationale. Quand je jette un coup d'œil dans le rétro, je le vois debout sous le porche, doré dans le soleil couchant, en train de…

Zut, il a pris les donuts.

Chapitre trois

Je me rue à l'intérieur du bar, à bout de souffle et confuse.

— Pardon, pardon, pardon, je jappe, en attrapant mon tablier et en le nouant à toute vitesse autour de ma taille. Je sais, je suis en retard.

— C'est bon, répond Garrett, plutôt glacial, et quand je prends le temps de regarder autour de moi, je comprends. Voici Jade, dit-il.

Et il me présente à une fille assez mignonne, une afro-américaine, qui porte le même tablier que moi. Elle se tient près du bar et regarde Garrett avec adoration.

— Elle va nous donner un coup de main, maintenant que Melissa est partie.

— Bien sûr. Je fusille Garrett du regard, puis je me fends d'un sourire pour la pauvre Jade. Elle n'a pas idée de ce qui l'attend. Bienvenue chez Jimmy. Tu veux que je te fasse visiter ?

— C'est déjà fait, m'interrompt Garrett, en adressant un sourire ravageur à sa nouvelle recrue. Et si tu allais me chercher un stock de serviettes en papier dans la réserve ?

— Bien sûr, patron !

Jade s'exécute aussitôt et s'élance dans le couloir. Garrett la suit des yeux.

— J'aime bien sa façon de dire *patron*, comme ça...

Je me penche au-dessus du comptoir et donne un coup de poing sur le bras de Garrett.

— Aïe ! il réagit. Pourquoi tu me frappes ?

— À cause de Jade.

— Je n'ai même pas posé un doigt sur elle, il proteste.

— Et elle est là depuis au moins dix minutes ! je m'exclame, en feignant l'effroi. Tu n'as plus aucun savoir-vivre.

— À t'entendre, on dirait que je suis un vieux pervers lubrique, soupire Garrett avec son air de petit chiot battu. J'y peux rien, moi, si les femmes me trouvent irrésistible.

— Quelle terrible malédiction, comme je te plains ! j'ironise, puis j'envoie glisser les clés du pick-up sur le bar. Voilà, *patron*. Ton pick-up est garé juste devant. J'ai même fait le plein.

— Merci.

Garrett prend les clés, puis il commence à descendre les chaises des tables et à préparer le bar pour l'ouverture. Il s'arrête, me regarde.

— Ça va, toi ? vérifie-t-il. Je hoche la tête. Tu es sûre ? insiste-t-il, un peu lourd. Parce que si tu as envie d'en discuter...

— Et puis on se fera des tresses et on se vernira les ongles, et après on parlera des garçons ? je plaisante, cherchant à changer de sujet.

Garrett rigole, manifestement soulagé. Pour moi, il n'hésiterait pas à démolir Trey, alors qu'au fond, c'est plutôt un garçon joyeux et qui aime rigoler. Parler sentiments n'est définitivement pas son truc.

— Je doute que tu arrives à faire des tresses avec ça, blague-t-il en passant une main dans son tignasse brune en pagaille.

— Faut voir, je réponds, et je fais semblant de réfléchir tout en mettant en place ketchup et moutarde. Tu serais mignon avec une ou deux barrettes, peut-être quelques mèches…

— La ferme ! Garrett me balance son torchon à la figure, j'esquive en riant.

— Une minute, où est passée Jade ? Je regarde à la ronde. Ne me dis pas qu'elle s'est perdue sur le chemin de la réserve…

— Je vais aller voir. Garrett se dirige vers le couloir, mais je l'arrête dans son élan.

— Non non non, pas question de te laisser seul là dedans avec elle. On connaît l'histoire de cette réserve…

Garrett écarquille les yeux en réalisant.

— T'as raison. Emerson et Juliet…

Je frémis en repensant à la fois où j'avais surpris mon frère dans une position très compromettante avec Juliet, avant qu'ils ne soient de nouveau officiellement ensemble.

— N'en parle même pas, je lui ordonne. Certaines choses vous traumatisent à vie !

Je passe la première demi-heure de mon service cachée dans le bureau, à classer des bons de commande. C'est du moins ce dont j'essaie de me convaincre, mais la vérité, c'est que j'ai besoin d'être seule un moment, pour me repasser le film des événements de ces dernières vingt-quatre heures.

Hunter.

C'était censé n'être que pour une nuit. Voilà comment j'avais justifié ça, à l'époque. Une nuit pour goûter à un monde qui ne serait jamais le mien ; une nuit pour m'abandonner à un sentiment qui me dépassait.

La dernière nuit de l'été.

Je venais juste d'avoir seize ans, et les Covington étaient revenus comme chaque année. Jusque-là, j'avais toujours gardé mes distances avec ces gosses de riches. J'étais serveuse au snack de Mrs Olson et les seuls contacts que j'avais avec eux, c'était le service des pancakes le dimanche matin. Ou parfois je me retrouvais à la plage en même temps qu'eux, toujours en bande à faire la fête, quelques serviettes plus loin. Si je me tenais à l'écart comme ça, c'est que j'avais mes raisons. J'avais vu les dégâts dont les estivants étaient capables. Emerson, mon frère, avait eu le cœur brisé par une fille partie du jour au lendemain de Beachwood, sans même un au revoir.

Mais avec Hunter, il y avait quelque chose de différent.

J'avais l'impression que nous nous étions tourné autour, tout l'été. Nous ne nous étions jamais adressé la parole, mais je le surprenais à me regarder quand on se croisait, dans la rue. Un jour, je me trouvais sur les quais et je l'ai aperçu en train de s'affairer, sur leur bateau. Il ne portait que son short de bain, et les muscles de ses épaules et de son torse étaient magnifiquement dessinés par le soleil de midi, tandis qu'il tirait sur les cordages pour baisser les voiles. Je l'observais, à l'abri derrière mes lunettes de soleil, quand j'ai senti éclore en moi quelque chose que je n'avais jamais ressenti auparavant.

Le désir.

Rien de comparable avec ce que je connaissais alors, cette espèce de fébrilité, de frustration, à l'occasion d'étreintes aussi brèves que maladroites avec mes petits copains de l'époque. Ces corps à corps me laissaient vide et insatisfaite. Alors que là, c'était une sensation plus profonde, une étrange hypersensibilité qui se propageait à tout mon corps, une attraction magnétique, comme si ma chair et mes os savaient quelque chose que je n'avais pas encore découvert moi-même. Et une fois la mèche allumée, impossible de l'éteindre. Ce désir m'a tourmentée tout l'été, chaque fois que nos yeux se croisaient, comme un secret qu'on ressent le besoin d'avouer.

C'était inévitable. Même moi, je le savais. On ne peut pas résister à un truc pareil. Alors j'ai conclu un pacte avec moi-même, je me suis entourée de hauts remparts pour ne pas souffrir. Ce serait simple. Clair. Une nuit, c'est tout ce que j'aurais, et ensuite il retournerait à sa vie brillante et dorée de privilégié, et moi je poursuivrais la mienne, normale. Toute curiosité apaisée. En sécurité de nouveau.

Et mon plan fonctionna comme prévu – dans un premier temps. Je passai ma nuit de rêve avec lui, et au petit matin, je déposai un baiser sur sa joue et m'esquivai pendant qu'il dormait encore, faisant à pied le long chemin qui me ramenait au taudis qui me servait de maison, alors. En me disant, seule à la lueur de l'aube, que j'avais eu tout ce que je voulais. Il quitta la ville ce jour-là avec sa famille, et ma vie reprit son cours.

Sauf que rien ne fut plus jamais pareil.

C'est ce qu'il y a de dangereux, quand on goûte à quelque chose d'aussi parfait. J'appris à mes dépens qu'une fois cette beauté entrevue, même pendant un bref instant, mon cœur jour après jour s'étiola d'en être ensuite privé. Le monde perdit des couleurs, chaque baiser perdit toute saveur, sorte de pâle copie, et dans les ténèbres de la nuit, je ne pus empêcher mes rêves de me ramener à travers les années, à cette seule et unique fois où je m'étais sentie pleinement moi-même dans les bras de quelqu'un.

— Brit ! La voix de Garrett fait voler en éclats mes souvenirs. Ramène ta fraise, on est débordé.

Je me lève, lasse, et me traîne jusqu'au bar, à présent bourré de monde, la clientèle habituelle du soir.

— Et la nouvelle, elle est où ? je demande en ramassant les verres vides, sur le comptoir.

— Elle, euh… Il faut qu'elle trouve ses marques, répond Garrett, mais très vite, c'est assez clair, je sais que Jade ne restera pas chez nous plus longtemps que les autres serveuses. Soit la pauvre fille est complètement nulle pour ce job, soit elle est trop occupée à se pâmer devant Garrett pour s'occuper de ses tables. C'est donc moi qui me tape tout le boulot, à courir partout des uns aux autres, à remplir les verres, à aller chercher en cuisine les assiettes qui correspondent plus ou moins à ce que le client a demandé.

— Qui a commandé un cheeseburger ? j'interpelle Jade, car une assiette attend là toute seule depuis cinq minutes, dans le passe-plats. J'espère que le client l'aime froid, avec des frites molles.

— C'est pour le type au comptoir, répond-elle, évasive.

— Oui, pour moi. Derrière vous, ajoute le gars gentiment.

Mon cœur s'emballe. Bien sûr, il a fallu qu'il vienne. Ce mec ne sait pas renoncer.

Je me retourne. Hunter est juché sur un tabouret, en bout de comptoir, une bière à la main. Je pose l'assiette d'un geste brusque sous son nez. Il regarde son hamburger et fait la grimace.

— Bon sang, mon cœur. Je sais bien que tu essaies de te débarrasser de moi, mais massacrer le hamburger d'un homme, ça c'est mesquin.

Je hausse les épaules, mais mon cœur bat très vite. Même à la lueur des pâles néons du bar, avec du mauvais rock au jukebox et des peaux de cacahuètes partout par terre, Hunter a l'air tout droit descendu d'un yacht. Un beau gosse bronzé d'un mètre quatre-vingt-cinq, absolument sublime.

N'oublie pas, « trop beau pour toi ».

— Je ne te retiens pas, je réplique, avec un regard assassin.

J'en ai fait fuir à toutes jambes, des mecs, avec ce regard-là : des petites frappes, des dockers baraqués, tous à se carapater penauds devant mon courroux.

Mais Hunter ne cille pas.

— Nan, j'apprécie le service, ici. Il est tellement... imprévisible. Il attrape une frite dans son assiette, et je ne peux pas m'empêcher de regarder la courbe élégante de son bras musclé, la peau bronzée, parsemée de duvet blond.

Je retiens un soupir. Il a beau m'agacer terriblement, juste là, son corps est une œuvre d'art. Il l'était en tout cas, quand il avait dix-neuf ans.

Et aujourd'hui... ?

— Je travaille, là, au cas où tu ne l'aurais pas remarqué, je lui rafraîchis la mémoire, en détournant rapidement les yeux.

— Je ne veux surtout pas te déranger. Il sourit. Je pense que le couple là-bas veut passer commande.

Je me retourne. Ils me font des gestes, l'air excédé.

— Je peux dire adieu à mon pourboire, je marmonne en me dirigeant vers eux, mais quand je reviens, Hunter est exactement à l'endroit où je l'ai laissé, sauf que maintenant il est en pleine discussion avec Garrett.

— Ton pote vient de me dire que tu étais en congé lundi, remarque Hunter avec un sourire en coin. C'est parfait, pour notre rendez-vous, non ?

— Traître, je siffle à Garrett.

— Quoi ? proteste Garrett. C'est la vérité. Je ne vais pas mentir pour tes beaux yeux.

— Tu parles d'un pote.

Je rejoins Garrett derrière le comptoir pour attraper des sodas, mais Hunter ne me quitte pas des yeux, beaucoup trop proche à mon goût.

— Je te sers quelque chose ? je lâche, sarcastique.

— Juste un rendez-vous, répond Hunter, toujours avec le sourire. Je te laisse décider pour les activités. Je parie qu'il y a certaines choses que tu aimerais faire…

Je m'embrouille sous son regard et renverse du soda sur ma chemise.

— Regarde ce que tu m'as fait faire ! je m'exclame, frustrée. Je ne reste pas là à écouter ses protestations d'innocence. Je m'enfuis, m'engouffre dans le couloir, direction la réserve où je garde quelques hauts de rechange en cas d'urgence comme celle-ci.

Je retire ma chemise mouillée, les joues rouges tant je suis embarrassée. Comment suis-je censée me concentrer avec lui qui reste là, en train de … me *regarder* ? À chacun de ses gestes, on dirait une gravure de mode vivante, il est tellement sûr de lui, tellement relax, et pendant ce temps, moi, je me conduis comme une godiche, à crier après tout le monde, à renverser des trucs partout, tout ça parce que je suis incapable de garder mon sang-froid, quand je sais qu'il est dans ces murs.

Qu'ils aillent au diable, lui et sa confiance inébranlable !

— Brit ? La porte s'ouvre, et avant que j'aie eu le temps d'attraper un autre haut, Hunter fait un pas dans la petite pièce. Il écarquille les yeux, quand il me voit en petite jupe et en soutien-gorge. Oh, merde, je suis désolé !

Mon pouls s'accélère. Mon premier réflexe est de plonger derrière les étagères, et puis je vois cette expression, sur son visage. Il est pétrifié, me dévore du regard, avec quelque chose de brillant et de prédateur dans les yeux.

C'est la première fois que je le vois perdre son arrogance, depuis qu'il est apparu sur le toit, la nuit dernière, et je ne vais pas laisser passer l'occasion d'en profiter un max.

— On ne t'a jamais appris à frapper, avant d'entrer ? je demande calmement.

Je me dirige lentement vers l'étagère tout au fond, pour attraper un top propre, et je prends tout mon temps pour le sortir du sac et le déplier. Puis je jette un regard par-dessus mon épaule à Hunter. Il est toujours scotché, les yeux rivés sur moi, comme si je lui avais donné un coup de batte sur le crâne. Je cache un sourire.

— Ni à respecter l'intimité d'une jeune fille ?

Finalement je lui fais signe de se retourner.

— Oh, bien sûr. Oui.

Il détourne les yeux et se dépêche de se tourner face au mur.

J'enfile mon haut, remercie au passage le ciel d'avoir mis un soutien-gorge aussi mignon aujourd'hui : dentelle noire avec galon pourpre que j'ai cousu moi-même, à la fois délicat et plein d'audace. C'est un peu facile de prendre le dessus de cette façon, mais je profiterai de chaque occasion d'avoir l'avantage, quand Hunter a le pouvoir de m'anéantir d'un seul sourire.

— Tu peux regarder maintenant, je lui dis, hautaine, mais quand il se retourne, il a retrouvé ce petit sourire plein d'ironie. Il a eu le temps de reprendre ses esprits, et ma brève victoire n'est plus qu'un souvenir.

— Joli soutien-gorge, dit-il, avec un petit air narquois. Est-ce l'une de tes créations ?

J'ajuste mon haut d'un coup sec et renoue mon tablier.

— Tu t'y connais, en mode, maintenant ?

— Je m'y connais un peu en petites culottes, répond Hunter du tac au tac, et c'est plus fort que moi, je souris. Tu pourrais défiler en privé, pour moi, un de ces jours…

Son regard coule sur moi comme du miel, et je ne peux m'empêcher d'imaginer ses mains suivant le même chemin. Faisant tomber les bretelles en dentelle sur mes épaules, écartant la soie légère sur mon corps, desserrant ma culotte pour la faire glisser le long de mes cuisses…

Je frissonne.

Je ne peux pas. C'est trop dangereux. Le retour du Hunter d'autrefois, charmant et superbe, était déjà un problème, mais là, c'est bien pire. Parce qu'il ne s'agit plus d'un joli garçon devant moi, c'est un homme sexy à mourir.

Qui sait le plaisir qu'il serait capable de me donner ? Ou les ravages qu'il pourrait causer ?

Je me concentre de force sur cet aspect-là, l'arrière-goût amer que laisserait derrière lui n'importe lequel de ses baisers.

— Tu es bouché ou quoi ? je l'agresse. Je t'ai dit au moins cent fois de me laisser tranquille…

— Faux, m'interrompt Hunter, et il s'approche.

Soudain, il n'est plus qu'à quelques centimètres de moi, si près que je sens la chaleur irradiée par son corps. Si près que l'intensité de son regard ne fait aucun doute.

— Tu ne m'as rien dit. Tu m'as fait du charme, tu as blagué, et tu m'as engueulé. Mais tu ne m'as jamais dit de te laisser.

Je retiens mon souffle. Hunter me fixe, déterminé, les traits acérés de son visage à moitié gagnés par l'ombre dans la faible lumière de la réserve.

— Dis-le, reprend-il. Si tu veux que je parte, dis-le, et je te le jure, je ne t'embêterai plus jamais.

J'ouvre la bouche. J'ai les mots sur le bout de la langue, si simples, mais rien ne sort. Un simple mensonge, c'est tout ce qu'il faudrait pour me débarrasser de lui à jamais.

Sauf que ce serait un mensonge. Et ça, je ne peux pas le faire, pas à lui. Pas alors que Hunter est la seule vérité que j'aie jamais connue.

Je laisse échapper un long soupir et garde bouche close, vaincue.

Puis c'est le silence.

Une seconde passe, puis la victoire éclate, triomphante, dans les yeux de Hunter.

— Brit, murmure-t-il.

Je retiens mon souffle, attendant qu'il bouge, mais au lieu d'un geste brusque, il me touche avec douceur, effleure mon visage en une lente, tendre caresse.

Je tremble. Du bout des doigts, il suit la ligne de mon visage, comme s'il cherchait à en mémoriser le contour, et en me regardant de si près que je me sens plus nue que tout à l'heure, quand j'étais à moitié dévêtue.

C'est trop. J'essaye de détourner la tête, mais il me retient gentiment par le bout du menton et maintient mon visage en place, si bien que je n'ai pas d'autre choix que de croiser les siens, et je me perds dans le bleu intense de son regard.

Il voit tout au fond de moi.

Impossible de lutter, je ne trouve rien à dire, ni mot d'esprit ni réflexion désobligeante. Je ne peux pas rompre le contact. Ses yeux exigent tout de moi, et je ne peux que me rendre. Je me sens nue, complètement à nue, comme si toutes mes peurs, tous mes rêves et tous mes doutes étaient étalés là, devant lui. Ce qu'il y a de pire en moi, mes plus sombres secrets.

Pourtant, il ne détourne pas le regard.

Le temps s'étire, on n'entend que sa respiration, lente et régulière, et les battements de mon cœur qui tape de plus en plus fort à mes oreilles, alors que ses doigts poursuivent leur insoutenable et douce pérégrination. Mon sang bout dans mes veines, à son seul contact. Chaque geste, chaque souffle de sensation sur ma peau déclenche en moi un nouveau frisson, fune ondulation fragile et tendre, que je n'avais jamais ressentie jusqu'ici. Je suis perdue dans ce moment, autour de nous tout s'estompe, jusqu'à ce que mon univers ne soit plus que la sensation de ses doigts sur ma joue, et le bleu infini de ses yeux, et la chaleur de son souffle aérien alors que lentement, lentement, il approche son visage du mien, pour en finir enfin avec ces quelques centimètres insupportables qui nous séparent.

Ses lèvres se posent sur les miennes.

Hunter.

C'est le baiser que depuis trois longues années j'attends de pouvoir à nouveau goûter. Mais il ne ressemble à rien de ce que j'avais imaginé. Sucré et doux, chaud et lent. Mes yeux se ferment de béatitude, tandis que sa bouche danse doucement sur la mienne. Il me touche à peine, mais le tressaillement de plaisir qui me traverse suffit à arrêter mon cœur, et je flageole sur mes jambes. Hunter glisse un bras autour de ma taille, m'enlace, et je chavire, perdue dans les ténèbres. Je coule, vaincue par le doux tourment de ses lèvres et le contact de son corps, si solide et si fort contre le mien.

Hunter me serre un peu plus contre lui et glisse sa langue dans ma bouche, sa langue qui gentiment m'explore, s'enroule à la mienne et me goûte. J'entends comme un sanglot s'élever du fond de ma gorge, murmure de désir qui semble venir du plus loin de moi. Ma tête tourne, tout mon corps est pris d'un doux vertige, et à chaque nouveau geste, c'est une spirale de sensations qui s'accélère, se resserre, tout au fond de moi, et augmente encore le désir.

J'ai envie de lui.

Je me presse contre son corps, subjuguée par les assauts implacables de sa langue sur la mienne, mais ce n'est pas suffisant. Cela ne sera jamais assez.

Je veux plus.

Je m'accroche à son cou, l'attire contre moi, impatiente de sentir la puissance de ses épaules carrées sous mes mains et la saveur épicée de son baiser, plus profondément, plus fort…

Hunter fait un pas en arrière.

Pardon ?

Je sens un courant d'air glacial, là où était son corps. Je rouvre les yeux brutalement, cherche à recouvrer mon souffle, désemparée de le voir là debout devant moi, à quelques centimètres. De nouveau, il m'observe avec ce regard impénétrable, alors je tends les mains, mais il s'en empare, et m'empêche d'approcher.

— Dîner, lundi soir, dit Hunter.

Et je suis sidérée de le voir si calme. Ce baiser m'a retournée, et lui c'est tout juste s'il a un cheveu de travers.

— Je t'appellerai, ajoute-t-il.

Il tourne mes mains vers le ciel et dépose un baiser léger à l'intérieur de chacune d'elle, assorti d'un sourire espiègle et riche de promesses. Et l'instant d'après il est parti, me laissant seule, en état d'extase, chancelante contre les étagères.

Mais à quoi joue-t-il ?

Chapitre quatre

Hunter

Je ne pouvais pas y croire, la revoir un jour.

En revenant à Beachwood Bay, j'aurais dû m'en douter, mais quelque part, je m'étais fait la leçon, inutile d'espérer. Elle ne serait plus là. Une fille comme elle, à la première occasion, elle serait partie de cette petite ville.

Une fille comme elle était née pour être libre.

J'aimais penser à elle, parfois, quand je m'ennuyais en cours, à Yale, à écouter des professeurs soprifiques radoter sur des types morts depuis des lustres et leurs théories oiseuses. Je regardais par la fenêtre et l'imaginais, là-bas, traversant peut-être le pays en stop, travaillant dans un bistrot sur une plage en Californie, ou un chalet dans les montagnes du Colorado. Elle pouvait être n'importe où. Faire n'importe quoi. Mais aujourd'hui, elle est là, aussi belle que la dernière fois où je l'ai vue. Avec toujours le même feu farouche dans ses yeux presque noirs, me fuyant toujours comme si c'était moi qui lui avais brisé le cœur, alors que c'est l'inverse.

Je sors de la réserve, avec le goût de ses lèvres sur les miennes, je sens encore les courbes de son corps, si incroyablement doux, tellement sexy contre le mien.

Brittany Ray.

Bon sang.

Je me retrouve sur le parking, comme si quelqu'un m'avait mis KO à la fin d'un round. Tout un tas de questions se bousculent dans ma tête. *Que fait-elle encore ici ? Lui est-il arrivé de penser à moi, ne serait-ce qu'une fois, au cours de ces trois dernières années ?*

Comment un seul baiser peut-il me faire cet effet ?

Mais surtout, je réalise que je veux savoir qui a mis cette expression dans ses yeux : cette amertume douloureuse, ce désarroi qu'elle tente de dissimuler derrière ses sarcasmes et ses sourires. Tout ce temps, je l'ai imaginée libre et heureuse. Aujourd'hui, je sais qu'il n'en est rien.

Et celui ou ceux qui lui ont fait ça, qui que ce soit, feraient mieux de se méfier. Parce que je vous jure que je vais aller leur dire deux mots. Des mots qui commenceront et se termineront sur le bruit de mes coups de poing.

Brittany Ray.

Je sens mon cœur qui cogne, encore sous le choc et l'euphorie et quelque chose d'autre encore. La douceur de son contact, le souvenir de son baiser.

Bon sang.

Je secoue la tête et me mets en route, à pied.

Quand j'arrive au ranch, il est plus de vingt-trois heures. La propriété est silencieuse dans la nuit, la seule lumière vient du cottage de l'employé, au bout du champ. Jake, ma nouvelle recrue, est probablement devant sa télé, à regarder les redifs sur ESPN en sirotant sa bière. Un moment, j'ai l'idée de le rejoindre, mais je ne suis pas d'humeur. Je suis encore pris par ce qui vient juste de se passer, avec ce poids de la culpabilité logé en permanence dans ma tête, comme du plomb.

Je fais mon tour, vais jeter un œil sur les chevaux, à l'écurie, et je vérifie en passant la solidité des nouvelles portes du paddock. Partout, ça sent encore la peinture fraîche qui se mêle aux odeurs de foin et de poussière, à celle des chevaux et des grands espaces.

Une odeur qui sent bon la maison.

Je ne peux retenir un sourire à cette idée. J'imagine la tête de ma mère si quelqu'un osait dire que le splendide manoir de Charleston de la grande Camille Covington sentait la vieille écurie. Mais même si j'ai grandi là-bas, jamais je ne m'y suis senti chez moi. Non, ma maison, c'était le ranch de grand-père Earl, à la campagne. Venir ici chaque été était une bénédiction : tout un mois sans devoir prendre de leçons de tennis au country club, ou s'habiller en pingouin pour un dîner, ou encore à faire les potiches lors de ces cocktails ennuyeux à mourir donnés par mes parents. Tout un mois sans que mon frère et moi ayons à faire les beaux devant les invités, comme un souvenir qu'ils auraient rapporté d'un safari, une sorte de trophée exposé pour prouvé leur statut d'élite sociale. Jace jouait volontiers le jeu, il faisait toujours tout pour les rendre fiers. Moi, je n'ai jamais pu me plier à ces simagrées. C'est moi qui faisais le mur par la fenêtre de la salle-de-bains, à la réception de Noël du gouverneur, en m'échappant par la fenêtre de la salle de bain. C'est moi qu'on surprenait dans le placard du vestiaire avec l'une des débutantes.

Ha ! une fois, elles étaient deux.

Grandir dans cette maison, c'était une vie de contraintes et d'exigences et de déceptions, par contre ici, au ranch, tout cela n'avait plus d'importance. J'ai appris que là-bas tout était surfait, c'était un monde que mes parents et mon frère avaient choisi, mais un monde dont je n'avais pas besoin. Je laissais donc Jace dans le rôle du golden boy, à la droite de notre père lors des réunions du conseil d'administration, et papotant avec les copines de ma mère à l'association des Filles de la révolution. Moi, j'étais heureux dans la lande, avec les chevaux et l'infini pour horizon. Et je me promis de tourner le dos définitivement à toutes leurs conneries dès que possible.

Sauf que ça ne s'est pas passé comme ça. Loin de là.

Je me dirige vers la maison quand mon portable sonne. Je sais qui appelle mais la culpabilité me prend à la gorge quand même.

— Alors ? As-tu enfin retrouvé la raison ?

Sa voix depuis Charleston claque, pleine de reproches.

— Maman…

Je soupire. Je pousse la porte, allume les lumières, illuminant le grand salon rustique et chaleureux, encore occupé par le vieux mobilier de grand-père, avec les poutres en vieux chêne au plafond. La maison du ranch est conçue comme un loft, avec une énorme cheminée en pierre de taille qui trône dans le salon, et les fenêtres qui donnent sur le paddock et les champs à perte de vue.

— Je ne comprends pas pourquoi tu es parti comme ça, sans même prendre la peine de dire au revoir, continue maman. Alors que nous étions venus exprès pour assister à ta remise de diplôme.

— Je t'avais dit que ce n'était pas la peine, je lui rappelle. Quel besoin d'une cérémonie débile, j'avais toutes mes UV. Tout ça, c'est juste pour le spectacle.

— C'est la tradition, corrige ma mère, comme si ce n'était pas la même chose. Nous avions prévu un dîner, les anciens camarades de fac de ton père devaient venir. C'était extrêmement embarrassant d'avoir dû tout annuler à la dernière minute.

Je me rends tout droit dans la cuisine, attrape une bière dans le frigo et la vide à moitié d'un coup. Un moment, je m'interroge : mes parents se réjouissaient-ils vraiment de la fin de mes études, ou n'était-ce qu'un prétexte pour eux, pour donner une réception de plus, un nouveau biais pour réunir tous leurs amis autour de leur parfaite petite famille.

— Alors dis-moi, Hunter – maman change de tactique – combien de temps va durer cette petite rébellion ? Tout l'été ? Plus longtemps ?

— Ce n'est pas une rébellion, je grogne, comme si je ne m'étais pas expliqué cent fois déjà sur le sujet. Nous avons conclu un marché, tu te rappelles ? Je m'étais engagé à aller au bout de mes études, et c'est fait. C'est ma vie maintenant.

— Travailler dans un ranch ? Je devine la bouche de ma mère se crisper en un sourire plein de dédain. Ce n'est pas une vie, en tout cas pas pour un Covington.

— C'en était bien une pour grand-père…

Je m'approche de la fenêtre et presse mon front contre la vitre glacée. Voilà pourquoi j'ai zappé la cérémonie de remise des diplômes, et toutes les conneries de mes parents. À la minute où j'en ai terminé avec les exams, j'ai vendu la BMW que j'avais reçue en cadeau d'anniversaire pour m'offrir un pick-up, jeté quelques vêtements dans un sac et je suis parti. Onze heures de route jusqu'à la côte, sans rien avoir à faire d'autre que cogiter, mais d'une certaine façon, kilomètre après kilomètre, je me suis senti plus léger. Je m'en allais loin de leur héritage, vers un futur que je me construirais moi-même.

— Mon père était un original, réplique maman avec brutalité. Comment comptes-tu gagner ta vie là-bas ? N'attends pas de ton père ni de moi que nous te soutenions dans ce projet ridicule.

— Je n'attends rien de vous, je déclare avec fermeté. Grand-père m'a légué cette terre et quelques babioles, pour le reste je me débrouillerai.

— En élevant des chevaux ? De nouveau, c'est le même mépris. Trésor, je ne sais pas d'où cette idée te vient. Nous avions tout planifié : Yale, puis la faculté de droit…

— Je n'ai jamais eu envie d'aller en fac de droit, je l'interromps, les poings serrés.

Elle a le chic, pour ça, vous harceler avec sa propre idée de votre avenir, jusqu'à ce que vous trouviez plus facile de vous résigner.

Mais pas cette fois. J'en ai assez.

— Dans ce cas, pourquoi pas une école de commerce, suggère ma mère. Ou même entrer directement dans l'entreprise de ton père. Tu travaillerais avec lui. Nous en avons discuté, il y a un siège qui se libère, dans le conseil d'administration…

— Non, maman ! Arrête ! Ma voix résonne, intraitable et un silence suit. Pardon – je ravale ma frustration – mais tu ne m'écoutes pas. Je ne rentrerai pas à la maison. Je ne rejoindrai pas l'entreprise. C'est comme ça et pas autrement, maman.

— Je ne supporte pas de te voir gâcher ainsi tout ton potentiel. Tu n'es plus un enfant, Hunter. Tu as des responsabilités…

Et voilà qu'elle revient à la charge, mais il se fait tard et je suis trop fatigué pour cela. Je me sens à fleur de peau, après avoir revu Brit comme ça, trop nerveux pour me lancer dans une énième dispute avec ma mère, tout ça pour nous retrouver au point de départ.

— Il faut que j'y aille, maman, je lui dis. Prends soin de toi, d'accord ?

— Hunter…

Je raccroche et je respire à pleins poumons en regardant les champs plongés dans l'obscurité. C'est silencieux, tellement reposant. Tout cet espace vide est encore nouveau pour moi. On n'entend que les criquets qui chantent dans l'herbe. À la fac, il y avait des lumières partout, et du bruit aussi, avec des fêtes qui se prolongeaient tard dans la nuit dans les dortoirs, et la vente non-stop de joints dans les allées du campus. Je pouvais toujours trouver une distraction, quelque chose pour m'empêcher de penser, mais ici, le voisin le plus proche se trouve à près de deux kilomètres, et ce soir, il n'y a rien que ce silence.

J'avale une autre gorgée de bière et allume la télé pour étouffer la tranquillité. Ils passent un vieux film, *Luke la main froide*, mais je n'arrive pas à me concentrer. Alors j'en suis bientôt à ma quatrième bière, puis à la cinquième, je glisse dans le brouillard, somnolant,,et les souvenirs commencent à revenir. Comme je m'y attendais, parce qu'il en est toujours ainsi.

— Je te parie dix dollars…

— Oh, allez !, tu peux monter jusqu'à cinquante.

— C'est vrai. J'avais oublié, te voilà riche avec ce chèque du diplôme en poche – je ricane et passe le joint à Jace –, à moins que je ne doive dire un acompte, pour l'achat de ton âme ?

— Oh ! mec, ne dis pas un truc pareil. Jace laisse échapper un long soupir, la fumée dessine des tourbillons au-dessus du quai. Il regarde le pétard. Hmm, c'est de la bonne. Où l'as-tu trouvée ?

— Un type, dans un bar, je réponds avec un haussement d'épaules. Ne change pas de sujet. Je n'arrive pas à croire que tu as signé pour devenir le gentil toutou de papa à l'automne.

Jace fais les gros yeux avec bonne humeur.

— Je ne serai même pas dans son service. Je parie que je ne le verrai même pas.

— Excepté pour le déjeuner, et les dîners avec les clients, et les week-ends au club de golf… j'ironise, ne plaisantant qu'à moitié. Je suis sérieux, mec. Travailler là-bas, c'est comme une condamnation à mort. Ils colleront ton nom à la porte avant même que tu ne t'en rendes compte. Covington et Fils.

— Au pluriel, Fils, précise Jace avec un sourire en coin. Tu sais qu'il t'a dans le collimateur, toi aussi. C'est juste une question de temps.

Je râle, reprends le joint.

— Tu ne t'es jamais demandé comment ce serait si nous n'étions pas… nous ? je lâche, songeur. L'océan est noir et infini derrière le port, et pour la centième fois peut-être je m'imagine mettant les voiles sans destination précise. Si on était juste deux gosses normaux, je veux dire, sans toute cette connerie de Covington à gérer.

Jack me regarde comme si j'étais fou.

— Tu voudrais être un type normal comme tant d'autres ? Mais t'imagines pas la chance qu'on a ! Nous pouvons faire tout ce que nous voulons.

— Tout ce que maman et papa veulent, je rectifie.

Il rit.

— Tu verras, quand tu seras grand, tu réaliseras que les gens normaux n'obtiennent pas les avantages dont nous bénéficions. Un jour, on pourrait même diriger ce foutu État. Député. Gouverneur.

— Pourquoi t'arrêter là ? je remarque, sarcastique, pourquoi pas président ?

— Et pourquoi pas ? Jace me décoche un sourire si prétentieux que je lui lance un paquet de chips à la figure.

— Connard.

— Trou du cul.

— Enculé.

Jace se jette sur moi et nous roulons sur le quai, nous bagarrant comme nous l'avons toujours fait depuis qu'il est en âge de me mettre une raclée. Pendant des années, j'ai lutté en vain contre ses prises – quatre ans de plus, ça pèse dans des bagarres quand on est enfant –, mais dès que j'ai pris un peu de muscle, surtout après être entré dans l'équipe de foot, j'ai pu lui rendre la monnaie de sa pièce.

Cette fois, j'arrive presque à le maîtriser, jusqu'à ce que Jace se contorsionne et se libère, et qu'il m'envoie bouler sur le quai.

— C'est bon, j'ai mon compte, je râle en tapant du poing, Tu es encore en forme, pour un vieux.

— Fais gaffe, gamin, dit Jace en tendant la main pour m'aider à me relever. Si je veux, je peux très bien t'envoyer à la flotte, il rajoute en désignant l'océan à nos pieds.

— Vas-y ! Essaie un peu !

— J'ai une meilleure idée, dit Jace, avec un sourire malicieux. Si je gagne, tu devras aller aborder cette serveuse que tu n'arrêtes pas de mater.

— De quoi parles-tu ? je réplique, tendu.

— Allez, pas avec moi, il me pince le bras. Je t'ai vu. Cette gamine, chez Mrs Olson, celle qui se teint les cheveux de toutes ces couleurs dingues.

Je hausse les épaules, comme si je ne savais pas de quoi il parle.

— Il y a plein de filles dans cette ville.

Jace n'est pas dupe.

— Si tu le dis, mec. Mais j'ai entendu des gens en parler… Apparemment, elle n'est pas farouche…

— Ta gueule ! Je réponds, avec une telle violence, que Jace hausse les sourcils, surpris.

— Tu vois, je savais bien qu'elle te plaisait.

— Absolument pas, je réponds machinalement. C'est juste que… Je refuse d'écouter les ragots, c'est tout. Nous ne la connaissons pas.

— Nous savons qu'elle porte cette petite robe noire vachement bien, remarque Jace, de nouveau taquin, et je sens la colère qui monte en moi.

— Laisse tomber, je le mets en garde.

— Whoa ! dit-il, en levant les mains. Compris. Zone interdite… Il attrape sa bière et vide le reste de la bouteille. Alors, on s'y met ou quoi ? ajoute Jace, en montrant l'eau d'un signe de tête.

— Quand tu veux, je réponds, heureux de parler d'autre chose. Prépare-toi à payer, le vieux, parce que c'est toi qui vas y aller.

Le bruit de la pub à la télé me réveille.

Je m'assieds, le cœur qui bat à toute allure, et louche sur ma montre. Quatre heures du mat et l'aube est en train de montrer le bout de son nez à l'horizon.

Je m'arrache au vieux canapé et vais me préparer un café, que je relève avec un nuage de whisky, histoire de calmer mon mal de crâne, puis je sors sous le porche de derrière. Je m'installe sur la balancelle et regarde le soleil émerger doucement derrière les arbres, le ciel sombre illuminé par ce nouveau jour.

Peu à peu, la douleur dans ma poitrine s'estompe. Comme chaque matin, j'attends, j'attends que s'éloignent les ombres de la nuit. Que les souvenirs aillent se tapir dans un recoin de ma tête, jusqu'à la nuit prochaine. Pour que le monde redevienne net.

Encore un jour à essayer de me sentir humain.

Ils disent que tout s'arrange, avec le temps, mais j'attends toujours. Encore aujourd'hui, je me réveille au milieu de nuits si noires que je ne pense pas vivre assez pour voir l'aube. Ces nuits où je n'ai pour amie qu'une bouteille de whisky, avec le passé comme un couteau acéré dont la lame déchire le personnage que je me suis construit et plonge au plus profond de mon cœur.

C'est au cours de ces heures les plus désespérées que je me surprends à la chercher, dans ma mémoire, comme un enfant qui s'accroche à son drap, après un cauchemar.

Brit.

Étrange comme penser à quelqu'un peut avoir du sens. Nous n'avons passé que quelques heures ensemble, il y a des années, mais je me suis accroché au souvenir de sa force, et de sa tendresse, comme à l'unique lumière de mes ténèbres. Une étoile Polaire, pour me guider, me faire croire que malgré toute ma culpabilité, tout mon chagrin, je pouvais ressentir autre chose, aussi. Un moment de paix, une lueur de joie.

Elle m'a sauvé, et elle ne le sait même pas.

L'ironie de tout cela me fait sourire, mais un sourire amer, teinté d'une triste résignation. *Tu es un sacré imbécile, Hunter Covington*, je me dis, en avalant une autre gorgée de mon café noir et amer. Je ne suis pas fou, je sais depuis tout ce temps que la fille que j'ai dans la tête n'existe plus, si elle a jamais existé un jour. C'était juste un amour de vacances. Un garçon avec qui elle est sortie à un moment où elle était trop jeune pour imaginer autre chose. Ce n'est pas comme si elle était restée avec moi pour voir le jour se lever.

Pourtant, tout ce temps, je l'ai gardée dans mon cœur, comme une photo nichée dans un portefeuille ou une lettre pressée contre la poitrine d'un soldat, pliée avec soin, en souvenir des temps heureux. Quelque chose à quoi se raccrocher, une raison d'y croire.

Et aujourd'hui, de nouveau, elle est là, bien réelle.

Je repense à la nuit dernière, revis avec émotion chaque détail dans mon esprit. La minijupe en jean, couvrant à peine ses cuisses pâles. Son petit corps, la volupté de ses seins sous son soutien-gorge. Et ce visage…

Souvent je me suis demandé si ma mémoire ne me jouait pas des tours. Si n'importe quelle fille ne m'apparaîtrait pas aussi belle qu'elle, dans mes souvenirs. Mon imagination me trompait sans doute, me la peignant plus adorable qu'en vrai.

J'avais raison. Mes souvenirs étaient tous faux. Parce que Brit en fait est encore plus fascinante aujourd'hui que je n'aurais pu l'imaginer.

Stupéfiante. Bouleversante. Sublime.

Une vague de désir surgit, et je laisse échapper un soupir. Oui, je suis sacrément idiot. Un idiot d'être revenu ici. Un idiot de m'accrocher à l'image d'une fille que je connais à peine.

Et un idiot de la désirer si désespérément, encore une fois.

Je me lève et rentre, trouve mon téléphone et un bout de papier avec un numéro gribouillé dessus. Il est tôt, mais la personne à l'autre bout du fil décroche presque tout de suite. J'ai l'impression que je ne suis pas le seul à avoir passé une mauvaise nuit.

— Salut, je commence, je vais avoir besoin de ton aide…

Chapitre cinq

Brit

Il appelle.

Garrett a dû lui donner mon numéro, puisque Hunter m'appelle dès le lendemain matin, et le soir aussi, et toute la journée du dimanche. Je ne décroche pas, mais à chaque fois, il me laisse un message, de cette voix que je connais par cœur, profonde et sexy.

— Si tu veux jouer les inaccessibles, ça te regarde…

J'écoute et réécoute son dernier message, tressaille au ton amusé de sa voix.

— Tes baisers, eux, ne mentent pas. Je te retrouve demain à dix-huit heures.

Je raccroche, et me maudis pour l'épisode dans la réserve. Cette pièce doit avoir un effet magique sur nous, les enfants Ray, parce que je ne vois pas une seule autre raison pour avoir été assez stupide pour me jeter ainsi entre les bras de Hunter.

Peut-être parce que ces bras sont diablement sexy… ?

Non ! Je résiste au souvenir enivrant de ses lèvres qui se pressent, sensuelles, contre les miennes, et lance mon portable à la volée à l'autre bout du canapé, hors de portée surtout. Je me suis astreinte à ces règles il y a trois ans pour une bonne raison, et rien n'a changé depuis. Même s'il me fait vibrer comme personne d'autre sur cette terre, cela ne suffit pas. Il est toujours aussi parfait, aussi beau, aussi riche, et moi… pas. Je suis loin d'être assez bien pour quelqu'un comme lui.

Il ne ferait que me briser le cœur.

Peut-être, mais tu mourrais heureuse.

Je mets la musique à fond et reporte mon attention sur les croquis éparpillés devant moi, sur la table basse. Me cacher pour éviter Hunter a au moins servi à une chose : j'ai passé tout le week-end à réfléchir à mes modèles, à dessiner la robe de mes rêves, qui commence à prendre sérieusement tournure. La soie attend encore dans les sacs, pliée avec soin dans son emballage, mais je ne résiste pas, j'en sors un petit bout pour le contempler. Le tissu se répand en cascade sur ma table de travail, en vagues pourpres infinies, pleines de promesses.

Sous mes crayons, les robes prennent forme, je leur donne vie à grands traits de couleur. Est-ce que je devrais essayer celui-ci, un bustier avec une jupe en corolle, ou bien laisser la soie retomber en un seul drapé ? Avec des volants…

Je travaille tout l'après-midi, et m'accorde enfin une pause pour m'étirer. Je me prépare un sandwich au beurre de cacahuète et à la confiture, que je vais déguster sous le porche, en regardant l'océan rouler ses vagues sur le rivage.

— Toc, toc ?

Je lève les yeux. Garrett apparaît à l'angle de la maison et grimpe les marches. Il se marre devant mon sandwich dégoulinant.

— Je ne t'ai pas vue depuis des lustres, je te croyais morte de faim.

— T'inquiète, je sais parfaitement m'occuper de moi toute seule, je rétorque.

Ce n'est un secret pour personne, je me nourris de hamburgers et de frites que je rapporte de chez Jimmy, de temps en temps, j'avale une bricole après mon service et je prends de la pizza froide au petit déjeuner, le lendemain matin. Je brandis mon sandwich comme preuve.

— Tu vois, un repas tout ce qu'il y a de diététique !

— Je ne vois aucun légume, là-dedans, plaisante Garrett, en se postant sur la balancelle.

— de la confiture de fraises, ce sont des fruits, je déclare avant de mordre dans mon sandwich à pleines dents.

— Ne viens pas te plaindre quand tu mourras du scorbut.

— Et c'est toi qui dis ça, je ris. Le gars qui ne se nourrit que de plats tout faits et de bière. D'ailleurs, tu ferais mieux de faire attention, j'ajoute. Tu commences à prendre de la bedaine.

— Quoi, là ? s'exclame Garrett en remontant son T-shirt, révélant des abdos en tablette de chocolat, ainsi que les volutes d'un tatouage, « *Semper Fi* ». Nan, ça va…

— Cache ça !

Je lui crie balance une chips qui rebondit sur son ventre et que Garrett attrape pour l'engloutir aussitôt, hilare.

— Alors, quoi de neuf ? demande-t-il. Je ne t'ai pas vue de tout le week-end.

— Je n'ai pas arrêté, je réponds avec haussement d'épaules. Je travaille sur une nouvelle robe.

— Ah oui ? Garrett tique. Et par hasard, toute cette occupation n'a rien à voir bien sûr avec ce mec, Hunter ?

— Non.

Je baisse les yeux, mes joues s'empourprent.

— Regardez la petite Brittany Ray qui rougit pour un garçon, glousse Garrett. Jamais je n'aurais cru voir ça un jour.

— T'as rien vu du tout, je m'énerve, et je me lève. Il ne va rien se passer, alors laisse tomber.

Je file dans la cuisine rincer mon assiette. Garrett me suit.

— Où est le problème ? demande-t-il, nonchalamment appuyé contre le chambranle. Il a l'air d'un mec bien.

— Il l'est, j'admets à contrecœur. Trop bien.

— Et apparemment, il t'adore, ajoute Garrett. Sentiment totalement réciproque, si j'en juge par les regards torrides que vous avez échangés, l'autre soir, au bar.

— Arrête !

— Je parle juste de ce que j'ai vu, moi, poursuit Garrett. Et alors, où est le mal ? Va boire des verres, amuse-toi un peu. Le temps est peut-être venu que tu sortes avec quelqu'un de correct, au lieu de ces trous-du-cul goujats avec lesquels tu aimes te montrer.

Je ne proteste pas à la description de mon genre de petits copains. C'est d'ailleurs en partie pour cette raison que je les choisis, au début. Au moins je ne crains pas l'inconnu avec eux, je sais que je serai déçue, donc ils me rassurent. Si je n'attends rien d'autre d'eux qu'une rupture, au moins ça fait un peu moins mal quand à la fin ils me plaquent.

Mais Hunter…

Je sais déjà que je boirais chaque parole qui sortirait de ses lèvres parfaites. Et quand, finalement, il me laisserait tomber, parce que c'est ce qu'ils font toujours, alors je n'aurais pas uniquement le cœur brisé, j'aurais surtout été conne.

Et je me suis toujours juré que je ne serai la conne de personne.

Garrett attend sa réponse, alors je soupire, vaincue.

— Il est trop parfait, je confesse, appuyée contre l'évier, en tournant et retournant le torchon entre mes mains, mal à l'aise. Sa coiffure, ce visage, et tout cet argent… C'est trop. Je finirais par me sentir comme une pauvre nulle, avec lui, une moins que rien.

— Tu es en train de l'idéaliser, là, argumente Garrett. Personne n'est parfait.

— Crois-moi, Hunter Covington l'est, lui, je réplique. Il suffit de le regarder, cette façon qu'il a de se pointer chez Jimmy, comme si le bar était à lui. Que veux-tu, certaines personnes naissent avec une cuillère en argent dans la bouche. Et pour nous, simples mortels, mieux vaut pas traîner avec eux.

Garrett secoue doucement la tête, avec l'ombre d'un sourire.

— Tout le monde a ses secrets, Brit. Certaines personnes cachent simplement mieux leurs cicatrices que d'autres.

Je le regarde, en me demandant si c'est de lui-même qu'il parle. Garrett a débarqué en ville, comme surgi de nulle part, l'année dernière, mais il trouve toujours un moyen de changer de sujet dès que la conversation tourne d'un peu trop près autour de lui. Il s'est très bien entendu avec Emerson, au bar, et nous deux, nous avons noué tout de suite une relation grand frère-petite sœur, mais j'ai très vite compris que certaines choses étaient hors-limite. Par exemple, ce qu'il faisait avant de venir ici, la vie qu'il a laissée derrière lui.

— Je dis juste que certaines personnes pourraient te surprendre, reprend-il avec un sourire. Bon, et il change de sujet, t'as quoi de prévu, ce soir ? Vas-tu t'enfermer à double tour et faire comme si tu n'étais pas là, quand il viendra te chercher ?

Je gémis, je n'avais pas pensé à ça.

— Merde, tu as raison. Il va se pointer.

Et lorsqu'il le fera... Mon magnifique score de résistance à ce garçon, c'est zéro à deux.

Et ça, je déteste.

— Qu'est-ce que je vais bien pouvoir faire ? j'implore Garrett. Tout le monde dans cette ville pourra lui dire où je suis, je n'ai nulle part où me cacher.

— Toujours dans le drame, se moque Garrett, mais il ne comprend pas.

C'est mon cœur qui est en jeu, ici. Je sais sans aucun doute que si je sors dîner avec Hunter, si je passe deux heures avec lui à discuter à la lueur des chandelles dans un restaurant romantique, comme il l'a promis, à me noyer dans ses yeux bleus, alors je suis perdue. Je l'embrasserai encore. Et si je l'embrasse encore, je le sais, ce ne sera plus qu'une question de temps avant que je ne le déshabille, ne me jette dans ses bras, et ne finisse le boulot quc j'ai commencé il y a trois ans : tomber tête la première et désespérément amoureuse de lui.

Garrett prend pitié de moi.

— Déstresse, je suis venu te chercher. Il y a une fête foraine, à Hendersonville. Le patron d'une brasserie locale avec qui j'envisage de bosser y tient un stand. Tu n'as qu'à m'accompagner.

Une occasion de quitter Beachwood Bay ? Avec de la bière en prime ?

— Je viens ! j'exulte, attrapant en vitesse un sweat et mes clés. Emmène-moi loin, loin de cette ville.

Il fait nuit quand nous arrivons à Hendersonville, et la foire est bondée. Il y a aussi des tas de vaches dans les champs pour l'expo agricole, et des manèges et toutes sortes de stands et de baraques à jeux. La foule va et vient dans une joyeuse bousculade, c'est un brouhaha bruyant de cris d'enfants en famille et la musique éclate à nos oreilles alors que nous passons. Le chaos m'absorbe tout entière et pendant un moment, j'oublie complètement Hunter, et je retombe en enfance.

Je me dirige droit vers les stands de confiserie.

— C'est dans les foires qu'on mange la meilleure *junk food*, je décrète, la bouche pleine de barbe à papa.

Garrett éclate de rire.

— Tout ce que je te demande, c'est de ne pas me vomir dessus si on monte sur la grande roue.

— Pitié, je réplique, hautaine. Je suis capable de m'enfiler six verres de tequila à la suite, sans dégobiller mon déjeuner. Alors ça, c'est un jeu d'enfant…

Nous déambulons lentement parmi la foule. Garrett regarde sa montre.

— Tu as rendez-vous quelque part ? je lui demande.

— Non, je veux juste être sûr de pas rater le type de la brasserie, répond-il en regardant autour de lui. Je crois que c'est par là… Nous nous écartons de l'allée principale et je le suis à travers les grappes de gens.

— C'est quoi, cette odeur ?

Je fronce le nez.

— À ton avis ? rit Garrett. Pas de chevaux sans un peu de crottin… Nous traversons la section bétail où fermiers et éleveurs sont venus exposer leurs plus belles bêtes. Des gosses sont agglutinés autour d'un enclos où sont rassemblés des chevreaux, des petits cochons, puis, un peu plus loin c'est une arène de sable qu'on est en train de ratisser, après les rodéos de la journée.

Je m'approche de l'enclos. Quelqu'un conduit un cheval sur la piste et décrit des ronds dans l'enceinte. C'est une jeune jument alezane fougueuse qui tire sur la longe, trépigne et recule, mais son maître reste imperturbable. Son visage est caché par une casquette de baseball, et impossible d'entendre ce qu'il dit. Mais je regarde la façon dont il accompagne les mouvements du cheval, marchant d'un pas sûr auprès de lui, déroulant peu à peu la longe, jusqu'à ce que l'animal se calme et trotte en rond autour de lui.

Je n'ai jamais été vraiment passionnée par les chevaux. Dans la région, c'est comme une espèce de rite de passage pour certaines filles, la façon dont elles tombent amoureuses de leur poney, comme une répétition générale avant de tomber amoureuse d'un garçon. Moi ? Je suis passée direct à la case garçon. Mais à regarder le dresseur murmurer à l'oreille de sa jument pour la dresser, je ne peux pas m'empêcher d'être fascinée par cette communion entre l'homme et la bête. Comme si cet homme lui parlait dans un langage secret, avec des mots et des gestes qu'elle seule peut comprendre.

Quoi qu'il fasse, la jument semble avoir confiance en lui. Puis soudain, des éclats de musique retentissent dans un manège tout proche.

La jument se dérobe brusquement, entraînant son maître qui trébuche. Je retiens mon souffle, mais il reprend vite la longe en main. La bête se cabre, hennit, affolée. Autour de moi, ça s'agite, des hommes se préparent à entrer dans l'enclos pour maîtriser l'animal, mais le dresseur leur fait signe de ne pas bouger.

Je pense qu'il va renoncer devant le danger, mais au lieu de cela, il s'approche, mains ouvertes, de la jument nerveuse. L'animal a les yeux exorbités, ça piaffe, ça trépigne, elle est près de s'emballer, mais le dresseur continue d'approcher lentement, sans marquer d'hésitation. Il murmure des mots que je n'entends pas, apaisants, fermes, et enfin la jument apeurée se calme, renâcle et frappe un peu le sol.

Je respire, soulagée, je n'étais même pas consciente d'être tendue.

— Une sacrée beauté ! rit le dresseur en s'adressant aux spectateurs sur le bord de l'enclos. Je la prends.

— Ah ! te voilà, dit Garrett en venant à côté de moi. Je me demandais où tu… – il voit quelque chose derrière moi et sourit. – Pile à l'heure !

— Quoi ?

Je mords dans ma barbe à papa pour en engloutir un nouvel énorme morceau et me retourne pour voir le dresseur lâcher la jument et franchir la clôture de l'enclos d'un bond. Il enlève sa casquette de baseball et, pour la première fois, je découvre son visage.

Hunter.

Mon cœur s'arrête. C'est tout juste si je le reconnais sans ses vêtement BCBG, habillé comme ça, simplement, jean râpé et T-shirt bleu ciel, comme les cow-boys du coin. Très nature, très mâle. Beau à en tomber à la renverse, incroyablement sexy.

Fuck.

Je me retourne d'un bond face à Garrett qui me sourit comme un niais.

— Tu m'as piégée, c'est ça ? je crie. Qu'est-ce que ça veut dire ?

Garrett recule, les mains en l'air en signe de reddition.

— Tu n'avais pas donné sa chance à ce gars.

— Mais je t'ai dit…

— Que tu l'aimais bien ! Je voulais simplement vous aider, ça va…

Garrett a au moins la décence de la jouer tout penaud, mais je ne sais pas si c'est parce qu'il s'en veut de m'avoir salement trahie, ou s'il a peur que je le frappe avec mon reste de barbe à papa jusqu'à ce que mort s'ensuive.

— Non, ça ne va pas du tout, je peste en avançant, menaçante. J'y crois pas. Tu as tout manigancé dans mon dos et…

— C’est ma faute. La voix de Hunter retentit, puis ses mains atterrissent sur mes épaules et m’empêchent d’infliger une raclée bien méritée à Garrett. C’est moi qui lui ai demandé de t’emmener ici. Je sais me montrer très persuasif, quand je veux, tu sais.

— Tu veux dire très chiant…

Je me dégage et lui fais face. Et là, j’en ai le souffle coupé, rien qu’à le regarder, de si près. Le bleu délavé de son T-shirt fait ressortir l’éclat rieur de ses yeux. Un frisson de désir me parcourt, et j’ai envie de lui, là, maintenant, encore une fois, mais je me débats contre cette attirance et dégaine à Hunter mon regard le plus meurtrier.

— N’importe quel autre mec aurait compris le message maintenant.

Hunter me sourit de plus belle.

— Je ne suis pas n’importe quel autre mec.

Nos yeux se croisent, et de nouveau je sens cette secousse, entre nous. Et zut ! Pourquoi faut-il que ce courant passe, si intense, entre nous, contre lequel apparemment je ne peux rien ? Pourquoi faut-il qu’en sa présence, j’aie l’impression de m’approcher d’un précipice, toujours plus près du bord ?

— Euh, bon, je crois que je vais y aller.

La voix de Garrett me ramène à la réalité. Je détourne les yeux de Hunter.

— Ne t’avise surtout pas de me laisser… ! je proteste, mais déjà Garrett disparaît dans la foule.

Me voilà seule. Avec lui.

— Alors ? Par quoi on attaque ? Le Tourniquet ou peut-être le Tunnel de l’Amour ? demande Hunter en faisant mine de chiper un bout de ma barbe à papa. Je l’en empêche d’une claque sur la main.

— Pourquoi ? je soupire.

— Tu sais, on peut en apprendre beaucoup sur quelqu'un, grâce à son attraction préférée, répond Hunter, très à l'aise. Moi, c'est la grande roue.

— Non, je veux savoir pourquoi tu me harcèles comme ça ? j'explose.

Depuis nos retrouvailles, Hunter semble déterminé à ne pas me lâcher. Je lui ai donné toutes les occasions de s'en aller, j'ai vraiment essayé de le repousser, mais rien à faire, il continue de me poursuivre. Jamais personne ne m'a collée de cette façon, avant.

— Peut-être parce que je pense que tu en vaux la peine, répond-il, radieux.

— Je ne suis pas l'un de tes chevaux que tu cherches à mater, je réponds sèchement, et je m'éloigne.

Pour aller où, je n'en ai aucune idée, mais Hunter m'emboîte le pas, il marche près de moi, et avec ses longues jambes il n'a pas de mal à accorder ses foulées souples sur les miennes.

— Je suis sérieuse, je dis, tandis que ma frustration s'estompe. À présent je suis juste triste et résignée. Qui que tu croies que je sois, quoi que tu attendes de moi, tu te trompes. Je ne suis pas cette fille-là.

— Attends une seconde.

Hunter me retient par le bras et m'oblige à m'arrêter. Il se renfrogne.

— Je n'ai jamais dit que je voulais quelque chose de toi. Je veux juste te connaître, c'est si difficile à comprendre ?

— Tu en sais déjà des tonnes sur moi, je tente de rester ironique. Brittany Ray, l'enfant terrible de Beachwood Bay, tu te rappelles ?

— Tout ça, ce sont des conneries, et tu le sais, répond Hunter avec douceur. Mon cœur s'accélère, malgré moi. Écoute, j'ai obligé Garrett à t'amener ici ce soir, parce que je savais que tu ne viendrais jamais de ton plein gré à ce rendez-vous. Tu t'es construit des murs tellement hauts autour de toi, que je ne peux même pas voir par-dessus, mais je ne demande qu'à essayer, Brit. Je ne sais pas ce que je pourrais dire d'autre…

J'hésite, je relève le regard vers lui. Hunter me dévisage, puis il approche la main de mon visage, glisse une mèche de mes cheveux derrière mon oreille.

— Un rendez-vous, dit-il, souriant. Accorde-nous au moins ça. S'il te plaît ?

Et voilà. Ses paroles sonnent ma perte. Et aussi cette lueur d'espoir enfantin, dans son regard. Un rendez-vous. Faire comme si ça pouvait être vrai. Le temps d'un rendez-vous, avoir Hunter rien qu'à moi. La perspective est grisante.

Alors j'acquiesce, d'un signe de tête.

Hunter s'illumine.

— Je te le promets, m'assène Hunter, ce rendez-vous va t'épater.

Je lui souris timidement, encore sur mes gardes.

— Il n'aura pas beaucoup de concurrence, je réponds, en me demandant dans quelle galère je me suis encore mise. En fait, il n'en a même aucune.

— Que veux-tu dire ? demande Hunter en me chipant un nouveau bout de barbe à papa.

Embarrassée, je hausse les épaules. Je m'en mords la langue maintenant, mais c'est tout moi, ça : parler d'abord, réfléchir après.

— Rien, c'est juste… Enfin, je n'en ai jamais vraiment eu. De vrai rendez-vous… D'un geste vague, je montre la foire, les manèges et les confetti, l'image parfaite du bonheur américain autour de nous.

— Quoi, jamais ?

Hunter me dévisage avec de gros yeux, surpris. Je me sens rougir.

— Le ciné-resto, ce n'est pas vraiment mon style, j'explique, tentant de prendre un ton désinvolte.

— C'est une honte !

— Je ne m'en plains pas, je réponds durement, en l'observant. Si jamais je surprends la moindre lueur de pitié dans son regard, je pars immédiatement. Mais au contraire, Hunter secoue la tête exagérément, comme s'il était intimidé.

— Wow ! Comment mettre la pression sur un mec, plaisante-t-il. Maintenant j'ai intérêt à ne pas me planter. Il faut que ce soit le plus extra des premiers rendez-vous. Mythique. Inoubliable.

— Je me contenterai de supportable.

C'est plus fort que moi, je souris à sa plaisanterie. Mais c'est le problème, avec Hunter. Même quand j'en ai des nœuds à l'estomac et que mon cœur bat la chamade tant il est près de moi, il trouve toujours le moyen pour me mettre à l'aise en même temps. Et mes craintes à propos de ce rendez-vous, mon premier, s'évanouissent quand il glisse un bras autour de mes épaules et m'entraîne vers la foule.

— OK, voilà comment je le vois. Un rendez-vous réussi, c'est comme un sport extrême, attaque Hunter, sérieux à mort.

Je glousse, troublée par le contact de son corps tout contre le mien. Il sent bon le savon, la sueur et le cheval aussi, après cette virée dans le paddock, une odeur étrange, enivrante.

— Pourquoi ? Tu risques de mourir à tout moment ? je lance, en me demandant où il veut en venir.

— Avec toi sûrement, mais de bonheur, se moque Hunter.

Je me plains, le bouscule gentiment. Il rit, m'attire contre lui.

— Non, sérieux, pour un rendez-vous, tu dois être prêt. Et je ne pense pas à *ça*, ajoute-t-il en vitesse. Même si j'ai été sizenier de ma troupe de scouts, alors du coup je suis toujours prêt pour tout.

Il me fait un clin d'œil, et je rigole. Un autre garçon aurait fait une réflexion glauque, comme s'il supposait une attitude osée de ma part, mais pas Hunter, et ça fait partie de son charme.

— Je veux parler du planning. Des options, il continue. Comme ici, par exemple : je ne sais pas encore grand-chose sur toi, alors je dois faire gaffe à penser à quelque chose qui te plaira. Tu es peut-être le genre de fille promenade au clair de lune et confidences, ou peut-être que tu préfères frôler la mort sur un de ces manèges. Ou te goinfrer avec ton joli minois de *junk food*. Arrête, tu es vraiment dingue de *junk food*.

— Hé !

— T'as raison, pardon, j'aurais dû dire, t'empiffrer avec ton superbe minois, se corrige Hunter. Je lève les yeux au ciel. Bref, toutes les options sont ouvertes – Hunter gesticule, comme toute la fête foraine était là pour moi seule. – Que veux-tu faire ?

À le regarder, à la façon dont il accorde tant d'importance à ce que je pourrais aimer faire, je n'ai qu'une envie, l'attirer derrière le premier stand et l'embrasser comme si la terre devait disparaître demain, mais quelque chose en moi est curieux. À quoi ça peut bien ressembler, un rendez-vous, normal, avec un garçon comme lui ?

— Tout, je décrète – si cette foire doit être mon unique incursion dans le monde de la perfection, alors je veux en profiter au maximum –, marcher et bavarder, essayer toutes les attractions, et toute la *junk food*. Je veux tout essayer.

— Comme vous voudrez..., me dit Hunter avec un clin d'œil, en référence à une célèbre réplique.

— *The Princess Bride* ! je m'exclame, surprise. C'est l'un de mes films préférés.

— Vraiment ? Hunter m'observe, songeur. Tu vois, j'apprends déjà des choses sur toi.

— Tu ne sais rien du tout, je lui fais remarquer.

— Une tragédie que je vais m'empresser de corriger.

Hunter retire son bras de mes épaules, mais avant que je ne ressente une pointe de déception, me prend la main à la place et m'entraîne gentiment en direction d'une Chenille un peu branlante. Je frissonne, une décharge électrique court sur mon bras depuis nos doigts entremêlés. Viens, tu vas t'accrocher bien fort et me raconter ta vie.

— Ça risque de prendre un petit moment, je remarque, bien à l'abri derrière mon cynisme, face au charme tout-puissant de Hunter.

En vain. Quand Hunter me sourit, j'en ai le souffle coupé.

— Mon ange, j'ai toute la nuit.

Chapitre six

Nous nous baladons d'un stand à l'autre jusqu'au coucher de soleil et, comme promis, Hunter fait tout ce qu'il peut pour faire de ce rendez-vous l'événement du siècle. Nous testons tous les manèges, nous mangeons des hot dogs, nous allons assister à la remise des prix de la meilleure tourte du comté et du plus beau petit cochon. Je ne devrais pas me laisser abuser par ces plaisirs innocents, pourtant, peu à peu, je sens mes défenses céder. Je me laisse entraîner par les rires et la foule, je m'abandonne à la joie simple de ce moment, et à la main de Hunter enlacée à la mienne.

C'est donc à ça que ça ressemble ? je m'interroge. Chez les filles normales, comme cette blonde pour laquelle Trey m'a laissée tomber, et qu'il va sans doute épouser. Pour la première fois, je me sens comme ces filles, et le bonheur tout simple, sécurisant, que j'en ressens est presque insoutenable. Se sentent-elles comme ça tout le temps, comme le centre de l'univers, et pas comme une pensée à laquelle on n'accorde qu'une attention paresseuse ?

Imaginez combien c'est différent d'être avec quelqu'un qui vous tient comme cela, jour après jour, qui vous couve. Se préoccupe de vous. On doit se sentir capable de tout, quand on sait qu'on a quelqu'un avec soi, quelqu'un sur qui s'appuyer.

Je n'ai jamais compter que sur moi-même.

— Tu mérites une récompense…

— Hein ?

Hunter m'arrache à mes pensées. Il regarde le stand de tir, le regard déterminé.

— Je dois faire la preuve de ma virilité en te montrant mon habileté et ma parfaite maîtrise des armes, proclame-t-il, en se martelant le torse.

Je regarde l'étalage de lots exposés sur le stand.

— C'est sûr. Rien n'est plus viril que de gagner un ours en peluche rose d'un mètre de haut…

— Oh, gens de peu de foi… se lamente Hunter.

Il achète quelques tickets au type derrière le comptoir, puis il s'empare d'une carabine, la cale contre son épaule. Il cligne des yeux, vise et tire son premier coup. La balle rate la cible en ricochant sur le panneau derrière.

— Alors, cette virilité… J'attends…, j'ironise.

Hunter ne décroche pas l'œil de sa cible.

— Chuut.

Il tire à nouveau, et cette fois la bouteille bascule et entraîne les autres dans sa chute.

Puis il abaisse son arme et souffle sur le barillet, comme un cow-boy soufflant de la fumée.

— Bien joué, je dis et j'applaudis. Puis il voit mon air.

— Attends un peu… Tu aurais pu toucher les cinq ?

— Possible, j'admets. Grâce à Ray Jay, je savais tirer avant même de monter sur un vélo. Encore un chapitre de mon enfance de plouc, je plaisante.

Mais soudain je m'en veux d'avoir trop parlé. Je parie qu'une fille normale, blonde et gentille, se tait et laisse le garçon récolter tous les lauriers.

Pourtant Hunter ne paraît pas contrarié. Il achète au type du stand un autre ticket et me tend la carabine.

— Montre, je veux voir ça.

— Tu es sûr ? je vérifie, hésitante.

— On va rendre la chose plus intéressante, décidet-il tandis que je soulève le fusil et vise. Pour chaque cible ratée, je gagne un baiser.

Ma main en dérape. Qu'est-ce que je veux le plus : l'embrasser ou pas ?

Bang. Les réflexes prennent le dessus, et je touche la première bouteille. Bang bang bang. Toute la rangée est à terre.

Je baisse ma carabine. Hunter m'adresse un sourire en coin.

— Tu as perdu, dit-il.

Et avec un serrement au cœur, je me demande s'il a raison.

Nous réclamons notre trophée, un énorme ours en peluche bleu, avec un ruban autour du cou.

— Il te tiendra compagnie, la nuit, quand je ne suis pas là, lâche Hunter en agitant les pattes de l'ours sous mon nez, et il est tellement mignon que j'éclate de rire.

Tandis que nous poursuivons notre balade, avec notre jouet ridicule à la main, les gens nous regardent en nous croisant. Des couples plus âgés, des jeunes filles. J'ai l'habitude des regards désapprobateurs et des ragots dans mon dos, mais là, c'est différent. C'est de l'affection dans leurs yeux, et même de l'envie. Je jette un coup d'œil vers Hunter en train de me raconter une histoire d'initiation dans une société secrète, à l'Université. Il semble si sûr de lui, si vrai, avec ce sourire espiègle, je serais probablement jalouse, moi aussi, si je nous voyais passer. Le garçon idéal, de sortie avec son amoureuse.

Ils ne savent pas. En fait, il ne sera jamais à moi.

— Alors, qu'est-ce qu'on fait maintenant ? je demande, avec une pointe de tristesse.

La nuit tombe, et les néons de la foire s'éclairent les uns après les autres. Ils clignotent, joyeux, sur fond de ciel obscur. Il ne me reste que peu de temps pour croire que cette soirée est vraie, bientôt la réalité retrouvera ses doits, et mon rendez-vous de rêve sera fini.

— Le Train Fantôme ? je suggère. Ou encore des trucs virils de mecs costauds ? Et pourquoi pas une autre barbe à papa ?

— Encore ? s'exclame Hunter avec une mimique d'horreur.

— Hé ! je le cogne gentiment en riant. Il s'empare de mes mains, m'attire contre lui, et mon cœur chavire au contact de son corps, si dur et si chaud contre le mien. Il est si grand, et moi toute petite, et je me sens comme du coton rien qu'à l'imaginer m'enlacer, ses abdos durs comme l'acier pesant sur ma peau…

— Tiens, arrêtons-nous là, dit Hunter, avec les yeux qui pétillent.

Je regarde. La grande roue.

— Tu es sûr ? je demande, perplexe.

— Allez, si tu souffrais du vertige, tu n'irais pas te planquer sur le toit-terrasse du bar.

— Non, ce n'est pas ça, je réponds. Ça risque d'être un peu ennuyeux, c'est tout.

— Te retrouver seule avec moi, c'est ennuyeux ? Hunter fronce les sourcils pour de rire.

OK, oublie ça. Pas ennuyeux. Dangereux.

Comme s'il lisait dans mes pensées, Hunter me fait un clin d'œil.

— T'inquiète. Je suis là pour te protéger.

Mais qui me protégera de lui ?

— Entendu, j'acquiesce, incapable de trouver le moyen de refuser sans trahir mes sentiments.

Nous serons peut-être mieux là-haut, dans une nacelle minuscule, qu'en bas sur la terre ferme, entourés de recoins sombres où j'aurais envie de le coincer, et de murs solides contre lesquels il me plaquerait…

— C'est parti !

La file d'attente n'est pas longue pour l'attraction, et bientôt Hunter m'aide à prendre place dans la nacelle tout juste assez grande pour deux. Il discute avec le machiniste un moment, serre la main du type, puis se glisse à côté de moi et abaisse la barre de sécurité.

— Alors, tu es sérieux, à propos du ranch ? je demande, tandis que la roue s'ébranle et nous emporte doucement dans les airs. Je t'ai vu, tout à l'heure, avec ce cheval… J'ignorais que tu savais faire ce genre de choses.

— C'est mon grand-père qui m'a appris, avant de mourir. J'ai toujours eu un truc avec les chevaux, répond Hunter, presque timide.

— Donc tu l'as achetée, cette jument ? Celle à la robe châtain.

— Je n'ai pas pu résister. C'est une bête superbe.

— À moi elle me paraît un peu sauvage, non ?

Il hoche la tête, avec un sourire affectueux.

— Ce n'est rien. Ils ont trop attendu pour la dresser, alors maintenant elle est nerveuse, même avec une simple longe. Mais quand j'aurai fini de la dresser, elle sera super, pour travailler ou en concours, peu importe.

— Jamais je ne t'aurais imaginé dans un ranch, je remarque, songeuse. Je te voyais plutôt avocat ou médecin, un truc du genre.

Un truc fantaisiste, j'ajoute en silence.

— Tu n'es pas la seule, mes parents aussi, répond Hunter dans un éclat de rire, mais j'entends une note d'amertume dedans.

— Je m'en doute, je plaisante, soucieuse de détendre l'atmosphère. Un Covington dans le crottin de cheval jusqu'aux coudes. Au moins ton frère a un job convenable, pas vrai ? Il a toujours été le plus raisonnable des deux.

— C'est sûr – Hunter admire la vue, le champ de la foire devient tout petit à mesure que nous prenons de l'altitude. – Et toi ? J'ai vu tes croquis, toutes ces robes. Tu es vraiment douée.

— Merci, je réponds, mal à l'aise, en tripotant l'ours en peluche.

Hunter se rapproche de moi, il glisse son bras sur le dossier du siège.

— Tu n'as jamais eu envie de t'inscrire dans une école de stylisme ? Ou d'envoyer ton travail à de grands créateurs ?

Je hausse les épaules, je n'ai pas envie de lui raconter toutes les lettres de refus de ma candidature, et le sentiment d'échec que je ressens.

— Peut-être un jour, je dis alors, comme si ce n'était pas mon rêve. J'aime faire les choses à mon idée…

— Non, c'est pas vrai ? rigole Hunter.

Je hausse les épaules une fois de plus, ne sachant comment prendre cette réflexion, mais Hunter s'empresse d'ajouter :

— C'est une bonne chose. La plupart des gens font juste ce qu'on attend d'eux. Toi, tu as toujours tracé ton propre chemin. J'aime ça chez toi.

Re-belote, je sens mes joues qui s'embrasent, alors je regarde en contrebas. Nous approchons du sommet de la grande roue maintenant, les lumières de la foire scintillent en dessous. Je me force à inspirer et expirer, pour relâcher la tension, et me détendre.

Tu es à un rendez-vous. Un rendez-vous avec Hunter, et tu n'as pas encore tout fait rater.

Et je me répète ça comme un mantra, pour me rassurer, en essayant d'oublier combien nous sommes seuls maintenant. J'y suis arrivée jusque là, je dois juste tenir jusqu'à la fin de la soirée sans rien faire de stupide, et tout ira bien.

Soudain, la nacelle cahote. Le lent mouvement de la grande roue s'interrompt.

— Que se passe-t-il ? je demande, une note de panique affleurant dans ma voix. Je regarde les autres nacelles en dessous, mais nous sommes tous suspendus au-dessus du vide, à nous balancer doucement sur place.

— Détends-toi, me dit Hunter en s'asseyant confortablement, visiblement pas très inquiet. Sans doute un petit bug. Ils vont nous ramener sur terre en rien de temps… Il décolle nonchalamment la main du dossier, et commence à dessiner des cercles sur mon épaule nue.

La sensation qui me secoue est extraordinaire. S'il essaie de me distraire, c'est réussi. Soudain, la roue à l'arrêt devient le dernier de mes soucis, il n'y a plus que le doux contact de ses doigts qui envoie une voluptueuse décharge électrique sur ma peau.

Je tressaille de désir.

— Tu as froid, dit Hunter en voyant que je frissonne. Zut, je n'ai pas pris de sweat, j'aurais dû y penser.

— Ça va.

— Non, ça ne va pas. Viens.

Il m'attire contre lui, et même si je n'ai pas la chair de poule à cause de l'air frais de la nuit, mais à cause de sa proximité, je ne me fais pas prier et me blottis dans son aura de chaleur.

Grossière erreur.

Je le comprends tout de suite, mais il est trop tard. Sa présence me submerge, et je ne peux rien faire d'autre que de me laisser emporter par la sensation de son corps à côté de moi, plus près qu'il ne l'a jamais été. Sa chaleur masculine irradie à travers la toile fine de son T-shirt, et avec son bras qui m'enveloppe, je sens son torse qui monte qui descend, au rythme de sa respiration, et la puissance tapie dans ses biceps.

Dieu, que j'ai envie de lui.

Le désir s'immisce en moi, et tout ce que je peux faire, c'est rester pétrifiée entre ses bras, à essayer de respirer avec calme et à ne pas trahir les pensées coquines qui se bousculent dans ma tête.

J'ai envie de lui arracher son T-shirt.

J'ai envie de lécher son torse.

J'ai envie de sentir son poids peser sur moi, m'envelopper, *m'envahir*…

— C'est mieux comme ça ? murmure Hunter, sans se douter du film X qui passe dans ma tête. Sans se douter, oui, parce qu'il veut juste me réchauffer, et moi, pendant ce temps, je cherche tous les prétextes pour rester collée à lui.

— Tu es un vrai gentleman, je dis, en culpabilisant.

Et toi une sacrée traînée, ajoute une petite voix dans ma tête.

— Ce n'est pas vrai, répond Hunter.

— Oh, arrête, je rigole. Tu m'invites à sortir, tu as pensé à tout. Tu es la définition même du chevalier servant.

— Ne dis pas ça…

Quelque chose, comme un écho poignant, dans la voix de Hunter, m'intrigue, je lève les yeux, je le regarde. Il a une drôle d'expression, une ombre dans le regard.

— Je n'ai rien d'un gentleman, murmure-t-il alors d'une voix sombre. Tu peux me croire.

— Mais si…

— Si j'étais un gentleman, il m'interrompt, je n'aurais pas choisi de t'emmener sur la grande roue, juste pour me retrouver seul avec toi, dans un endroit d'où il te sera impossible de t'enfuir. Je n'aurais pas refilé vingt dollars au type d'en bas pour qu'il arrête sa machine une fois que nous serions en l'air, il continue, l'air dégoûté. Et je ne banderais pas non plus comme un dingue, tellement j'ai envie de toi…

Quoi ?

Je le regarde, stupéfaite, en essayant de mettre du sens dans ses paroles.

Il a envie de moi.

Il a envie de moi.

Ces mots sont comme une fusée qui explose et embrase mon désir dévorant. C'est plus que je ne peux en supporter. Avant de prendre le temps de penser, ou même de respirer, je l'agrippe par le col de son T-shirt, l'attire contre moi et l'embrasse de tout mon cœur.

Hunter se fige contre moi, sous le choc, mais il est trop tard pour revenir en arrière. Ses lèvres ont le goût de la barbe à papa. Douces comme un plaisir défendu, à pleurer. Il me le faut tout entier. J'enfouis mes doigts dans ses cheveux, je l'embrasse avidement, j'explore la chaleur secrète de sa bouche pour le boire profondément et noue ma langue à la sienne.

Il craque.

Hunter laisse échapper un gémissement torturé, puis soudain il m'enlace, m'étreint, m'embrasse avec une intensité fébrile qui occulte le monde tout autour et allume des étoiles dans ma tête.

Ça ne ressemble à rien de ce que j'ai ressenti avant. Mon sang pulse en faisant un boucan d'enfer dans mes oreilles tandis que la bouche de Hunter dévore la mienne. Ses mains courent sur mon corps, agrippent ma taille, mon dos, mes cheveux, et déclenchent en moi des vagues de désir. J'arrache mes lèvres aux siennes, couvre son visage de baisers, goûte avec audace sa peau toute salée de sueur.

— Bon sang, grogne à nouveau Hunter, et il empoigne mes hanches et me soulève, si bien que je me retrouve à califourchon sur ses genoux. La barre de sécurité de la nacelle me creuse le dos, mais cela m'est égal. Tout ce que je suis capable de sentir, c'est le doux frottement de Hunter, dur entre mes cuisses, et la traînée de feu de ses baisers sur mon cou et sa langue qui lèche le creux de ma gorge.

Je tressaille entre ses bras.

— Tu es si belle, articule Hunter, et ses yeux cherchent les miens. Ton corps est un vrai miracle.

Je suis incapable de parler. Les sensations m'assaillent, presque insoutenables. Nous sommes suspendus ici, au-dessus du monde, et sans la barre en acier dans mon dos, et les bras de Hunter qui s'accrochent à moi, je crois que je pourrais m'envoler.

Ma bouche retrouve la sienne, et je l'embrasse à nouveau, comme une furie, et je sombre dans les profondeurs. Hunter caresse mon visage, puis sa main descend sur mon cou et va ensuite se promener sur mes seins.

Oh my God.

Un frisson voluptueux me parcourt. On est là, dehors, avec des gens dans leur nacelle, au-dessus et en dessous, mais personne ne peut voir sa main me caresser, cachée par nos corps. Je mordille sa lèvre, exaltée. Hunter s'arrête, puis reprend ses caresses, ses doigts dansent cette fois sur ma peau ultrasensible, à la limite de mon décolleté. La secousse est électrique. J'étouffe.

Hunter laisse échapper un grognement. Il écarte sa bouche de la mienne et approche son visage de ma gorge, il couvre de baisers mon cou et mes épaules. Ah ! Je tressaillis entre ses bras, m'efforce de ne pas faire un bruit, mais je ne peux contrôler le gémissement de plaisir qui glisse de mes lèvres.

Le corps de Hunter se tend sous le mien, et je sens son souffle irrégulier sur ma peau. Oh, comme c'est bon de le sentir, je ne peux m'empêcher de bouger contre lui, perdue dans la sensation de ses lèvres courant sur ma peau, de sa langue – oh, cette langue – qui plonge plus bas, sous le tissu de mon top…

Une secousse. La grande roue se remet en mouvement.

Je sursaute dans un soupir. Mes yeux croisent ceux de Hunter, la confusion de son expression égale la mienne.

— Merde ! il jure, le souffle court. Bordel de merde ! Et il m'enlève de ses genoux, me rassoit à côté de lui, tandis que je me dépêche de remettre mon top en place. J'ai le cœur qui bat à toute vitesse, ma peau brûle encore au souvenir de ses caresses. Je me recoiffe d'un geste, encore sous le choc de cette explosion de passion, et le désir toujours ancré en moi, qui attend, qui exige.

Trop vite nous retrouvons la terre ferme. La grande roue s'immobilise, les passagers descendent de leur nacelle devant nous.

— Ça va ? demande Hunter, la voix rauque, profonde.

Je hoche la tête, incapable d'aligner deux mots.

— OK, il dit, encore à bout de souffle. OK.

Notre nacelle à son tour arrive à destination. Le bonhomme de l'attraction soulève la barre de sécurité avec un sourire narquois.

— Alors, c'était bien ? demande-t-il avec un regard entendu, alors que Hunter prend ma main pour m'aider à descendre.

C'est tout juste si je tiens sur mes jambes, et voilà, je trébuche, tombe sur lui. Hunter me rattrape au vol.

— Je ne vois pas de quoi vous parlez, répond-il à l'homme, avant de me remettre sur mes pieds.

Je suis encore tellement dans les nuages après ce qui est arrivé, que je suis tout étonnée de me retrouver bientôt sur le parking, devant le pick-up de Hunter. Il fait nuit noire ici, et il n'y a personne dans le coin pour regarder, juste des rangées de voitures vides, qui forment comme un écran entre nous et le monde. Je l'enlace, me dresse sur la pointe des pieds pour l'embrasser à nouveau.

— Brit…

Hunter esquive ma bouche. La déception s'abat sur moi.

— Pas ici, répond-il, comme s'il lisait dans ma tête.

Je veux le serrer contre moi, mais il recule, serre les poings, bras ballants.

— Je ne peux pas, dit-il, comme s'il cherchait à s'en convaincre. Si tu m'embrasses, je ne pourrai pas m'arrêter, et les choses que j'ai envie de te faire… – Hunter inspire profondément, puis il me sourit, espiègle. – Disons juste qu'on nous mettrait immédiatement en prison dans n'importe quel état de ce pays…

De nouveau, je flageole sur mes jambes.

— Mais alors, où ? je demande, le souffle coupé.

— Chez toi, répond-il, en ouvrant la portière du pick-up pour moi. Ou alors…

— Ou alors ? je répète en écho.

Hunter me dévisage, les yeux brillant d'un désir intense.

— Ou alors, je pourrais te faire visiter le ranch…

Chapitre sept

Nous rentrons à Beachwood Bay sans quasiment échanger un mot, on n'entend que la radio, un CD de vieux tubes rock que Hunter a glissé dans le lecteur. Incubus, je me souviens, à l'époque j'étais gamine.

« Meet me in outer space… »

Viens me retrouver dans l'espace…

La chanson emplit l'habitacle, la mélodie impatiente nous enveloppe. Hunter garde les yeux rivés sur la route, et parfois, j'ose le regarder, en douce. Son profil en contre-jour, ciselé, parfait. Les manches de son T-shirt qui se relèvent sous ses biceps, chaque fois qu'il tend le bras vers le tableau de bord.

Un frisson me parcourt. L'attente prend toute la place, palpite entre nous et enfle à chaque souffle. Les routes sombres défilent, un vent frais s'engouffre par les vitres entrouvertes, mais le froid est impuissant à apaiser le feu qui coule dans mes veines.

Le désir.

La fête foraine était une chose. Aussi impudiques que nous ayons été sur la grande roue – et le seul fait d'y penser me fait rougir, j'en ai de délicieux papillons dans le ventre –,nous étions dans un lieu public. Avec des limites à ne pas dépasser, des tas de frontières à ne pas franchir. Mais quand Hunter franchit le portail du ranch et s'engage sur une longue allée qui serpente, je réalise combien nous sommes seuls maintenant, au milieu de nulle part. Des champs et des enclos s'étendent de tous côtés, dans la nuit et le silence sous le ciel étoilé. Et pas âme qui vive en vue. Plus de foule.

Plus de limites.

Hunter se gare devant la grande maison. Sur notre gauche, les écuries et une grange, l'air pimpant et fraîchement repeintes à la lueur de l'éclairage de secours. Il descend du pick-up, et avant même que j'aie eu le temps d'ouvrir ma portière, il contourne rapidement le pick-up et le fait pour moi, me tendant la main pour m'aider.

— C'est bon, je lui dis, mais il prend quand même ma main, levant les yeux au ciel devant mes protestations.

— On est arrivé…

Sa main est chaude, forte, et ses doigts emprisonnent les miens même quand je suis en sécurité sur la terre ferme.

Je me tourne vers le ranch.

— Alors le voilà, dit-il, presque timide. C'était dans un sale état, à ma première visite. La famille l'a laissé complètement à l'abandon, après le décès de grand-père. Mais j'ai pu trouver des gars pour m'aider à tout retaper et lui redonner un coup de jeune. J'ai eu de la chance, ajoute-t-il en promenant son regard sur le ranch. Les vieilles bâtisses comme ça ont été construites pour durer.

Il m'entraîne sous le grand porche, en direction des écuries. Tout est impeccable, pas un grain de poussière, il flotte dans l'air un parfum de foin et de chevaux.

— J'en ai trois maintenant, mais quand tout sera en état de marche, alors je pense en accueillir une dizaine, voire plus. Je m'intéresse en ce moment à un étalon, là-bas, dans le Tennessee, que j'aimerais acquérir pour la reproduction. Il a fait une mauvaise chute au Derby, mais il est d'une lignée remarquable.

— C'est fabuleux, dis-je en regardant autour de moi.

Pour la première fois, je prends conscience de l'immensité du lieu. Ce n'est pas simplement une petite maison avec deux malheureux chevaux. C'est une vraie propriété, un domaine avec une grange monumentale, les écuries, les bâtiments agricoles en bout de champ. Et tout ça remis à neuf avec soin, et avec passion.

— Depuis quand es-tu de retour ? je demande avec curiosité. Tu ne peux pas avoir fait tout ça depuis vendredi.

— En réalité, ça fait quelques semaines que je suis là, répond Hunter.

— Quoi ? Attends... Je me retourne pour le regarder. C'est impossible. Je ne t'ai pas vu une seule fois, en ville. Et je n'ai entendu personne raconter... Beachwood adore cancaner. Quand Emerson a acheté la maison de la plage, toute la ville était au courant en moins de deux heures.

Hunter hausse les épaules, le regard ailleurs.

— Je préfère rester discret. Ma famille a une histoire, dans cette ville... Et puis, je pense que je n'étais pas prêt pour des retrouvailles...

Des retrouvailles...

Hunter continue d'avancer, passe devant la grange et entre dans les écuries, mais je reste à la traîne, perdue dans mes pensées. Est-ce de moi, qu'il parle ?

Non, ce n'est pas possible. C'est moi qui vois trop de choses là où il n'y en a pas. Nous n'avons partagé qu'une seule nuit, il y a des années de ça, et Dieu sait qu'un garçon comme Hunter a dû avoir des dizaines de nuits comme celle-là, depuis, avec des centaines d'autres filles. C'est sûr, il se passe quelque chose entre nous, aujourd'hui, quand je me retrouve devant lui, mais je parie qu'il n'a pas pensé à moi une seule fois jusqu'à ce fameux soir où il s'est arrêté chez Jimmy et m'a trouvée sur le point de massacrer Trey à mains nues.

— Et voilà les filles, dit Hunter comme nous parvenons devant trois boxes occupés. Les juments dorment dans un coin de leur stalle. Tu tombes sur un bon soir, d'habitude elles sont un peu agitées.

L'une d'elles, une jument baie au poil lustré, nous observe. Elle s'ébroue et vient vers nous satisfaire sa curieuse.

— Salut ma grande, murmure Hunter quand la jument passe son nez au-dessus de la porte du box.

Il approche une main pour la caresser, mais elle a un mouvement de recul, elle trépigne un peu.

— Là, tout doux, continue-t-il, toujours à voix basse, puis il sort des bonbons à la menthe de sa poche, en glisse un au creux de sa main et de nouveau tente une approche, sans cesser de murmurer, avec une voix douce, apaisante : tout va bien, ça va, tu n'as aucune inquiétude à te faire. Tu vois ? C'est juste un bonbon pour toi. Tu aimes ça, non ?

Je regarde la jument sur ses gardes, elle renifle méfiante, avant d'atttraper le bonbon et de le croquer. Hunter la flatte doucement, caressant gentiment le duvet sur sa joue.

— C'est une gentille fille, me dit-il, tout sourire. Juste un peu nerveuse, pas vrai, ma belle ?

La jument souffle, apparemment d'accord, et ses naseaux frémissent.

— Tu as vraiment un don, lui dis-je, émerveillée. Je comprends que j'assiste à quelque chose de rare, là. Je me rappelle le cheval de la foire, comment Hunter s'était mis à lui parler pour l'amadouer. La façon qu'il a de communiquer avec les bêtes, comme un langage secret, bien plus que des mots.

— Comment ça fonctionne, cette façon que tu as de les diriger ?

Hunter marque une pause.

— Je ne sais pas, c'est difficile à expliquer.

— Essaie, j'insiste, curieuse maintenant.

J'ai tellement l'habitude de voir les garçons mettre du désordre, ne laisser que du chaos dans leur sillage. C'est nouveau pour moi de voir un homme en harmonie avec le monde autour de lui, comme s'il avait le pouvoir de sentir le moindre changement dans l'humeur de l'animal.

— OK. Alors… la chose que tu dois comprendre, à propos des chevaux, c'est qu'ils aiment les gens, mais ils sont sauvages. Un animal qui est habitué à la liberté n'acceptera des ordres de personne…

Hunter s'éloigne en direction de la partie déserte des écuries, là où les boxes sont ouverts, nettoyés et avec un stock de foin empilé au fond. Je le suis.

— Certains types, quand ils domptent un cheval, ce sont de vraies brutes. C'est comme un bras de fer, tu vois. C'est à celui qui va dominer l'autre.

— Mais pas toi…

Il secoue la tête.

— Mon grand-père m'a appris une chose. Le truc, c'est de gagner leur confiance. Tu dois susciter leur curiosité, pour qu'ils aient envie de te connaître. Au début, il faut travailler avec une longe, comme ça ils ont plein d'espace. Ils ont l'impression qu'ils restent maîtres d'eux, tu comprends ? Puis, quand ils sont habitués à toi, tu essaies avec la bride. Pour les contrôler un peu plus. Parfois, je mets des mois avant d'essayer de leur mettre une selle. À ce moment-là, ils doivent avoir une confiance absolue en toi, suffisamment pour s'abandonner…

S'abandonner.

Le mot me fait tressaillir. Je ne sais pas comment j'en arrive à ça, debout au milieu cette écurie, mais à écouter Hunter parler, je sens une douceur suave envahir mon corps ; le bout de mes seins durcit sous le tissu fin de mon top. J'imagine ces mains si sûres d'elles, si fortes, sur moi. Cette voix me murmurant des interdits secrets à l'oreille…

— Qu'est-ce que c'est, cette tête ?

Je lève les yeux, surprends le regard de Hunter qui me fixe, un sourire espiègle aux lèvres. Je sens mes joues qui chauffent.

— Rien ! je rétorque.

Il hausse les sourcils, taquin.

— Allez, dis-moi.

Je secoue la tête, rougis furieusement. Marre des idées perverses que j'ai dans la tête, contre lesquelles je ne peux rien.

— Tu veux pas me dire ? insiste Hunter. Dommage. Je vais devoir deviner… Ses yeux croisent les miens, et me défient. Voyons… Tu es en train de te demander si je suis aussi bon que je l'étais, il y a trois ans.

Soudain, je suffoque. Choquée par la lourdeur de ses propos, mais c'est dingue, encore plus excitée.

— N'importe quoi, je réponds en roulant des yeux et en essayant désespérément de rester calme. Cette nuit-là n'avait rien de spécial.

— Conneries, réplique Hunter en promenant son regard sur moi.

Il sourit. Je croise vite les bras sur mes seins.

— Ça t'a plu.

— Oh, c'était pas mal, je suppose, je réponds avec un haussement d'épaules un peu excessif. Tu étais encore un gamin. Tu ne savais pas vraiment ce que tu faisais…

— J'en savais assez pour te faire jouir…

Mes jambes menacent soudain de me lâcher. Hunter regarde toujours mon corps, ses yeux se promènent et s'attardent sur moi avec un désir flagrant. Je devrais dire quelque chose, là, émettre une sorte de protestation, ou lui montrer que son regard ne me fait rien, mais je suis saisie, captée par ses yeux purs et les paroles sexy et interdites qui sortent de sa bouche parfaite.

— Et alors quoi ? je réussis finalement à dire, le cœur battant si fort que je n'entends rien d'autre. Je ne sais pas ce que je suis en train de faire, à le provoquer comme ça, je sais juste que je ne peux pas m'arrêter. Ce n'est pas un exploit, je reprends, ça ne veut rien dire. Je peux jouir comme je veux, je dis en faisant frétiller ma main sous son nez.

Erreur fatale.

Le regard de Hunter lance des étincelles de désir, et à ce moment il m'attrape par les poignets, m'attire dans l'un des boxes vides jusqu'à ce que mon dos heurte l'un des murs.

— Pas de la façon dont je l'ai fait, marmonne Hunter, la mâchoire serrée. Pas ce que je t'ai fait ressentir.

Mon pouls s'accélère, mon regard ne quitte pas le sien. Je suis sa prisonnière, le corps de Hunter se dessine au-dessus de moi, tout en muscles et en puissance.

— Eh bien, j'ai de bonnes nouvelles pour toi, chérie… Je ne suis plus ce gamin…

Et il se penche sur moi, si près que ses paroles suivantes sont juste un murmure, et le son de sa voix me fait tressaillir jusqu'à l'âme.

— Je suis meilleur maintenant.

Je sens un frisson de désir à cette promesse, mais avant que je ne retrouve mon souffle, les lèvres de Hunter capturent les miennes dans un baiser punitif.

Je gémis. Si nos baisers étaient du feu jusqu'à présent, celui-là est l'enfer, sauvage et exigeant, et d'une ardeur sans limites. Je me presse contre lui, tente de libérer son emprise sur mes poignets, mais Hunter refuse de me lâcher. Il n'a pas besoin de le faire. Sa bouche dévore la mienne, prend possession de moi. Sa langue plonge dans ma bouche, son corps étreint le mien. Je suis sans défense sous l'assaut du plaisir, mes ultimes protestations annihilées par la force terrible de son baiser.

Merde !

Je gémis dans sa bouche, le désir me consume de sa flamme rageuse. Hunter en réponse lâche mes poignets, déplace ses mains pour agripper mes cuisses et enroule mes jambes autour de sa taille. Il me soulève comme une plume, me bascule contre une balle de foin et couvre mon corps du sien. Je frissonne sous son poids qui m'écrase, me submerge. Je peux le sentir, à travers son jean, dur entre mes cuisses, large et prêt, et à ce constat, de nouveau je sens le désir qui m'inonde.

À cet instant, Hunter s'arrache à moi.

— Enlève ta chemise, grogne-t-il.

Je ne peux que le regarder, vulnérable. Ne comprend-il pas que j'ai du mal à rassembler deux pensées cohérentes ?

Son visage s'assombrit.

— J'ai dit : enlève. Ta. Chemise.

Ses mots sont lents. Délibérés.

C'est bien d'un ordre qu'il s'agit.

Je me débats pour m'asseoir, le cœur battant. Je retire mon top, à bout de souffle sous le regard de Hunter. Il m'observe, sans dire un mot, alors j'enlève aussi mon soutien-gorge, le dégrafe lentement, retire les bretelles sur mes épaules.

Hunter ne fait pas un geste, son souffle est incertain. Ses yeux dévorent chaque centimètre de ma peau nue, et je frissonne, je sens la chaleur de son regard avide, comme si c'étaient ses mains.

— Brit.

Hunter laisse échapper un râle, puis de nouveau, se laisse tomber sur moi pour m'embrasser, sa bouche est désespérée, vorace. Je suis finalement libre de le toucher, et Dieu, je ne m'en prive pas. Mes mains se promènent sur ses épaules larges et puissantes, j'agrippe sa chemise. Je glisse mes doigts sous le tissu, m'abandonne au contact de sa peau nue, à la masse ferme et tendue de ses muscles et à cette puissance brute qui ne demande qu'à être libérée. J'ai besoin de le sentir sur moi, sans rien entre nous, aussi je tire impatiemment sur sa chemise, essayant de la lui enlever.

Hunter recule, me laissant pantelante. Son regard est brillant et résolu.

— Non, gronde-t-il avec dureté. Tu as fait à ta manière autrefois. Aujourd'hui, nous allons jouer selon mes règles.

Et il me repousse, sa main contre mes seins nus, et je suis de nouveau allongée sous lui, à demi nue et palpitante.

À ma manière ? Mon esprit essaie de décoder à toute vitesse son commentaire, mais Hunter se penche sur moi et approche sa bouche de mes seins, et toute pensée disparaît de mon esprit.

Oh !

Je ferme les yeux, m'abandonnant au plaisir sous les caresses de Hunter qui trace des volutes sur ma peau, et me lèche et tourmente ma chair, jusqu'à ce que mon corps entier tremble de sensations. Sa bouche me dévore tout entière, centimètre après centimètre, mais chaque fois qu'il approche du bout de mes seins, il esquive, et sa langue redescend sur mon ventre, titille le creux de mon nombril, puis remonte et chuchote des dizaines de baisers sur la courbe de mes seins, jusqu'à me faire gémir, impatiente, frustrée de ne pas sentir sa bouche encore sur mes seins.

— Je t'en prie, je l'implore, à bout de souffle.

La bouche de Hunter vagabonde, plus près encore, et je me cambre et le cherche. Sa langue virevolte légèrement autour, mais ça ne suffit pas. Je m'entends gémir, supplier, incapable de dire avec des mots ce dont j'ai tant besoin et que je veux si désespérément. Sa langue glisse plus près, caresse exquise, brûlante et humide, et…

Et ensuite il n'est plus là.

J'ouvre abruptement les yeux et trouve Hunter debout, à quelques pas de moi.

— Est-ce que tu me fais confiance ? demande-t-il alors, presque avec détachement, tout en se dirigeant vers l'entrée du box.

Je cherche de l'air, chancelante. Je suis à demi nue et complètement à sa merci, là, sur la paille, tandis que Hunter est toujours entièrement habillé, et reste d'un calme olympien.

— Je…, je bredouille, le corps fiévreux, encore sous l'emprise du désir qui continue de déferler. Qu'est-ce que tu… ?

Il se retourne. Et mon cœur dérape. Il tient entre les mains une courroie en cuir flexible, une bride, avec laquelle il joue.

— Est-ce que tu me fais confiance ?, répète-t-il. Il s'approche et se penche sur moi. Il attend.

Merde alors.

Tout s'accélère dans ma tête, mon cœur s'emballe. Je n'ai jamais fait un truc pareil avant. Laisser un mec prendre le contrôle, entièrement. Ça ne me ressemble pas, jamais je n'aurais eu l'idée de m'amuser à ce petit jeu. Mais je regarde Hunter, et toutes mes réticences s'évanouissent. Le désir brûle dans ses yeux, et il y a autre chose aussi :

quelque chose de féroce dans l'intensité de ce regard qui me subjugue et envoie un frisson d'excitation, léger, courir droit entre mes cuisses.

— J'ai confiance en toi, je réponds dans un chuchotement.

Un sourire narquois se dessine sur le visage de Hunter, et je me demande si j'ai fait le bon choix. Mais il est trop tard pour reculer. Hunter attrape mes poignets et les lie ensemble, puis il les attache au-dessus de ma tête à la poutre qui court tout le long du box, enroulant le cuir autour, et pour finir il tire dessus d'un coup sec et serre. Je teste la résistance de mes liens, croyant pouvoir me libérer facilement, mais au moindre geste, le cuir me scie la peau.

Un nouveau frisson voluptueux me parcourt. Il ne déconne pas.

Hunter baisse les yeux vers moi.

— Qu'est-ce que je vais bien pouvoir faire de toi ? Il fait mine de réfléchir, puis s'agenouille, enserrant mes hanches de ses jambes. Il promène ses yeux sur moi, et je frémis, mes seins nus s'élèvent et s'abaissent au rythme de mon souffle incertain. Je veux tellement qu'il me touche que je suis tendue, mais Hunter prend son temps.

— J'ai l'impression que c'est mon anniversaire, ajoute-t-il, tout en faisant courir ses doigts légèrement sur ma peau. Et tu es mon cadeau, qui attend juste d'être ouvert…

Lest yeux de Hunter brûlent de désir, rivés aux miens tandis que ses doigts vagabondent sur mes seins, déclenchant de petites vagues de plaisir qui courent le long de ma peau. Je tente de reprendre mon souffle, mais c'est impossible.

Avec lui qui me chevauche comme ça, et les mains liées, je ne peux pas bouger. Je suis prisonnière, impuissante, je ne peux que me soumettre à ses mains qui se promènent et caressent tout le haut de mon corps, ses yeux ne lâchent pas les miens tandis qu'il m'entraîne inexorablement au bord du précipice. Je suis parcourue d'un frisson érotique inconnu, c'est la première fois que je me retrouve à la merci de quelqu'un, comme ça. Je ne peux pas l'arrêter, je ne peux que ressentir chacune de ses douces caresses, qui murmure, alimente et attise le brasier dans mes veines avec un rythme d'une lenteur insoutenable, au point que j'étouffe tant la frustration est forte. Je suis au supplice, humide de désir, cherchant désespérément une forme de délivrance.

Enfin, Hunter emprisonne le bout de mon sein entre son pouce et son index et serre, à faire mal.

Je laisse échapper un cri.

La passion illumine son regard. Il referme la main autour de mon autre sein, et de nouveau serre, faisant rouler mes tétons contre ses pouces. Le plaisir me submerge, dense et suave. *Oui.* Il se penche, couvre mon cou de baisers et descend alors que je me débats sous lui, jusqu'à ce qu'enfin, sa bouche se referme sur mon sein et suce, avec force.

Je sombre.

Le plaisir est vif et doux à la fois, et je gémis, bougeant sans pudeur aucune contre sa bouche. Hunter passe et repasse sa langue sur le bout de mes seins, encore et encore, jusqu'à ce que je crie sous ce supplice exquis, tellement à bout de désir que je crois en mourir.

Hunter relève soudain la tête. Il arrache les boutons de ma jupe, la fait descendre sur mes cuisses et la lance sur le côté, et moi je suis défaite, là, le souffle coupé.

Il s'arrête, un sourire se dessine sur ses lèvres devant la dentelle délicate de ma culotte : rose bonbon avec un galon de soie.

— Joli, dit-il en inclinant la tête pour effleurer mon ventre de souffles chauds.

Je tressaillis.

— Je ferai attention de ne pas l'abîmer. Puis il relève la tête, et ajoute, pervers : Sauf si tu me le demandes… ?

Je me perds dans ses yeux, mon esprit n'est plus qu'un chaos de désir. Il me fait un clin d'œil.

— La prochaine fois.

Hunter recule, pour se retrouver à genoux devant moi. Il s'empare de mes cuisses et lentement, les écarte.

Oh My God !

Hunter jette un nouveau regard vers moi, comme s'il sentait ma fébrilité.

— C'est bien, murmure-t-il, puis il se penche et dépose un baiser léger à l'intérieur de ma cuisse. Je vais te caresser, et te goûter. Ses doigts entrouvrent le bord de ma culotte, s'attardent à jouer avec la dentelle. Je vais te faire tout ce que je veux, et toi… Ses yeux croisent les miens, assombris par le désir. Tu ne pourras pas m'en empêcher…

Un gémissement s'échappe de mes lèvres.

— Déjà, mon cœur ? murmure Hunter, sourire en coin. Je n'ai même pas commencé.

Il se penche sur moi, et fait danser sa langue sur l'étroite bande de dentelle. Le contact est insoutenable de légèreté, à travers le tissu, mais il suffit pourtant à envoyer un frisson de désir qui tournoie en spirale jusque dans mes entrailles. Ma culotte me colle à la peau, je la sens mouillée entre mes cuisses, je suis prête pour lui.

Hunter glisse ses pouces sous le tissu et le fait doucement glisser sur mes hanches. Il accompagne son geste de baisers, centimètre après centimètre en descendant le long de mes cuisses, jusqu'à ce que ma culotte disparaisse et que je sois entièrement nue, offerte en croix sur la paille.

— Merde, j'entends Hunter jurer, et je baisse les yeux pour le voir me regarder, ses yeux bleus habités par le désir. Tu es parfaite, Brit. Tu es si parfaite.

Il s'assied par terre, soulève mes jambes qu'il pose sur ses épaules et de nouveau couvre l'intérieur de mes cuisses de baisers. Le frottement de ses joues mal rasées contre ma peau fine. Ma respiration s'accélère. J'attends, impatiente, chacun de mes nerfs et chacun de mes sens aspirent à le sentir. S'il ne se décide pas à me toucher bientôt, je pense que je vais rendre l'âme.

Et merde, s'il me touche, je crois que j'en mourrai aussi.

Hunter s'immobilise au-dessus de moi, à peut-être un centimètre de moi. Je sens son souffle, brûlant contre ma peau, qui va qui vient, qui va qui vient. C'est au-delà de mes forces.

— Je t'en prie, je supplie une nouvelle fois, sans me soucier de ce dont j'ai l'air. Mais Hunter attend. Ses doigts remontent de plus en plus à l'intérieur de mes cuisses, comme s'il se retenait. Je me débats, je me cambre, à la recherche de sa bouche, je me tends, mais il me tient fermement et mes liens sont trop serrés. Je t'en prie, j'implore, sans pudeur. Désarmée.

Et il attend toujours.

— Hunter… Je m'étouffe, je me tords sous lui, désespérée, chacun de mes muscles tendu à l'extrême. Mon corps brûle, je ferme les yeux de toutes mes forces, l'obscurité m'enveloppe. Je ne suis plus rien que cette palpitation entre mes cuisses, mon univers, c'est son souffle sur ma peau, ce souffle qui n'en finit pas et lui qui refuse.

— Tu as envie de moi, dit Hunter d'une voix profonde.

Ce n'est pas une question.

— J'ai envie de toi, je pleure presque.

— À quel point ?, insiste-t-il.

— Plus que tout. Hunter, je t'en prie ! Mon cri résonne dans l'écurie déserte, longue plainte douloureuse.

Alors, en geste rapide, Hunter passe sa langue sur mon clitoris et glisse deux doigts en moi.

Je laisse échapper un cri perçant. La sensation est fabuleuse : la merveilleuse pression de sa langue, le glissement de ses doigts qui m'envahissent. Je crie son nom, je me colle à sa bouche et lui me lèche, me dévore dans un mouvement sec et rapide, et mon corps tressaute, secoué par les ondes de choc du plaisir. Hunter ne relâche pas son emprise sur mes hanches, mais maintenant je cherche à lui échapper, c'est trop, le plaisir est trop intense, mais il ne s'arrête pas, il ne me laisse pas partir, il plonge juste ses doigts plus profondément en moi, encore et encore, m'élargit, me remplit, tout en continuant de sucer mon clito, implacable, je ne peux que subir ses assauts alors que le plaisir s'empare de moi, et monte, menaçant de m'annihiler tout entière.

Je veux le repousser, déjà à moitié perdue, mais m'accroche encore à un dernier reste de self-contrôle. J'ai besoin d'un peu de temps, juste un moment de répit au milieu de cette extase, avant de commettre l'impensable, et de basculer. *Tu ne peux pas te lâcher*, je me dis, en me débattant, *tu ne peux pas t'abandonner*, mais Hunter exige une capitulation totale, et refuse de céder. Il incurve ses doigts en moi et titille un nouveau point secret de plaisir, il accélère, plonge toujours plus loin en moi. Mon corps n'est que sensations, gémissant de plaisir, je suis terriblement tendue et à bout de désir, appelant la fin de toutes mes forces. Alors il referme sa bouche autour de mon clitoris et suce.

Je vole en éclats.

L'orgasme ricoche à travers moi, dévastant ce qui me reste de raison. Je tombe, je me noie, balayée par une déferlante de plaisir, je sanglote son nom tandis que les vagues, l'une après l'autre, m'emplissent et me vident, jusqu'à me laisser échouée, pantelante et ravagée sur le plancher du box.

Chapitre huit

Hunter me raccompagne à la maison. Je plane, encore sous le choc de l'orgasme le plus intense de ma vie. Et en moi, c'est un ouragan, les émotions les plus folles se télescopent : stupeur, incrédulité et désir et euphorie, le tout mélangé en une masse confuse dont je ne sais que faire.

Je n'arrive pas à croire que je viens de faire ça.

Et tout me revient par flashes, brûlants et culpabilisants : les images de moi étendue, nue, prisonnière sous lui ; ce regard possessif, noir, dans ses yeux ; le son désespéré de ma voix, l'implorant de me donner plus. C'est comme si c'était arrivé à une autre personne, une sorte d'expérience extracorporelle, parce que rien de ce que j'ai pu faire avant ça n'a été aussi torride, aussi obscène.

Aussi foutrement bon.

Je sens mes joues s'embraser, et je regarde discrètement Hunter, à peine visible dans le faisceau des phares. Il a une main sur le volant, l'autre à la vitre ; ses yeux fixent la route obscure, comme si rien ne s'était passé.

Une bouffée d'angoisse surgit. Comment suis-je supposée me comporter avec lui, maintenant qu'il connaît mes faiblesses les plus intimes ? Comment même vais-je pouvoir le regarder dans les yeux, alors qu'il m'a vue, si désespérée et si défaite ? Est-ce qu'il a aimé ça ou, *merde*, était-ce une sorte de test ? Mon cœur s'arrête, et l'idée se précise dans ma tête. Peut-être pensait-il que je n'irais pas aussi loin ? Peut-être voulait-il seulement savoir si ma réputation était justifiée.

Alors là, c'est sûr, tu lui as montré. Il sait maintenant que tu es cette petite salope trash que chacun dans cette ville lui a promis que tu serais.

Lorsque Hunter s'engage dans l'allée de la maison de la plage, le sentiment de bien-être ahurissant dû à mon orgasme a depuis longtemps disparu, remplacé par le goût amer de la déception et la haine de moi-même.

Bien joué, Brit. Tu as tout gâché, comme d'habitude.

Hunter coupe le moteur. Le silence s'installe.

— Merci pour la balade, je dis entre mes dents, en m'efforçant de donner le change. À un de ces jours, je suppose.

J'ouvre la portière et dégringole de voiture sans lui laisser une chance de répondre. Je la claque derrière moi et me dirige vers le porche, en luttant de toutes mes forces contre ces larmes que je déteste, et que je sens monter dans ma gorge.

Pourquoi suis-je si stupide ? Je serre les poings, à m'en faire mal, tellement la frustration m'étouffe. C'était ce que je voulais, non ? J'ai juste fait semblant de croire à toute cette connerie de « rendez-vous idéal » à la fête foraine, après tout. Je savais bien comment ça se terminerait. Retour à la case départ. Seule. Mais au moins cette fois, j'ai eu un orgasme d'enfer, et c'est déjà beaucoup par rapport à ce que je connais.

Je grimpe vite fait les marches du porche et fouille mon sac à la recherche de mes clés. Impossible de les trouver. Je cherche encore, de plus en plus gênée, de plus en plus nerveuse à mesure que je m'éternise sous ce maudit porche. Mais pas question de me retourner. Je n'ai pas entendu le pick-up de Hunter repartir, et…

— C'est ça, que tu cherches ? Sa voix résonne derrière moi, trop proche.

Je sursaute et fais demi-tour. Hunter est au pied des marches, à faire danser mon trousseau de clés au bout de son doigt.

— Elles sont tombées de ta poche, là-bas, à l'écurie. Mais tu étais en quelque sorte distraite…

Un sourire se dessine sur ses lèvres.

— Merci.

Je tends la main, en évitant de le regarder.

Mais Hunter se recule, hors de portée.

— Pas si vite, dit-il. Regarde-moi, Brit.

Je fixe les planches poussiéreuses du porche. Ça a besoin d'un bon coup de balai, je me dis. Je suis vraiment trop négligente, je devrais essayer de m'améliorer.

— Hé, Brit, la voix de Hunter est douce. Où vas-tu comme ça ?

Il s'approche de moi, glisse son doigt gentiment sous mon menton et m'oblige à le regarder, mais je garde les yeux rivés derrière lui, je veux tout regarder sauf lui.

— Qu'est-ce qui ne va pas ?

— Rien, je réponds et je cherche à m'écarter.

— Ne me raconte pas d'histoires. Hunter pose sa main sur ma joue, une caresse si tendre que j'en suis complètement retournée. Est-ce que ça va ? Écoute, à propos de ce qui s'est passé, ce soir…

— Je n'ai pas envie d'en parler.

Je sens mes émotions qui tourbillonnent, mais plutôt mourir que de lui laisser voir combien je suis troublée.

— Peut-être, insiste Hunter. Mais je ne vais pas te laisser t'enfuir une fois de plus.

— Je ne…

— Tu as pratiquement sauté du pick-up en marche, m'interrompt Hunter.

— Je suis fatiguée, je réplique, bras croisés. Puis-je avoir mes clés maintenant ?

— Non. Tant que tu ne me regarderas pas, Brit. Je suis sérieux, regarde-moi.

Je m'exécute.

Les cheveux de Hunter ont des reflets or à la lumière du porche, l'inquiétude assombrit son regard bleu. C'est difficile pour moi de le voir comme ça, là devant moi, si beau et si parfait. Je me sens complètement en miettes, nulle, comme si ce qui est arrivé ce soir avait fait voler en éclats une partie de moi, comme une paroi de verre qui se serait lézardée. Et maintenant, c'est juste le chaos, tout est à l'état brut et impossible à contrôler.

— Hunter, s'il te plaît… Ma voix se casse, et je ne suis pas loin de perdre pied maintenant.

— S'il te plaît quoi ? répond-il, sans faire un geste. Je ne partirai pas tant que tu ne m'auras pas expliqué ce qui se passe dans ta tête.

— Il ne se passe rien. Je vais bien.

Je crispe la mâchoire. Hunter secoue la tête.

— Ne me rejette pas, dit-il alors avec douceur. Je pensais que nous avions dépassé ça toi et moi…

— Pourquoi ? je réponds, cynique. Parce que j'ai écarté les jambes et t'ai laissé faire ce que tu voulais, comme une vulgaire traînée ?

La stupeur se lit sur son visage.

— Qu'est-ce que tu racontes ?

— C'est bien ce que tu penses, non ? je réplique avec un rire amer. Ils pensent tous ça. Il faut dire que je suis loin de leur avoir prouvé le contraire.

Hunter prend mon visage entre ses mains, il plonge ses yeux dans les miens. Un regard franc, direct.

— Il n'y a rien de mal à ce que tu as fait ce soir. À ce que *nous* avons fait, ensemble, me dit-il avec un air soudain plein de hargne. Tu m'as rendu dingue, tu étais si sexy. À moins…

Il écarte les mains, et une expression de doute se plaque sur son visage.

— Tu regrettes, c'est ça ? Je suis allé trop loin, c'est de ça qu'il s'agit ? demande-t-il très vite. Parce que tu sais, Brit, ce n'est pas ce que je voulais. Je croyais que tu étais d'accord et…

— Je l'étais ! je m'exclame. Je ne veux pas qu'il pense une seconde m'avoir forcée à quoi que ce soit. Moi aussi, j'en avais envie.

Le soulagement se lit maintenant sur son visage, puis il fronce les sourcils.

— Mais alors, où est le problème ?

— Y'a pas de problèmes, je rétorque. On a passé un super moment, terminé. Tu peux y aller maintenant.

Il me dévisage.

— C'est ce que tu veux ?

Non !

C'est tout juste si j'arrive à respirer.

— Oui.

Hunter continue de me dévisager un moment, impassible. Je me sens triste à pleurer, ça fait mal. C'est comme ça, je me dis. Le signal du départ, pour lui. Je me prépare, je veux juste qu'il s'en aille et me laisse seule. Je veux que tout ça finisse.

Et à ce moment, il m'embrasse.

Je me fige entre ses bras, désemparée. Ce baiser est doux, lent et tendre, d'une douceur à tomber par terre, mais j'ai même pas le temps de réagir, déjà il me laisse, écarte doucement une mèche de cheveux sur mes yeux.

— Tu n'es pas une traînée, dit-il alors, à voix basse mais ferme. Tu n'es pas nulle, ni tordue, ni une paumée ni une fille abîmée. Je ne sais pas pourquoi tu penses ça de toi. Et je tuerai quiconque te fera te sentir comme ça.

J'en suis bouche bée, sous le choc, mais Hunter n'en a pas fini. Il approche son visage, pose son front contre le mien, comme ça je peux sentir chaque mot, son souffle chaud et la douceur de sa promesse.

— Tu es parfaite, Brit. Spéciale. Et rare. Et peut-être que tu ne le crois pas, mais je le jure, je te le répéterai jusqu'à ce que tu le comprennes. Tu es la fille la plus incroyable que j'aie jamais rencontrée.

Hunter dépose un baiser sur mon front, puis il passe devant moi pour ouvrir la porte.

— Tu travailles, demain ? demande-t-il.

J'acquiesce d'un signe de tête, sans voix, tellement je n'en reviens pas.

— Je passerai au bar te chercher. Fais de beaux rêves.

Sonnée, je regarde Hunter remonter dans son pick-up. Il démarre et fait demi-tour avant de s'éloigner, et je regarde encore, jusqu'à ce que la nuit engloutisse la lueur de ses phares.

Mes jambes me lâchent. Je me laisse tomber sur la dernière marche du porche.

Tu es parfaite.

Impossible, il ne le pense pas. Je ne sais pas à quelle sorte de jeu il joue ; ou peut-être n'est-ce pas un jeu, peut-être s'est-il convaincu, le fou, que je suis quelqu'un que je ne suis pas. Dans les deux cas, il a tort. Je le sais, au plus profond de moi, comme je l'ai su toute ma vie.

Il n'y a rien de parfait en moi, rien de précieux ou de rare.

Il a tort. Il faut qu'il ait tort.

Mais comme je m'assieds, serrant la rampe du porche comme si ma vie en dépendait, quelque chose vacille à l'intérieur de moi, juste une étincelle d'espoir. Je la sens qui me réchauffe, coule dans mes veines et chasse les ombres noires du doute et du manque de confiance.

Tu es parfaite.

L'écho de ses paroles résonne dans mon oreille, longtemps après son départ, plus troublant que n'importe quels mots de drague ou cochonneries. Personne ne m'a jamais dit une chose pareille. Pas même un truc approchant. C'est sûr, Emerson m'aime, je le sais, il ferait n'importe quoi pour moi, mais ce n'est pas pareil. Personne ne m'a jamais regardée comme Hunter vient de le faire, comme si j'étais belle et brillante. Comme si j'avais de la valeur.

En fait, on dirait qu'il voit en moi ce que parfois je ne sais même pas voir moi-même. Ce garçon, qui pourrait tout avoir et tout le monde, me veut moi. Pour une raison qui m'échappe, il me veut moi, et il n'a pas l'air décidé à lâcher.

Et pour la première fois, je réalise. Peut-être n'ai-je pas envie qu'il lâche.

Chapitre neuf

Hunter

Après avoir raccompagné Brit chez elle, je suis tellement à cran que je passe une demi-heure sous le jet de la douche froide, à attendre que mon désir s'estompe. Mais ça ne donne pas grand-chose.

Quelle fille !

J'ai cru devenir fou tellement j'avais envie de la prendre, là, dans ce box, envie d'écarter ses cuisses si douces, si claires, pour plonger tout au fond d'elle, encore et encore, jusqu'à la folie, tous les deux à bout de souffle et si loin de ce monde.

Mais je ne peux pas. Pas encore. Et tant pis si je la désire à en mourir et si elle m'excite autant. Je ne peux pas me laisser emporter et tout gâcher en une seule nuit par faiblesse.

Je lui dois bien ça. Je lui dois tout.

Le ranch est trop calme, dangereusement silencieux, alors je reviens aux écuries et commence à nettoyer les boxes pour les nouveaux chevaux qui doivent arriver cette semaine. C'est un travail harassant, qui malmène les reins, le genre de corvée que je devrais laisser à mon équipe, mais ce soir, j'apprécie de pouvoir me changer les idées. Et je trimballe un tas de trucs, je déblaie et je transpire, jusqu'à ce que les heures les plus sombres de la nuit s'évanouissent, et mon corps alors souffre d'autre chose que de ce désir qu'elle m'inspire. Et c'est seulement à ce moment que je m'autorise à me souvenir de ce début de soirée, à repenser à Brit, tellement sexy, tellement belle malgré elle…

Elle a le goût du fruit défendu. C'est un ange. Elle est mon fantasme le plus secret venu à la vie, offerte et fébrile et m'implorant de la prendre. Et j'avais tant envie d'elle. J'ai cru mourir, ne pas pouvoir tenir une seule seconde de plus sans être en elle.

Mais alors, qu'est-ce que tu attends ?

Je reprends mon souffle, trempé de sueur maintenant, après l'effort physique. Peut-être que c'est fou. Je ne comprends d'ailleurs pas bien moi-même. Mais au fond de moi, je le sais, Brit n'est pas prête pour aller plus loin.

Bien sûr, elle dit l'être. Il y a quelques heures à peine, elle me suppliait. Sa peau si claire embrasée par le désir, si humide contre ma bouche que j'ai cru mourir et monter au ciel. J'aurais pu la prendre, la baiser comme un fou, et elle aurait aimé chaque sacrée minute de ce temps-là.

Mais cela aurait été une erreur.

Elle me veut, mais elle ne veut pas se donner à moi. Je peux lui donner du plaisir, mais je ne peux pas faire qu'elle ait confiance en moi. Non, ça, je dois le mériter, jour après jour, jusqu'à ce qu'elle soit prête à m'ouvrir son lit. Et son cœur.

Elle pense que tu es quelqu'un de bien.

Je ferme les yeux, en attente des souvenirs, mais ce n'est pas le corps nu de Brit qui surgit dans ma mémoire. C'est son visage. Beau à en tomber à genoux, ses yeux noirs rivés aux miens.

Damned. C'est plus puissant que cent douches froides, cette façon qu'elle a de me regarder,. Même quand on se touche, et que mon désir décolle de zéro à cinq mille en un seul battement de cœur, cela suffit à me retenir. Ce regard dans ses yeux, comme si j'étais quelqu'un de bien, de vrai, de parfait.

Je veux être cet homme pour elle, être à la hauteur de son rêve.

Que dirait-elle, si elle connaissait la vérité ?

Non. Ça, je préfère ne pas y penser.

Je regarde au loin les champs sombres, et un sentiment de justesse m'envahit, aussi inattendu que la main de Dieu.

J'ai la certitude soudain d'être exactement où je dois être.

Venir à Beachwood Bay a donné un sens à ma vie, mais découvrir Brit aujourd'hui m'a donné plus que cela : désormais, j'ai un but.

Parce qu'elle me donne envie d'être meilleur.

À la seconde où je me réveille le matin, jusqu'au soir où le sommeil m'emporte, elle est toujours là, dans un coin de ma tête. À me rappeler les belles choses de ce monde, à m'encourager à espérer de nouveau. Je veux tellement correspondre à ses illusions, être cet homme qu'elle voit en moi, même si moi-même je ne le vois pas encore.

J'ai envie de tout lui donner, toutes ces choses que les autres filles ont sans jamais avoir à le demander : tous ces gestes romantiques, tous ces mots doux. Actuellement, elle ne croit pas mériter l'affection d'un homme, mais je vais lui démontrer le contraire.

Elle mérite tout. Et je veux être celui qui va lui donner ce tout.

Parce que quelque chose me dit, si je peux faire ça, tourner une fois pour toutes la page sur le passé et faire de mon mieux pour être l'homme qu'elle mérite, eh bien je ne ferai pas que changer son esprit, je changerai le mien aussi.

Et ce pourrait être le seul moyen pour moi de sortir des ténèbres.

Je jette enfin ma pelle et me dirige vers la maison, avec une halte à la cuisine pour prendre une bière. Mais en inspectant le frigo à la lueur du néon, vide excepté deux packs de six et quelques restes, je me fige.

Combien de ces packs ai-je bus, au cours des trois dernières années ? Combien de nuits à me rendre malade, juste pour faire taire la petite voix avec ses reproches, dans ma tête, pour pouvoir sombrer dans un sommeil sans rêves ?

Trop souvent.

Chacun fait comme il peut. Maman a ses occupations mondaines, programmant tous les soirs pour le lendemain ses ventes de charité et ses réceptions. Papa, lui, crève à petit feu au bureau, à porter la Banque d'investissements Covington au sommet, comme le fonds spéculatif le plus profitable du pays. Et moi ? Pour rester en un seul morceau, c'est tout ce que j'ai trouvé, me soûler à la bière et aux fêtes, suivre tant bien que mal à la fac le chemin que mes parents avaient tracé pour moi, tout en me méprisant chaque minute pour cela.

Ce que je leur ai dit, je le pense. J'en ai fini avec leur mode de vie. Pas uniquement leurs fêtes et leur prestige, mais mon déni aussi. Assez de noyer ma culpabilité et mon chagrin dans l'alcool au lieu d'affronter mes fantômes. J'attrape le pack, ouvre les canettes et je verse tout dans l'évier, l'une après l'autre, jusqu'à ce qu'il ne reste plus une goutte. Plus rien pour supporter la douleur, aucune solution de facilité pour y échapper. Terminé. Je monte d'un pas lourd à l'étage et une fois dans ma chambre, je retire mon jean et ma chemise, et m'écroule sur le lit. Je suis parfaitement réveillé, trop alerte, et sans bière pour m'abrutir, les souvenirs reviennent. Souvenirs de Jace, et de cet été, et de Brit. Toujours Brit…

Trois ans plus tôt…

— Tu as réussi ! La fête bat déjà son plein quand nous arrivons sur la plage, à la sortie de la ville. Autour d'un feu de camp, une cinquantaine d'ados sirotent des bières et dansent au rythme de tubes rocks crachés par une sono que quelqu'un a installée, dans sa jeep. C'est la dernière nuit des vacances d'été et Beachwood fête ça dignement.

— T'as braqué un magasin d'alcool, ou quoi ? demande un mec en se joignant à nous.

Jace se marre en déchargeant notre stock de packs de bières.

— Servez-vous ! lance-t-il. Y'a de quoi faire !

— Cool !

Ils se ruent tous sur les cannettes, nous saluent Jace et moi à grand renfort de checks et de tapes dans le dos quand nous nous frayons un chemin à travers la foule.

— T'as pas un peu l'impression de les caresser dans le sens du poil ? je murmure à Jace, amusé.

— Donne aux gens ce qu'ils veulent et ils t'aimeront pour toujours, répond-il avec un clin d'œil.

Et les gens adorent Jace. La première fois que nous avons mis les pieds à ces fêtes sur la plage, au début de l'été, la plupart des types nous ont regardé d'un mauvais œil. Nous sommes des étrangers, après tout, et pire encore, des ados friqués qui les envahissent chaque été. Mais c'était sans compter sur mon grand frère, et en un rien de temps, avec ses bières gratos et son charisme naturel, ils sont tous venus lui manger dans la main. Personne ne résiste à son bon caractère bien longtemps, pas même les types d'ici, pourtant méfiants.

On se pose sur le sable, avec vue exceptionnelle sur la fête. Jace débouche une cannette et me la tend.

— Dernière nuit en ville, petit frère, dit-il en observant les autres. C'est maintenant ou jamais.

— Pour quoi faire ? je demande, après une gorgée de bière.

Je sens qu'elle fait son office. J'ai besoin de l'alcool, de décrocher pour cette dernière nuit. Papa et maman parlent déjà de mon programme scolaire, à la rentrée, et de tous les clubs et activités auxquelles, ils l'espèrent bien je vais participer en tant que nouveau représentant des Covington à Yale. Je pensais que l'université marquerait un nouveau départ pour moi, la liberté, mais déjà je le sens, ce sera juste comme d'habitude. La même vieille histoire dans une ville nouvelle.

— Pour ta serveuse, répond Jace en tendant un doigt en direction de la plage.

C'est là que je l'aperçois, parmi la foule. Je retiens mon souffle.

Brittany Ray.

Je n'ai pas cessé de la regarder tout l'été. C'est plus fort que moi. Il y a quelque chose chez cette fille qui attire terriblement le regard. Ce ne sont pas ses cheveux teints n'importe comment, ni ses fringues délirantes. C'est quelque chose de plus profond que ça. Cette lueur furieuse de défi, dans ses yeux.

Alerte.

Je ne suis pas fou. Je le sais, cette fille, ce sont des ennuis à n'en plus finir. Aussi, en dépit de la petite voix qui m'encourage à l'aborder chaque fois que nos chemins se croisent, j'ai réussi à garder mes distances. Mais la revoilà, ce soir. Qui danse devant le feu dans une robe rouge légère, ses cheveux noirs tombant en grandes mèches agitées devant ses yeux. La tentation incarnée.

— Si j'ai un conseil à te donner, mec, vas-y, me dit Jace avec un coup de coude. Va lui offrir une bière. J'en ai marre de te voir saliver chaque fois qu'elle est dans le coin.

— Je ne salive pas, je proteste mollement.

Jace secoue la tête.

— Il va bien falloir que tu te décides, enchaîne-t-il. Ou bien l'un des mecs ici va te la piquer. Oh, il s'interrompt en regardant un peu plus loin. On dirait que c'est déjà fait.

Je tente de la jouer cool, mais je ne peux pas m'en empêcher de me retourner pour voir ce qu'il veut dire. C'est là que je vois les deux garçons se diriger droit sur Brit. Déjà ils l'encerclent, et dansent et chahutent autour d'elle. Même à la lueur des flammes, je vois bien que leur manège ne la fait pas rire du tout.

Je n'y réfléchis pas à deux fois, je fends la foule et me dirige vers le trio.

— Dégagez ! crie Brit comme je m'approche. Enlève tes mains de là ! elle repousse l'un des mecs, mais il lui attrape le poignet et l'attire contre lui.

— Qu'est-ce que t'en dis ? ricane la tête de nœud devant son pote. Il porte un maillot de foot XXl, on voit un coup de soleil sur sa nuque. Tu crois qu'elle peut s'occuper de nous deux ?

— Putain, oui ! Et il met les mains aux fesses de Brit. T'aimes ça, pas vrai, salope ?

Je vois rouge.

Sans un mot, j'attrape le type et lui balance mon poing dans la mâchoire, j'entends au passage avec satisfaction l'os qui craque.

Quelqu'un hurle, puis le pote du connard pousse Brit et se précipite sur moi, tête la première, et me plaque au sol. Mais je n'ai pas passé trois ans dans l'équipe de foot pour rien. Le temps qu'on roule sur le sable, déjà je me retrouve sur lui et je lui assène une pluie de coups de poing sur la tête jusqu'à ce qu'un bras me prenne à la gorge et me tire en arrière.

Je me dégage et me retourne, le souffle court. C'est le premier type, le nez en sang, et dans ses yeux, je comprends qu'il a envie de me tuer. Il m'envoie son poing dans l'estomac, je n'ai pas le temps de me protéger.

Merde.

La douleur me transperce, et je recule, plié en deux. J'essaie de récupérer et je me prépare à encaisser les coups qui vont suivre, mais avant que le gars ne revienne à l'attaque, Jace bondit sur lui, lui passe le bras autour du cou et l'étrangle à moitié, l'obligeant à reculer.

— Ça suffit ! ordonne Jace.

— Hé, ça va pas ! C'est lui qui a commencé, ce putain de taré ! hurle le gars, toujours prisonnier de Jace.

— Et toi tu es un trou du cul. Et maintenant ? Jace regarde le type que j'ai mis à terre et qui gémit, à quatre pattes sur le sable. Hé, ça va ? lui demande Jace.

— Je vais t'éclater la gueule ! bafouille le type, avant de cracher du sang.

— Tu peux, bien sûr, dit Jace en faisant les gros yeux, avant de poursuivre calmement. Mais dans ce cas, je vais devoir remettre ça, et ça va être le bordel, quelqu'un va appeler les flics. Tu ne veux pas qu'on en arrive là ! Et si je vous offrais plutôt une bière, les mecs, et qu'on en reste là ? Hunter sera sage, pas vrai p'tit frère ?

Je marmonne, poings serrés.

Jace d'un regard me met en garde. Si les potes de Gros Con et Connard s'en mêlent, on sera vite débordés.

— Entendu, je grogne entre mes dents. J'arrête.

— Vous voyez ? Va faire un tour, m'ordonne Jace en aidant l'autre type à se relever. De ce côté-là, il ajoute, insistant, en désignant la plage d'un signe de tête.

C'est là que je réalise que Brit s'est volatilisée. Pendant que nous étions en train de nous battre là-bas et que les poings valsaient, elle est tout simplement partie.

J'oublie aussitôt les autres garçons. Je me précipite dans la direction indiquée par Jace, au bord des vagues. J'accélère le pas, la fête bientôt est loin derrière moi, puis j'aperçois une silhouette un peu plus loin.

— Brit ! j'appelle. Brit, attends !

Elle se retourne.

Je la rattrape, l'estomac encore douloureux du coup de poing de l'autre type.

— Tu aurais pu rester là-bas pour voir si j'allais bien, je dis, essoufflé.

— Je ne t'ai pas demandé de voler à mon secours, réplique Brit. Son ton est amère. J'aurais parfaitement pu régler ça toute seule.

— Ce n'est pas l'impression que j'ai eue, je rétorque.

— Oui, eh bien, peut-être que tu n'aurais pas dû t'en mêler, pour commencer.

Brit est furieuse, mais il y a autre chose, dans ses yeux. Une profonde tristesse.

Je soupire.

— Heu, désolé, c'est sorti comme ça, je lui dis avec douceur. Je ne pouvais pas rester là sans rien faire quand j'ai vu comment ils te traitaient.

— Peut-être que j'aimais ça, réplique Brit, sarcastique. Peut-être que tu as juste foutu en l'air la nuit d'enfer que je m'apprêtais à partager avec eux…

— Hé, mais qu'est-ce que tu as contre moi ? je demande, énervé maintenant. J'essayais de faire une bonne action, et maintenant tu es prête à m'arracher la tête !

Un silence s'ensuit, puis Brit baisse les yeux.

— Pardon, chuchote-t-elle. Tu as raison, c'est injuste. Merci.

Et sur ce, elle tourne les talons et s'éloigne. Je la rattrape et marche à côté d'elle.

— Où vas-tu ? Tu ne devrais pas te balader seule, comme ça, la nuit.

Un minuscule sourire se dessine sur les lèvres de Brit.

— On est à Beachwood Bay, ici, me fait-elle remarquer sur un ton amusé. Qu'est-ce que tu veux qu'il m'arrive ? Que je me fasse draguer par le prince charmant ?

Je m'abstiens de lui faire remarquer qu'il y a des choses malsaines tapies dans la nuit, surtout avec des mecs comme ces ivrognes, là-bas, prêts à tout.

— Où vas-tu ? je répète. Je vais t'accompagner.

— Nulle part, c'est bon, répond Brit, bras croisés, et je vois qu'elle frissonne dans la fraîcheur du vent.

Je retire mon sweat et le pose sur ses épaules.

— Quelle coïncidence, je lâche, moi aussi je vais nulle part, ça tombe bien.

— Un mec comme toi, nulle part ? réplique Brit, narquoise. Tu vas aller direct à Yale. Et puis ce sera la Maison Blanche, si ce qu'on raconte est vrai.

Mon cœur s'arrête. Apparemment, elle a entendu parler de moi. Normal, Beachwood est une si petite ville. Pourtant, avec mon C.V. déroulé comme ça, je me sens comme quand mes parents me poussent à faire me présenter, comme si mes origines et ma réussite étaient les seules choses que les gens avaient besoin de savoir sur moi. Avec elle, j'ai envie d'être plus qu'un Covington. Et si je dois tenir compte de cette lueur dans ses yeux, je me dis que Brit elle aussi a envie d'être plus que sa réputation.

Soudain, j'ai une idée.

— Je ne crois pas vous avoir déjà rencontrée, je dis en tendant la main avec une révérence. Je me présente, Bob. Bob Smith.

Un rire s'échappe de la bouche de Brit, une bouche parfaite.

— Bob ? répètet-elle.

— Exactement, je réponds, main toujours tendue. Et vous êtes… ?

Brit m'observe avec méfiance un moment, comme si elle hésitait. Et puis son visage enfin se détend et un sourire radieux apparaît sur ses lèvres, un sourire qui me coupe le souffle, cent fois plus efficace que le poing de l'autre abruti, tout à l'heure.

— Mon nom est Susie, dit-elle.

Merde.

— Ce… C'est une joie de vous rencontrer, Susie, je réponds, en bafouillant un peu.

Brit me dévisage, charmeuse. Vénéneuse.

— Vous êtes libre, Bob ?

Je hoche la tête. Je poserais un lapin au Diable en personne, pour une seule minute avec elle.

— Venez, me dit Brit en me donnant la main. Il y a un endroit que j'aimerais vous montrer.

Chapitre dix

Brit

Je dors mieux que ces dernières semaines, flottant dans la brume douillette des souvenirs de la nuit de notre première rencontre. Douceur. Innocence. Sécurité. Mais quand je me réveille, le lendemain matin, les images du réel reviennent en force dans ma tête. Hunter, les écuries, ses mots, sous le porche…

Je chasse tout ça de mon esprit et descends me préparer un café. Il est tôt, et j'ai une journée entière à tuer, avant de prendre mon service, au bar. D'un côté, je me recoucherais bien pour me repasser le film en technicolor de ma soirée avec Hunter, mais d'un autre côté je sais bien que tout ça m'entraînerait sur un terrain miné.

Ne t'emballe pas, Brit. Tu n'as donc pas retenu la leçon ?

Je vais pour me servir un café, puis je me fige. Mes poignets sont marqués. Une ligne délicate tuméfiée sur ma peau, à l'endroit où la bride me retenait prisonnière, la nuit dernière.

Je me sens rougir, une vague de chaleur me submerge.

Non. Je me force à regarder ailleurs, chasse ces images torrides et perverses de mon esprit. Je ne peux pas me permettre de laisser le désir prendre le contrôle, pas avec mon cœur en première ligne. C'est une bombe à retardement, là, qui attend juste d'exploser pour détruire tout ce que j'ai fait tant d'efforts à protéger.

J'emporte ma tasse dans le salon, et je m'installe devant mes croquis, mais après vingt minutes à sécher devant la page blanche, je laisse échapper un soupir de frustration. En fait, cette robe ce matin est le dernier de mes soucis, et chaque fois que je prends mes crayons, que j'essaie de donner vie à une coupe, à des drapés, à la place c'est le visage de Hunter que je vois. La perfection de ses traits, le bleu vif de son regard.

La puissance qui émane de ses muscles, qui te submerge. Qui te domine…

Mon téléphone sonne, m'arrachant à mes rêveries. Je décroche, trop heureuse de la diversion.

— Salut, Brit-Brit. La voix à l'autre bout du fil me réchauffe le cœur.

— Salut Juliet, je réponds, soulagée, en me rasseyant. Quoi de neuf ?

— Ton frère me rend dingue, voilà ce qu'il y a de neuf, répond Juliet dans un éclat de rire et, deux secondes après, j'entends la voix d'Emerson derrière elle. Hé, bas les pattes ! Juliet l'envoie promener. C'est une conversation entre filles, va-t-en.

De nouveau, ça rigole puis, quelques instants plus tard, la voix de Juliet reprend :

— Désolée pour l'interruption. Emerson te dit bonjour, il ne peut pas te parler, il est en train de faire la vaisselle. En tout cas, il vaudrait mieux pour lui, s'il veut échapper à des représailles ! ajoute-t-elle en élevant la voix. Cette partie s'adresse clairement à mon frère.

Je souris, heureuse de leur bonheur. Je les imagine, en train de se chamailler dans leur nouvel appart, en ville.

— Il va bien ? je demande.

— En superforme, répond Juliet, avec des tonnes d'amour dans la voix. On a trouvé un local qui devrait faire l'affaire, pour le restaurant. C'est au centre-ville, pas vraiment en bon état, mais Emerson pense que nous pouvons faire les travaux nous-mêmes sans problème.

— C'est génial ! je m'exclame.

— On verra bien, tempère Juliet, comme toujours prudente. Et toi, quelles nouvelles ? En forme ?

— Super, je réponds, sur mes gardes. Juliet et moi sommes amies aujourd'hui, mais pendant des années, je l'ai vue comme une ennemie : la fille qui avait brisé le cœur de mon grand frère en mille morceaux. J'avoue, j'ai encore du mal à l'accepter complètement, à me faire à la présence de cette grande sœur dans ma vie.

— Tu es sûre ? Et c'est quoi cette histoire avec ce mec ? demande-t-elle comme ça, de but en blanc.

Sur le coup, j'en reste scotchée.

— Mais comment sais-tu ça ? je m'exclame. La rumeur à Beachwood d'accord, mais eux, ils sont à plusieurs heures de route d'ici. Tu n'es même pas en ville !

— Un petit oiseau a volé jusqu'ici pour le dire à Emerson, rit Juliet.

— Garrett, je soupire. Ce type ne sait décidément pas fermer sa bouche.

— Il s'inquiète pour toi, c'est tout, répond Juliet. Mais sérieusement, comment ça se passe ?

— C'est… Je ne sais pas.

Je me tais. Qu'est-ce que je peux lui dire ? Je ne vais pas lui parler de la nuit dernière, c'est certain.

— D'après Garrett, c'est du sérieux… insiste Juliet.

— N'importe quoi ! je crie. Enfin, oui. Non. Oh, j'en sais rien, je termine, minable.

— Et ce garçon mystérieux a-t-il un nom ?

— Hunter, je réponds, et le seul fait de prononcer son nom me donne envie de sourire. Hunter Covington.

— Ooh, je me souviens de lui, je crois, s'enflamme Juliet. Un blond, c'est ça ? Avec un frère plutôt beau gosse ? J'étais à Beachwood quand ils y venaient, certains étés.

— C'est lui.

— Il était… *mignon*. Juliet insiste sur le mot, taquine.

— Oui, eh bien, il a grandi et c'est devenu un dieu. Un dieu riche, parfait, sans faute.

Je ne peux rien contre la tension, dans ma voix, notes d'amertume et de regret, et ce constat qui revient : tout ce que Hunter est, et que jamais je ne serai.

— Hmm, ça a l'air pas mal, conclue Juliet sans avoir remarqué mon ton. Et que fait-il de toute cette riche perfection ?

— Il élève des chevaux.

— Tu te moques de moi, là.

— Mais non, je proteste. Il a repris le ranch de son grand-père.

— Un éleveur de chevaux sexy et beau comme un dieu, j'adore ! glousse Juliet, puis elle ajoute, sérieuse : Non vraiment, Brit, je suis heureuse que tu aies rencontré quelqu'un. Et Emerson aussi.

— Mais je n'ai pas… j'essaie de lui objecter. Enfin, on ne… Ça ne mènera à rien, je réussis enfin à dire, la voix morne. Ça ne durera pas.

— Comment tu peux en être si sûre ?

— Je le sais, c'est tout, je soupire. Je ne suis pas comme toi, ou comme Emerson. Ce genre de choses, eh bien, ça ne marche pas comme ça, pour moi.

Juliet ne répond pas, et c'est un long silence au bout du fil. Quand elle reprend la parole, sa voix est douce, presque hésitante.

– Je sais combien c'est dur de tourner la page. Revenir à Beachwood, refaire confiance à Emerson, ça n'a pas été simple, pour moi. Mais parfois, tu sais, Brit, c'est toi qui dois décider d'être heureuse, de donner sa chance à quelqu'un.

Je sens une boule qui se coince, dans ma gorge, je la ravale tant bien que mal.

– Ce n'est pas pareil, pour moi, Juliet, crois-moi.

– OK, elle soupire. Tu es toujours la bienvenue, ici, tu le sais ? Pour quelques jours, ou plus longtemps si tu veux. Tu es ici chez toi, d'accord ?

– Je sais… Ses mots ne font qu'accentuer mon émotion, alors je tousse et prends une voix dynamique. Écoute, il faut que j'y aille. Dis bonjour à Emerson, pour moi.

– Promis, répond Juliet. Prends soin de toi. Et viens nous voir, ça fait trop longtemps.

– OK.

Je raccroche vite, presse le téléphone sur mon cœur.

Dans la maison, c'est le grand silence. Et le vide.

Je laisse échapper un soupir. Emerson me l'a répété au moins dix fois, Juliet aussi, je pouvais aller vivre chez eux, si je le voulais. Mais quelque chose en moi me retient toujours ici. Ils sont en train de construire leur vie, là-bas, tous les deux, et j'en suis sûre, ils m'accueilleraient avec plaisir, mais je ne peux pas m'empêcher de me sentir comme une intruse, là-bas, chaque fois que je leur rends visite, ou même que j'appelle. Ils sont encore sur leur petit nuage, tout étonnés et tout heureux de s'être retrouvés, après avoir été séparés si longtemps. Même si mon frère me manque, même s'ils me manquent tous les deux, je le sais, ce serait pire si j'allais là-bas : devoir tous les jours être le témoin de cette sorte de vie que je n'aurai jamais, témoin du grand amour de quelqu'un d'autre.

Alors je reste à Beachwood, à perdre mon temps, à attendre que quelque chose se passe. Que quelque chose change.

Et si ça avait déjà changé… ?

Le reste de la journée est totalement raté. Je suis trop nerveuse, à cran, pour me concentrer sur quoi que ce soit. Aussi, je me lance dans le grand ménage de la maison. Je brique le carrelage de la cuisine, je balaie le porche… Comme si un coup de balai pouvait effacer Hunter de mon esprit. Ses paroles se mêlent aux conseils de Juliet, et à mes propres angoisses, tout se mélange, aussi quand je vais prendre mon service chez Jimmy, je me suis promis tant de fois de ne plus le revoir et son contraire, que je ne sais même plus où j'en suis.

— Tu es jolie, m'accueille Garrett, quand je déboule dans le bar.

— Évite de me casser les pieds, ce soir, je réponds en le rejoignant derrière le comptoir et en mettant mon tablier. Tu es encore sous probation, après le coup de la foire. Et aussi après avoir été tout raconter à Emerson, j'ajoute.

— Oh, il te l'a dit ? répond Garrett avec un air penaud. N'empêche, je ne rigolais pas, tu es jolie.

Je me regarde, gênée.

— Oh. Merci.

— Rendez-vous avec Casanova tout à l'heure ? il plaisante.

Je lui balance un coup de torchon sur la tête.

— Non ! La ferme !

Garrett me regarde, perplexe, comme s'il ne me croyait pas. Mais c'est la vérité, je n'en sais rien en fait. Hunter a dit qu'il passerait à la fin de mon service, mais j'ai appris il y a longtemps à ne jamais croire ce que raconte un garçon. Pourtant, ça ne m'a pas empêchée de bien me coiffer, et d'enfiler une petite jolie robe d'été au lieu de mon habituel débardeur passé. Juste au cas où, je me suis dit. Mais maintenant, dans l'atmosphère minable du bar, c'est comme si ma tenue était un néon qui clignote, confessant mes espoirs les plus secrets à la face du monde. *Brit attend un garçon ! Brit croit qu'elle a une chance !*

— Eh, tu pourrais sourire un peu. Et ça te rapporterait peut-être quelques pourboires, ajoute Garrett en me ramenant sur terre.

— Charmant, je rétorque. Tu te traînes ici la moitié du temps en faisant la gueule, avec tes grands airs mystérieux, et c'est moi qui suis une salope mal lunée.

— Mystérieux, moi ? s'anime Garrett. Qui t'a dit ça ? Une fille ? Elle était sexy ?

Je secoue la tête.

— Tu es impossible.

— C'est pour ça que tu m'aimes, dit-il avec un clin d'œil.

Mon service n'en finit pas, le temps passe à un rythme douloureusement lent. J'ai beau me dire de ne pas espérer trop, à chaque heure qui passe je suis de plus en plus tendue, chaque fois que la porte du bar s'ouvre, je sursaute et me retourne.

— Tu vas te faire un torticolis, si tu continues, plaisante Garrett en me regardant.

Je rigole, mais je me retourne une fois de plus quand la porte carillonne.

Toujours pas de Hunter.

La déception s'immisce en moi, une pointe acérée dans ma poitrine. Je me déteste de me sentir comme ça, comme anéantie, chaque fois que quelqu'un qui n'est pas lui pénètre dans le bar. C'est plus fort que moi. J'avais tellement envie de le croire quand il a dit qu'il ne me laisserait pas tomber. Je voulais tellement que ça soit vrai, qu'un garçon comme lui puisse vouloir une fille comme moi.

Je devrais pourtant le savoir.

À mesure que les minutes défilent, la blessure s'aggrandit, mon cœur tailladé est mis en pièces. À 23 heures, je me dis d'arrêter d'espérer, mais quand la pendule marque minuit, je me sens complètement anesthésiée, épuisée.

C'est terminé.

Il n'est pas venu.

Les derniers clients partis, Garrett verrouille la porte derrière eux. Il allume les lumières, et une couleur néon inonde la salle. Ça me rend toujours mélancolique de voir l'atmosphère enfumée et feutrée effacée comme ça, d'un seul coup d'interrupteur. Les rires, la fête et la séduction, hop ! tout ça balayé en un clin d'œil. Ne restent plus que les tables vides et une cannette de bière esseulée qui dérive par terre. C'est comme mes espoirs, qui gisent là, brisés, en miettes.

— Hé, tu peux aller chercher les caisses, sur le toit ? demande Garrett pendant qu'on empile les chaises. Le vent se lève et je n'ai pas envie que tout ce fouillis aille s'écraser sur le parking.

— Bien sûr, je marmonne. Je peux fermer, si tu veux. Tu n'as pas besoin de rester.

— Tu es sûre ? demande Garrett.

— Tu as sûrement mieux à faire, non ? Je suppose qu'une nana l'attend, et à son sourire penaud, je comprends que j'ai vu juste. Allez, vas-y. Il faut bien qu'il y en ait un qui s'éclate cette nuit…

— La nuit ne fait que commencer, fait remarquer Garrett, mais je n'ai pas envie de l'entendre me prendre en pitié. Je le laisse partir et monte sur le toit, marche après marche. Hunter. Ses paroles accompagnent chacun de mes pas. Après tout ce qu'il m'a dit, la détermination qu'il a mise à me courir après, j'ai eu la faiblesse de croire à ses promesses. Cette fois, peut-être… Mais je me suis trompée. Il a beau m'avoir dit que j'étais parfaite, et que la nuit dernière signifiait quelque chose pour lui aussi, ses actes en disent plus long que ses paroles, et maintenant…

J'ouvre la porte qui donne sur le toit. Et m'arrête net.

— T'en a mis, du temps. Hunter se tient là devant moi, pantalon habillé et chemise blanche impeccable, cheveux blonds qui scintillent à la lueur des bougies. Ne me dis pas que Garrett t'a demandé de faire le ménage ? il poursuit, l'air fébrile et nerveux en même temps. Quel salaud ! Il m'a promis qu'il t'enverrait sur le toit tout de suite après la fermeture.

Je fais un pas en avant, hésitant, n'en croyant toujours pas mes yeux.

La terrasse de toit a été entièrement transformée. Des guirlandes de Noël courent sur tout le tour de la rambarde et de la vieille cheminée, toutes multicolores et clignotantes. Au milieu, se dresse une table pour deux, recouverte d'une nappe blanche en lin et avec un service de vraie porcelaine, des couverts en argent. Dessus, il a posé son iPod qui diffuse de la musique douce par deux enceintes portables, et puis il y a des bougies partout, et des roses dans des vases en cristal, pas des bouquets de roses rouges *cheap*, mais de superbes roses blanches et jaunes et rose vif, dont le parfum délicat flotte dans la nuit.

— Mes fleurs préférées, je chuchote, sous le choc, en effleurant les pétales délicats. Hunter me sourit d'un air timide.

— Je sais.

Je le dévisage, sur mes gardes.

— Je t'ai jamais dit… Mais je me tais quand me revient la mémoire. Si, je lui ai dit, mais il y a trois ans. Une simple remarque, comme ça, en passant, dont je me souviens à peine.

Tout ce temps et… il n'a pas oublié.

— Tu as fait tout ça pour moi ?

Je promène mon regard sur le toit, sidérée. On se croirait dans un film, parfait dans les moindres détails, avec les lumières de Beachwood au-dessous de nous.

— Mais ça a dû te prendre un temps fou.

— Ça en valait la peine. Hunter vient vers moi, il caresse ma joue. Juste pour voir ton regard.

Je retiens mon souffle, plonge mes yeux dans ses yeux pour la première fois. Bleus, si profonds, si vrais.

— Tu as fait tout ça pour moi, je répète dans un soupir, toujours incrédule. D'une minute à l'autre maintenant, je vais me réveiller, et découvrir que tout ça n'est qu'un rêve. Dans une seconde…

— Je ferais n'importe quoi pour toi, murmure Hunter, qui se penche pour m'embrasser.

Je ne rêve pas. Tout ça est vrai.

Le contact de ses lèvres, fraîches et douces, contre les miennes. La sensation de sa main dans mes cheveux. Et son corps solide qui se presse contre le mien. Les détails s'imbriquent les uns dans les autres et tout ça me submerge dans une vague de plaisir intense.

Lui, pour de vrai.

Je lui rends son baiser, incapable de m'arrêter, incapable de me retenir plus longtemps. Il est là. Il est venu. Pour moi.

Je me serre contre lui dans un baiser profond, l'embrasse jusqu'à la folie et à en perdre le souffle. Je veux me fondre entre ses bras, là, maintenant, au-dessus du monde, là où rien ne peut nous atteindre, à l'abri de mes douleurs et de mes doutes. Je voudrais que ce baiser dure l'éternité, mais après un moment, Hunter me repousse doucement.

— Le repas va refroidir, dit-il et il m'entraîne vers la table. Il tire ma chaise pour que je m'assoie, ce que je fais, regardant de nouveau autour de moi sans y croire, émerveillée.

— Qu'est-ce que c'est ? je demande quand Hunter soulève avec un geste théâtral le couvercle d'un plat devant nous, gaufres, bacon et œufs.

— Le petit déjeuner, il répond. C'est à peu près tout ce que je sais faire, alors j'ai préféré jouer la sécurité.

— C'est toi qui as cuisiné ? je m'exclame.

— Oh, ce n'est rien d'extraordinaire, répond-il avec un haussement d'épaules.

— Comparé à de la pizza froide et de la bière, c'est carrément extraordinaire.

Hunter sort une bouteille de la glacière et remplit un verre de quelque chose d'aérien et de mousseux.

— Champagne, dit-il en me tendant le verre. Et je veux porter un toast. Il se sert et attend que je colle mon verre au sien. À toi…

— Hunter… Je proteste, encore bouleversée, mais il m'interrompt.

— À toi, Brit. Pour tout ce que tu n'as même pas conscience de faire.

Il fait tinter son verre contre le mien, mais alors qu'un écho cristallin retentit, je jurerais avoir vu une ombre dans ses yeux, l'espace d'une seconde. Quelque chose de sombre, que je n'avais jamais remarqué. Mais avant de pouvoir être sûre que je n'ai pas rêvé, les guirlandes s'illuminent, et Hunter me sourit, excité comme un enfant le jour de Noël.

— Mange, m'ordonne-t-il. Tu dois être affamée, après ton service. Garrett n'a pas trahi le secret, j'espère ? il ajoute en versant une tonne de sirop d'érable dans son assiette. Je lui ai demandé de me couvrir. Il m'a laissé la porte de derrière ouverte, m'explique-t-il avec un sourire. Je devais à chaque fois attendre que tu ailles servir les clients près de l'entrée, alors je me faufilais dans l'escalier, bref, j'ai fait ça quatre ou cinq fois.

— Je ne me suis doutée de rien à aucun moment, je réponds avec franchise en attaquant mon plat. Je regarde la terrasse de toit, baignée de lumière, plus belle que je ne l'aurais cru possible. Il a bien gardé le secret.

Hunter doit avoir relevé la note de regret dans ma voix, parce qu'il s'interrompt, fourchette en l'air.

— Qu'est-ce qu'il y a ? Tu n'aimes pas ? Ses yeux cherchent les miens, brillant d'inquiétude soudain.

— Non ! Enfin, oui, j'aime, je m'empresse de répondre. C'est juste... Je ravale la boule dans ma gorge. C'est juste que je croyais que tu ne viendrais pas, c'est tout.

— J'avais dit que je viendrais, dit Hunter avec gravité.

Je le regarde, pour vérifier, mais son regard est droit et sincère.

— Les gens disent tant de choses, je dis doucement. Ils ne tiennent pas forcément parole.

— Oh, Brit... Il comprend subitement. Il prend ma main, la serre très fort. Une chaleur divine m'envahit, partie de mes doigts, qui remonte le long de mon bras et se répand dans tout mon corps. Je suis désolé, murmure-t-il, je n'ai pas pensé à ça.

Je baisse les yeux, gênée. Il doit penser que je suis une gamine perturbée, pas même capable de croire une simple promesse.

— Ça va, je dis en essayant de réagir. C'est une surprise magnifique, Hunter. Vraiment. Ça valait la peine d'attendre.

Et je lui souris, un faible sourire, fâchée contre moi d'avoir mis ça sur le tapis. Hunter s'est démené comme un fou pour me faire ce cadeau génial, et moi je gâche l'ambiance avec mon stupide sentiment d'insécurité. *Quelle trouble-fête tu fais, Brit.*

— Non, ça ne va pas, dit Hunter en serrant ma main encore plus fort. Dans ses yeux, il ya de l'inquiétude. Tu dois savoir une chose, je serai toujours là pour toi, Brit. Si je te fais une promesse, je la tiens.

— Tu ne peux pas dire ça, je réponds avec une petite voix, en retirant ma main de la sienne et je regarde bêtement ma gaufre. Tu ne peux pas savoir ce qui va arriver. Des choses se mettent en travers de la route, tout le temps. Il vaut mieux ne jamais faire de promesses, parce que comme ça...

Je me tais, refuse de finir.

Parce que comme ça, je ne m'emballe pas. Parce que comme ça, je ne sombre pas, en me sentant comme une idiote.

Quand je relève les yeux, Hunter me regarde avec un sourire en coin.

— Qu'est-ce qu'il y a de si drôle ? je demande, sur la défensive soudain.

— Rien, répond Hunter, en souriant de plus en plus. J'étais juste en train de penser comment j'allais pouvoir m'y prendre, pour que tu me croies.

— Et alors ? je le défie.

Il me sourit, si sûr de lui, si calme, comme s'il avait découvert les secrets de l'univers.

— Je vais te prouver que tu as tort.

— Comment ça ? je réponds, perplexe.

— C'est simple, répond Hunter, le regard plein de certitude. Si les gens te laissent tomber, s'ils te quittent, et te cassent, et te mentent, eh bien pas moi. Je serai là pour toi, Brit. Je ferai ce qu'il faut, et je n'arrêterai pas de te le montrer, et de te prouver que tu te trompes, jusqu'à ce que tu l'acceptes. Je ne suis pas comme les autres.

Je n'ose plus respirer, un nœud douloureux autour du cœur. Quand il parle comme ça, quand il me fait de telles promesses, j'ai tellement envie de le croire, oh ! j'en ai tellement envie. Et puis, je me rappelle, toutes ces promesses brisées, tous ces hommes qui m'ont menti.

— C'est OK, dit Hunter, comme s'il voyait la lutte qui se déroule en moi. J'ai tout mon temps. Je te l'ai dit, je n'irai nulle part.

— Mais pourquoi ? je n'arrive pas à retenir la plainte qui s'échappe de mes lèvres. Je le regarde, si parfait, si tendre, et je ne comprends pas. Pourquoi moi ? Tout ça, la foire hier et ici, ce soir… Pourquoi fais-tu tout ça juste pour moi ? Il y a des centaines d'autres filles…

— Je n'en veux aucune. C'est toi que je veux.

— Mais pourquoi ? je répète. Peut-être pourrait-il me donner une raison, que je comprenne enfin. Tu débarques ici comme le Prince charmant, à me faire tourner la tête. Mais je ne crois pas aux contes de fées, ni aux Princes charmants, et encore moins aux fins heureuses. Cela n'existe pas.

— Bien sûr que si, dit Hunter. Je le fusille du regard, mais il sourit. La magie existe. C'est ce que je ressens quand je te regarde.

Je fronce les sourcils, mais Hunter se lève et me tire à mon tour.

— Ne me dis pas que tu ne le sens pas, toi aussi, il murmure en faisant glisser son doigt sur ma joue.

Je frémis, ferme les yeux pour mieux ressentir sa main sur moi, et ses bras qui m'enlacent, le parfum citronné de son aftershave, mêlé à quelque chose de plus profond, de plus sensuel. Lui.

— Tu vois ? murmure Hunter à mon oreille. Il dépose un chapelet de baisers sur mon cou, me fait trembler et réveille mon corps. La magie, c'est ça.

Je vacille. Quand il me tient comme ça, me touche comme ça, c'est facile d'être séduite par les mots qui s'écoulent de ses lèvres. Et peut-être devrais-je laisser faire. Car si je sais, tout au fond de moi, que je ne peux pas lui faire confiance, quel mal y a-t-il à jouer le jeu, juste un peu ?

L'idée est tentante, et tellement, tellement facile. Parce que, même si je sais que j'ai raison, je m'en veux d'être comme ça, si amère, si négative. Je n'ai pas envie de le repousser. Pas avec les flammes des bougies qui dansent tout autour de nous, et les yeux de Hunter qui me regardent, pleins de désir et d'espoir.

Je peux faire semblant. Et lui donner ça, au moins.

— La magie, je chuchote, et le sourire de Hunter est comme un éclair dans le ciel de la nuit. Lumineux et vrai, à couper le souffle.

Il m'attire entre ses bras, pose ma tête sur son torse, et commence à bouger. À danser doucement au rythme de la chanson diffusée par son iPod, la même chanson d'Incubus qu'il avait mise dans son pick-up, en rentrant de la foire.

« *How do you do it ? Make me feel like I do ?* »

Comment fais-tu ça ? Me faire ressentir ça ?

— Comment fais-tu ça ? je murmure les paroles, avec l'envie de retenir ce moment pour l'éternité. C'est mieux que tout ce que j'ai jamais connu…

Chapitre onze

On reste sur ce toit des heures, juste à discuter et à rire, juchés sur notre perchoir au-dessus des lumières sur la baie. Je voudrais rester ici pour l'éternité, mais trop vite Hunter range tout et décide de me reconduire chez moi. Avant de prendre la route, j'essaie de me remémorer chaque détail du toit-terrasse, d'en inscrire chaque moment dans ma mémoire, histoire de pouvoir me souvenir quand viendront les nuits de solitude. Parce qu'elles viendront.

— Tu es bien silencieuse. Tu as sommeil ? demande Hunter en sortant du parking.

J'acquiesce d'un signe de tête, je ne me sens pas de parler pour l'instant. Hunter reporte son attention sur la route, un bras sur le dossier de mon siège, tout en traversant la ville endormie. Il ne semble pas réaliser combien cette nuit a été spéciale, pour moi, mais bon, sans doute a-t-il l'habitude d'organiser ce genre de dîner pour ses petites copines, de se mettre en quatre comme ça avec quantité de petites attentions.

Il ne sait pas que c'est la plus belle chose que quelqu'un ait jamais faite pour moi.

Je regarde derrière la vitre l'ombre de la nuit sur la baie, et j'essaie de calmer cette turbulence d'émotions qui monte dans ma poitrine. Je n'ai pas l'habitude de ce genre de choses, de sentir autant d'espoir et d'effroi et de doute. Comme si mon cœur était juste submergé par trop d'émotions, et pas le temps de les évacuer ou de prendre du recul avec elles. J'ai passé tant d'années à ériger une forteresse indestructible autour de mon cœur, à tenir les autres à l'écart à grand renfort de sarcasme et d'indifférence amère. À me servir de chaque trahison, chaque déception, pour élever mes remparts toujours plus haut, à me blinder d'un acier toujours plus fort.

Et aujourd'hui, Hunter fait voler tout ça en éclats.

Quand je suis avec lui, c'est plus fort que moi, je veux des choses que j'ai bien appris, pourtant, à ne jamais vouloir, rêves de futur dont je sais bien que c'est du vent. C'est comme si ma tête connaissait la sinistre vérité, que je ne pourrai jamais être la fille qui aura cette vie faite d'affection et de tendresse, mais que mon cœur échouait en même temps à le croire.

Mais qu'arrivera-t-il si je tombe trop bas ? Qu'arrivera-t-il quand Hunter descendra de son piédestal et qu'il se montrera tel qu'il est, c'est-à-dire comme les autres, et me laissera seule avec mes souvenirs ?

On remonte l'allée de la maison de la plage. Hunter m'aide à descendre de son pick-up et on se dirige lentement vers la porte. Je m'arrête sous le porche.

Silence.

— Merci, je dis à voix basse, en m'efforçant de faire tenir toutes mes émotions dans ce mot. J'ai passé une soirée merveilleuse.

Je le regarde dans les yeux, et à ce moment j'ai le souffle coupé. Hunter se tient dans la pénombre, sa silhouette comme celle d'un ange noir, alors que la lumière fait ressortir ses fossettes, ses yeux bleus brillant si fort, si intensément, que j'irais volontiers me noyer en eux.

Un sourire joueur se dessine au coin de ses lèvres.

— Mais la soirée ne fait que commencer…

Je note comme un éclat dans son regard et mon cœur s'emballe.

— Oh. Vraiment ?

— Tout à fait, il répond en secouant la tête, et il fait glisser sa main sur mon bras, jusque sur mon épaule, et contourne les fines bretelles de ma petite robe d'été. Nous avons encore du temps devant nous, avant que mon pick-up ne se change en citrouille. Hunter me pousse gentiment contre le mur. Et tout Prince charmant qui se respecte se doit d'embrasser sa princesse pour lui souhaiter bonne nuit. Il se penche et couvre de baisers mon visage, mon cou.

— Minuit est passé depuis longtemps, je fais remarquer, en plaisantant. Je tressaillis alors que sa langue s'attarde dans le creux de mon épaule.

— Pas à Hawaï, répond Hunter, sa voix comme une caresse sur ma peau.

— C'est là-bas, l'heure officielle des contes de fées ? je rigole.

— Absolument. Hunter relève la tête, je vois alors son expression, joyeuse. Tout le monde sait ça.

— Je devais pas être en cours, ce jour-là, je chuchote, et puis je reste sans voix, parce que Hunter fait descendre sa main sur ma poitrine, il effleure et titille le bout de mes seins, à travers ma robe.

Je gémis de plaisir. Les yeux de Hunter s'assombrissent, puis de nouveau sa bouche prend la mienne, mais il n'y a rien de tendre dans ce baiser. Celui-là c'est du feu, sensuel, torride, qui exige mon abandon. Je suis coincée contre le mur, mais je m'abandonne de bonne grâce. Je referme mes mains autour de son cou, et me plaque contre son corps tout en puissance, dans une étreinte impatiente.

Le contact de son corps contre le mien est un délice. Mes seins durcissent, écrasés contre son torse, tandis que la langue de Hunter opère son tour de magie dans ma bouche. Il lèche et m'explore, exigeant, et je me cambre. Ses mains courent sur moi, m'envoient des frissons et des sensations partout alors qu'il caresse mes épaules dénudées, ma poitrine, et fait rouler ses pouces sur le bout de mes seins sensible et douloureux.

Oh, oui.

Je gémis contre ses lèvres, subjuguée par le contact de ses mains, brûlantes et possessives, qui s'enroulent et pressent mes seins meurtris. Il fait descendre ma robe sur mes épaules, me dénude, et approche son visage, suce avec passion l'un de mes seins. Je laisse échapper un cri et retombe dos au mur. Je tiens à peine sur mes jambes, alors il m'enlace, un bras autour de ma taille, et sa bouche continue ses magnifiques assauts sur mes seins, alors que son autre main descend entre nous et descend encore, pour me trouver, tout humide et toute palpitante.

Oh !

Un soupir s'échappe de ma gorge. Ses doigts me trouvent à travers le tissu de ma robe, et vont et viennent en de douces et égales caresses, et c'est un brasier qui s'élève en moi. Je me plaque contre sa main, entièrement occupée à ses caresses, mais il n'accélère pas leur rythme. Sa langue joue avec le bout de mon sein, me lèche au rythme de ses doigts qui vont et viennent entre mes cuisses, qui s'enflamment, qui m'attisent, jusqu'à ce que je m'effondre pantelante dans ses bras.

Hunter relève alors la tête et lèche mes lèvres.

— Est-ce que tu me sens ? il murmure, ses doigts voltigent sur moi.

Je gémis en guise de réponse.

— Et comme ça ?

Hunter relève ma robe, glisse sa main sous le tissu, brûlante sur mes cuisses nues. De nouveau, ses doigts me trouvent, frottent doucement, il n'y plus que ma culotte entre nous.

— Oh pitié, je sanglote, et je me presse de toutes mes forces à la rencontre de sa main. La chaleur couve en moi, envie profonde et enfouie qui veut plus. Plus de lui, en moi. Long et dur.

— Hunter, je l'implore. Je t'en prie, n'arrête pas.

Hunter respire difficilement maintenant. Le regard comme hébété, rivé au mien, alors que ses doigts me rendent folle.

— Oh ! Brit, il rugit, il s'empare de ma bouche une nouvelle fois, pour un baiser ardent. Tu mouilles tellement. Tu es si parfaite. Il glisse son pouce sous ma culotte, l'écarte, et je laisse échapper un autre cri de détresse et enfin sens sa peau brûlante sur la mienne. Il glisse un doigt en moi et je tressaillis, le plaisir déferle sur moi, entêtant, enivrant.

— J'ai envie de toi, grogne-t-il d'une voix rauque à mon oreille. Tu me rends fou.

Son pouce tourne autour de mon clito, plus fort maintenant, collé à mon désir. Je suis au bord de l'asphyxie, je tremble de tout mon corps, bandée sous ses doigts, et son odeur, et la vague d'émotions monte, prête à s'écraser, prête à nous emporter. Ses doigts vont et viennent de plus en plus vite, frottent de plus en plus fort.

— Viens pour moi, Brit. Hunter a les yeux fixés aux miens, sombre, exigeant.

— Je ne peux pas, je gémis, je ne suis pas encore prête.

— Si, tu l'es. Hunter soudain ralentit le rythme de ses caresses, et me laisse là haletante, désemparée. Tu l'es parce que je te le dis.

Je me tords entre ses bras, j'ai tant besoin qu'il me touche.

— Pitié, encore, je supplie.

Hunter secoue doucement la tête.

— Tu vas venir pour moi, il m'ordonne, sur un ton dominateur qui me chavire. Parce que je vais arrêter. Dans cinq secondes, j'arrête tout. Alors tu ferais mieux de venir.

Je suis encore sidérée par ses paroles que déjà il commence son compte à rebours.

— Cinq, quatre… il murmure. Mon corps n'est que douleur, mon sang bout dans mes veines. Je vois l'éclat dans ses yeux, déterminé, et mon cœur s'accélère, terrifié. Je sais qu'il ne joue plus. Il va s'arrêter. Et me laisser comme ça, si près, au bord du gouffre. Il va tout arrêter.

— Trois… poursuit Hunter, sa main s'immobilise, son pouce me caresse une dernière et douce fois. Je frissonne, au désespoir, mais bloquée là, paralysée, si près.

— Deux… Il plonge ses doigts en moi, doucement.

Oh my God.

— Un.

Et sa main s'en va, et je suis là tremblante, tout au bord, et je le supplie du regard, impuissante. Je suis complètement défaite, à l'agonie, tout mon corps tendu de désir.

— Viens ! Hunter réitère son ordre, prend mon visage entre ses mains et me plaque contre le mur. Ses hanches roulent contre les miennes tandis que sa langue plonge dans ma bouche. Son sexe dur se presse avec délice entre mes cuisses. C'est trop. Je glisse. Tout s'efface. Mon corps se rend à son ordre et je me rends, l'orgasme se propage à tout mon corps et me laisse à bout de souffle dans sa bouche, tandis que je tremble et gémis et qu'il m'embrasse avec passion encore et encore.

J'émerge peu à peu des ténèbres, toute molle entre ses bras. Hunter dépose un tendre baiser sur le coin de mes lèvres, et il me retient, le temps que je retrouve la force de tenir sur mes jambes.

Comment arrive-t-il à me faire ça ? Ma tête s'emballe tandis que je lutte pour retrouver mes esprits. Chaque fois c'est plus fort, plus profond. Le plaisir plus intense. Ça ne ressemble à rien de ce que j'ai pu sentir auparavant. Et je le réalise avec un pincement au cœur, je ne retrouverai jamais cette sensation.

— Tu es si belle quand tu jouis, murmure Hunter, en rajustant ma robe sur moi, en me recoiffant. Cette lueur dans tes yeux, c'est comme si tu t'envolais.

— Oui, je vole… Je reprends mon souffle, encore accrochée à lui. Mon corps est tout endolori, mais c'est une palpitation différente maintenant. Celle-là est plus profonde, plus douce, faite de l'écho du plaisir, mais encore inassouvi.

J'ai envie de lui.

De lui.

Je trouve mes clés, ouvre la porte, puis je lui fais face, glisse mon doigt dans le col de sa chemise et l'attire vers moi.

— À présent, c'est ton tour, je dis, avec un sourire charmeur. Viens. Le moment est venu de te rendre la monnaie de ta pièce, tous les bons moments que tu m'as donnés…

Un silence, qui dure une éternité, puis quelque chose se ferme, dans les yeux de Hunter.

— Non, dit-il doucement. Il serre ma main, juste une fois, puis la lâche et recule d'un petit pas. Pas ce soir.

Mon cœur se vide. Je le regarde, désemparée. Il a envie de moi, c'est lui qui l'a dit. Que je le rendais fous.

— Tu me prends pour un gentleman, dit-il en reboutonnant le col de sa chemise, en réajustant son jean. Je le vois qui s'efforce de respirer avec calme, comme si cela lui demandait un effort surhumain de reprendre le contrôle. Alors je vais faire en sorte d'être à la hauteur.

— Mais... J'en reste sans voix, je ne comprends pas, rien à son refus. Je suis encore toute retournée, à bout de souffle de ses assauts sur mes sens, toute molle et mouillée et fourbue de désir.

— Je croyais que tu avais envie, je réussis enfin à articuler. De moi.

Hunter approche sa main de mon visage et glisse une mèche de cheveux égarée derrière mon oreille.

— J'ai envie de toi. Mais pas comme ça.

J'écarquille les yeux. Comme quoi alors ?

Il esquisse un sourire, comme s'il avait entendu mon désarroi.

— Quand je te prendrai, il faudra que tu le veuilles.

Je vais pour protester, mais il pose un doigt sur mes lèvres ;

— Pas parce que tu penses que tu me le dois, ou dans le feu de l'action, et qu'une chose en entraîne une autre, me réprimande-t-il, sa bouche si proche de la mienne que je sens son souffle, brûlant contre ma joue. Mais parce que tu as envie de moi. Parce que je suis tout ce que tu veux.

Il parle d'une voix basse et sensuelle, murmure sans cesse à mon oreille :

— Chaque jour, chaque nuit, je veux juste que tu m'imagines, moi en toi. Que tu te touches, que tu imagines que tes mains sont les miennes, jusqu'à ce que tu cries mon nom.

Je frémis, je chancelle. Hypnotisée par sa voix, fascinée par l'évocation de plaisirs interdits qu'il me peint avec ses mots.

— Je vais t'attendre, promet Hunter. Et là, je te prendrai. Quand tu me désireras tellement que tu croiras mourir si tu ne me sens pas en toi… Il se tait, recule pour mieux me regarder au fond des yeux. Alors je te baiserai comme jamais personne ne t'a baisée.

Je me noie, bouche ouverte. Hunter glisse alors son doigt entre mes lèvres et instinctivement, je me mets à le sucer. Un frisson me parcourt. Hunter me regarde, à aucun moment ses yeux ne se détachent de mon visage.

— Tu me sentiras pendant des jours, il murmure. Je te prendrai, je te posséderai, partout. Même ton cœur… Et il a à ce moment un sourire ravageur. Surtout ton cœur.

Alors que je fais de mon mieux pour ne pas me liquéfier sous le porche en un puits sans fond de désir, Hunter embrasse mon front et tourne les talons, traverse la cour en quelques enjambées. Cette fois, je n'attends pas pour le regarder partir. Car mes jambes maintenant ne me porteront plus longtemps, je le sens. J'entre en titubant, claque la porte derrière moi, et me laisse glisser par terre, pauvre masse informe.

Même ton cœur.

Il veut plus que juste une histoire sensuelle d'un soir, je réalise, sonnée. Il n'est pas comme tous les autres mecs qui veulent seulement me sauter, et puis me jettent, sans état d'âme. Hunter veut quelque chose de vrai, quelque chose de plus que le désir et l'étreinte furtive de nos corps. Il me veut moi tout entière, même les endroits les plus sombres, les plus meurtris que je n'ai jamais montrés à personne. Et il ne me laissera pas l'avoir, ne me laissera pas le sentir, son corps plongeant en moi comme j'en rêve, avant que je ne me donne à lui complètement, corps et âme.

Et je le sais, c'est bien cela qui m'attend.

Je peux lutter contre, me débattre autant que je veux et crier. Je peux faire comme si j'étais immunisée, sous contrôle, comme si je pouvais partir quand je veux. Mais la vérité, j'en prends conscience, c'est que je n'ai pas la moindre chance.

Parce que Hunter Covington est l'homme le plus noble, le plus doux, le plus tendre, le plus beau, le plus sexy que j'aie jamais rencontré. Et je suis en train de tomber amoureuse de lui.

Je laisse ma tête basculer contre la porte, alors que la vérité s'abat sur moi, aussi douce et dangereuse que l'orgasme qui vient juste de me laisser sur les genoux.

Moi, Brittany Ray, amoureuse du golden boy de Beachwood Bay… Je pourrais en rire tellement c'est fou, si je n'étais pas aussi désarmée à le désirer comme je le désire. Au fond de moi, je sais bien pourtant qu'il ne peut pas être à moi, mais ça n'a plus d'importance. Je risquerais de briser mon cœur en mille morceaux, rien que pour sentir ses bras autour de moi encore une fois. Pour goûter une fois encore à cette perfection dont je m'étais pourtant juré que ce n'était que pour une nuit, il y a trois ans.

Mon téléphone sonne, c'est un texto.

« Dors bien. Rêve de moi. »

Hunter est à des kilomètres maintenant, mais son vœu se réalise. Je m'écroule de sommeil, bercée par le souvenirs de ses chuchotements, si doux, et le fracas des vagues, au loin, sur la plage. Je m'endors, et je rêve de lui.

Trois ans plus tôt…

Nous marchons un bon kilomètre sur la plage, Hunter d'un pas alerte à côté de moi. Tout ce temps, mon cœur cogne, une voix dans ma tête me crie de m'en aller, loin de lui, le plus loin possible, et vite, mais je ne peux pas revenir en arrière maintenant, pas avec lui si près de moi, son sweat sur mes épaules, encore chaud du contact de sa peau, avec son odeur.

Une nuit. C'est la seule façon pour que ça marche. Une nuit, dans la peau de Susie et de Bob, ou qui que ce soit que nous ferons semblant d'être. Juste un jeu, je me dis. Ce n'est rien qu'un jeu.

Hunter approche sa main et prend la mienne, comme ça.

À son contact, une chaleur intense me traverse, une vraie fournaise. Troublée, je trébuche contre un galet, et manque de tomber sur le sable.

— Je te tiens, rigole Hunter en me retenant in extremis. Sa main se referme autour de la mienne, si forte maintenant. Ses doigts se mêlent aux miens.

— Merci, je chuchote. C'est tout juste si j'entends le roulis des vagues, tant mon cœur bat fort, et je le regarde en coin, en me demandant s'il l'entend, lui aussi.

Hunter surprend mon regard, puis il me sourit. Avec une telle confiance, si radieux, que mon cœur de nouveau est pris de panique.

Mais bon sang, que fais-tu, Brit ? Une fois là-dedans, attention, il n'y a pas de retour en arrière possible.

— Alors, Susie, si tu me parlais un peu de toi, dit Hunter, décontracté. Qu'est-ce qui t'amène à Beachwood ?

— Je suis juste de passage, je réponds, en m'inventant une vie différente. Je viens... En fait, je viens de la ville. Mes parents vivent là-bas. Je vais bientôt entrer dans une école de stylisme.

— Ah oui ? répond Hunter, et puis comme s'il n'avait jamais entendu toutes ces horreurs, sur la famille Ray, il demande. Et que font tes parents ?

— Maman est styliste, elle aussi... Et je mens, ignorant la bouffée soudaine de tristesse dans mon cœur. Quant

à mon père... C'est un type normal. Il travaille dans un bureau, mais il rentre tous les soirs dîner à la maison.

— C'est super. Hunter inspire profondément. Mes parents sont normaux, eux aussi. Ils sont profs, il ajoute. On vit en banlieue, avec un chien et un minivan.

— Comment s'appelle ton chien ? je demande.

— Han Solo.

Je rigole.

— Tu es fan de Star Wars ?

— Ouais.

Hunter garde le silence, et pour la première fois, je réalise que je ne suis peut-être pas la seule à jouer. J'imaginais qu'il avait pitié de moi, et qu'il me donnait l'occasion de nier ma réputation ici, à Beachwood, une façon de faire comme si j'étais quelqu'un d'autre, mais à voir cette mélancolie, dans ses yeux, quand il parle d'une vie normale en banlieue, je comprends que je ne suis pas seule à jouer.

Hunter lui aussi fuit quelque chose.

— Mais assez parlé des autres, je déclare, sur un ton enjoué. Parle-moi de toi. Ton parfum de glace préféré ?

— Tu le connais. Hunter me jette un regard en biais. J'en commande tout le temps.

— Chocolat-caramel, j'éclate de rire.

— Et toi, tu adores ces milk-shakes, menthe avec copeaux de chocolat, dit Hunter.

Je sursaute.

— Comment sais-tu ça ?

— Je vois tout, il répond avec un sourire espiègle.

— Quoi, par exemple ? je demande, la voix légère, alors que j'arrive à peine à respirer.

— Des petits trucs. Hunter hausse les épaules, il semble embarrassé soudain. Par exemple, tu t'habilles souvent

en noir, mais ta couleur préférée, c'est le violet. Et tu ne portes jamais la même coiffure plus d'une semaine.

— Oh. Je sens mes joues qui s'enflamment, tellement rouges qu'elles pourraient éclairer la plage. Il m'a remarquée, moi ? Il m'a observée, tout l'été, comme je l'ai observé ?

— Je t'espionne pas, attention, rajoute Hunter, la voix étranglée. Je te regarde, c'est tout. En fait, je peux pas faire autrement.

Je voudrais voir ses yeux, mais impossible. Soudain, je suis douloureusement consciente de l'espace entre nous, et de la plage obscure, déserte. Et de l'écho de sa respiration, régulière, douce à côté de moi.

Hunter Covington m'a remarquée.

Je retiens mon souffle, entre soulagement et terreur de nous trouver là, tout près de ces rochers que je connais bien, à l'autre bout de la baie.

— Par là ! je crie, un peu trop fort. Je lâche sa main et m'élance devant lui, escalade le granite rugueux, me hisse sur la corniche. Je ne me retourne pas pour voir si Hunter me suit.

Quelque chose en moi espère que non.

J'ignore ce qui m'a fait changer d'avis et en finir avec mes vacheries. Le sarcasme était ma seule arme contre lui, contre son charme parfait, sa beauté irrésistible. Mais apparemment, même le fait de me comporter en folle de psychopathe n'a pas suffi à le dégoûter.

Et à ce moment-là, il m'a souri.

Merde, Hélène de Troie et tous ces Grecs fous furieux qu'on a appris, à l'école, ce n'est rien à côté. Le sourire de Hunter pourrait déclencher une guerre. Si vrai, si doux, avec juste ce qu'il faut de danger qui scintille gentiment dans ses yeux bleus.

Personne ne m'a jamais souri comme ça.

Regarde les choses en face, Brit, je me dis en descendant sans grâce de mon rocher. À la seconde où il a balancé son poing dans la gueule de ce salaud, le sort était jeté. Voler à mon secours, comme si j'étais une demoiselle en détresse et pas la bad girl *de la ville… Oui, à ce moment-là, j'étais foutue. Et maintenant ? Il s'agit juste pour moi de faire comme si mon cœur n'était pas complètement à l'envers, dans ma poitrine. Comme si son contact ne me faisait pas chavirer, comme si son sourire n'allumait pas ce brasier fabuleux et rougeoyant et plein d'espoirs en moi.*

— C'est quoi, cet endroit ? La voix de Hunter retentit derrière moi, et finalement je m'arrête. Nous sommes dans une crique secrète, à l'abri du vent grâce aux rochers tout autour, avec vue imprenable sur la baie.

— C'est mon endroit, je réponds, gênée bizarrement. J'aurais pu l'emmener n'importe où, mais pour une raison qui m'échappe, je voulais lui montrer cet endroit où je viens me réfugier, quand je suis à bout. Personne ne connaît, mais j'adore venir ici. Tout y est si paisible.

Je m'assieds sur mon rocher préféré, tout usé par l'érosion, lisse et encore chaud du soleil de l'été. Hunter se pose à côté de moi, regarde les lumières scintiller, si lumineuses par rapport à l'ombre qui pèse sur la baie.

— Rien que toi et l'océan, il dit avec calme, et je sens quelque chose se dénouer dans mon cœur. Une tension, qui se relâche. Il comprend.

Je me penche, attrape une poignée de sable, que je laisse filtrer entre mes doigts.

— Eh bien, Bob, je dis, en mettant l'accent sur son faux prénom, pour lui montrer que je suis OK pour continuer à jouer. De quoi as-tu envie ?

Il a comme un sursaut.

— C'est-à-dire ?

Je hausse les épaules.

— Là, ce soir, dans la vie, après quoi cours-tu ?

Le silence s'installe un moment. Hunter fixe l'océan, et quand il parle, il n'y a plus trace d'humour dans sa voix.

— Je ne crois pas qu'on m'ait jamais posé la question. Comment dire, tout ce que je fais, c'est comme si tout était tracé devant moi, comme si je marchais juste dans les pas de quelqu'un d'autre.

— De ton frère, tu veux dire ? Je le regarde. Je les ai vus ensemble, lui et Jace. Ils semblent si proches, rien de comparable avec mes frères à moi, Emerson et Ray Jay.

Hunter secoue la tête.

— Non. Peut-être, il corrige. Mais surtout de mes parents, et de leurs parents avant eux, et de leurs parents encore avant… Il soupire, un soupir si lourd que j'ai envie de l'envelopper de mes bras et de prendre tout ce poids sur moi. Je serre les poings pour m'empêcher de perdre la tête en faisant une chose pareille. J'ai de la chance, je sais, il s'empresse d'ajouter. J'ai tant d'opportunités, c'est juste… Je crois que ce que je veux, c'est que quelqu'un me demande ce que je voudrais, de temps en temps, conclut-il avec un sourire.

— Dans ce cas, il me semble que tu as ce que tu voulais, ce soir, je réponds en le regardant.

Je retiens mon souffle. Ses yeux ne lâchent pas les miens, si clairs, si perçants. Je pourrais le jurer, là, il voit tout droit jusque dans mon âme.

— Pas encore, Hunter dit doucement, puis il approche sa main de mon visage.

C'est doux. Si doux, le contact de ses doigts sur ma peau, que j'en frissonne. Je ferme les yeux, juste pour bien me concentrer, pour le sentir, si doux, léger contre ma joue.

Les hommes ne me touchent pas comme ça. Ils me tripotent, et me bousculent et me prennent, comme si mon corps était une chose, un vulgaire objet, dénué d'émotions.

J'ai toujours ressenti un sentiment de victoire à leur brusquerie, au fait de leur inspirer un tel désir, qui les dépasse, est plus fort qu'eux.

Je le sais maintenant, je me trompais. La force n'a rien à voir avec le désir. Hunter me touche comme si j'étais une porcelaine délicate, comme si je risquais de me briser à tout instant, alors qu'il n'y a rien de délicat dans ses yeux. Un feu d'enfer y brûle, aveuglant de désir.

Je tremble sous ses doigts. Son pouce effleure le rebord de ma lèvre inférieure, envoie des étincelles dans mes veines. Je n'ose plus bouger, avec une envie folle de le toucher, de le serrer pour de vrai, mais terrifiée à l'idée qu'un seul petit geste de ma part fasse voler en éclats ce rêve, et le détruise à jamais.

— Que veux-tu, toi ? La voix de Hunter est un doux murmure, ses yeux cherchent les miens. Il se retient, m'attend, moi. Il répète ma question, ni l'un ni l'autre ne bouge. Qu'est-ce que tu veux, ce soir ?

Je le regarde, ange blond au clair de lune, et la question ne se pose même plus. Ce n'est qu'une certitude, aussi réelle et aussi vraie que le sol sous nos pieds et que les vagues qui se brisent, là, inlassablement sur le sable.

— Toi, je réponds, la voix tremblante d'une émotion comme je n'en ai jamais ressentie auparavant. Quelque chose de si pur, de si lumineux, que mon cœur presque s'en brise. Je te veux, toi.

Hunter écarquille les yeux à mes paroles, mais je ne rajoute rien. Je soutiens son regard. J'approche finalement la main et le touche, caresse doucement la mèche de cheveux blonds sur son front. Puis il se penche, plus près, encore plus près, jusqu'à ce que ses lèvres trouvent les miennes, pour le plus doux des baisers.

Et je tombe, je tombe.

Chapitre douze

Cette fois, je ne laisse pas le spectre du doute s'immiscer dans mon esprit. Le lendemain, quand Hunter appelle pour me donner rendez-vous le vendredi, je le sais, je le sens jusque dans mes os, il viendra.

— J'aurais aimé te voir plus tôt, ajoute-t-il, et sa voix sexy à l'autre bout du fil me donne envie de sourire, pourtant je viens de me taper une heure de remplissage d'une bonne quinzaine de bouteilles de ketchup.

— Pourquoi pas ? Je me dandine, assise sur une table, le cœur léger comme une gamine.

— C'est la folie, ici, au ranch, marmonne Hunter. J'ai deux nouveaux chevaux qui viennent d'arriver. Et puis, j'essaie de former Jake.

— Travailler, toujours travailler, et le plaisir, alors ? je le taquine.

— Oh, le plaisir, j'y pense, ma chérie. Ne t'inquiète pas pour ça, répond Hunter en riant.

J'en frissonne rien qu'à l'idée.

— Alors à vendredi ?

— Oui. Je pensais venir te prendre, vers midi.

Je fronce les sourcils.

— Midi ? je répète, perplexe. Pas le soir ?

— Si tu peux t'absenter du bar, répond Hunter. Tu crois que c'est possible ?

Je le sais, s'il le faut, pour une seule journée avec Hunter et son sourire de rêve, je rendrais mon tablier, mais je le fais marcher, fais celle qui hésite et se tâte.

— Ça dépend pourquoi…

— Oui, eh bien ça, tu n'en sauras rien, il répond d'une voix enjouée. Tu dois juste me faire confiance.

— Je ne fais que ça, depuis quelques jours, il me semble, je remarque, et à cet instant j'ai un flash de lui, qui avance vers moi avec cette lanière de cuir qui ploie entre ses mains puissantes.

— Et est-ce que ça en valait la peine, au moins ? Maintenant, c'est au tour de Hunter de me taquiner, sa voix au téléphone prend un écho sensuel.

— Possible, je chuchote, mais déjà, je me sens tout excitée, à ce seul souvenir. Le box. Le porche. La grande roue.

Aïe, mais qu'est-ce qu'il est doué !

— Bien, je passerai te chercher à midi, dit Hunter, et même si je n'ai pas encore accepté, on le sait bien tous les deux, c'est d'accord.

— À vendredi.

Je raccroche, inspire à plein poumons, déjà tout mon corps en frétille d'excitation. Ce qu'il a prévu pour nous, je n'en sais rien, et ça n'a pas d'importance. Du moment que je suis avec lui, la journée, c'est sûr, sera fabuleuse.

— Oh, merde, toi aussi ?! Garrett émerge de la réserve, un fût de bière sur les bras. Il m'observe en hochant la tête avec un long soupir.

— Moi quoi ? Je descends d'un bond de ma table et me remets au travail, boostée par une énergie nouvelle.

— D'abord ton frangin, et maintenant toi. Garrett me lance un regard exaspéré. Cette façon de planer, cet air rêveur, amoureux… Vraiment, ça me rend malade.

— Je ne suis pas amoureuse ! je proteste, et je baisse la tête, comme ça impossible pour lui de voir ce sourire qui s'obstine, sur mes lèvres.

— Bien sûr que si, tu l'es, insiste Garrett, pas dupe de mon manège. J'ai même pas besoin de te regarder. Et Hunter doit être dans le même état. Il avait pourtant l'air d'un type intéressant, comme ça, ajoute Garrett, avec la moue. Je m'étais même dit qu'on pourrait faire une virée ou deux ensemble, ou regarder un match à la télé. Tu parles, il est perdu pour la cause maintenant.

— Ah, mais c'est de ta faute ! je réplique. Tu n'as pas cessé de me pousser dans ses bras, je te rappelle !

— Et je me le reprocherai jusqu'à mon dernier souffle, soupire Garrett, avec un air si tragique, que je lève les yeux au ciel.

— Bref. Et je ne plane pas en pensant à lui. Je suis juste heureuse, point barre.

Garrett me regarde, sourire en coin.

— Ah, c'est donc à ça que ça ressemble, quand tu es heureuse ? Eh bien, je croyais ne jamais voir ce jour arriver.

— Très drôle. Je vais l'aider à installer le fût sous le comptoir, tout en m'amusant à le chatouiller.

— Hé, Brit ?

Je lève les yeux.

— Je suis heureux pour toi, dit Garrett avec calme. Tu as bien le droit de souffler un peu.

Je rougis, mal à l'aise.

— Inutile de s'emballer, je dis, sans m'arrêter sur son commentaire. C'est un peu tôt encore. Je ne sais même pas où tout ça va mener.

— Peut-être, mais c'est justement la partie la plus sympa, dit Garrett avec un sourire mélancolique, ailleurs. Quand tu réalises ce qui t'arrive, et que c'est tout nouveau tout beau…

— Tu parles, je réponds, mutine. Avec tes nanas, ça ne dure jamais plus d'une semaine !

Garrett laisse tomber le regard lointain, et son éternel sourire moqueur réapparaît au coin de ses lèvres.

— C'est déjà énorme, il répond avec un clin d'œil. J'y peux rien, moi, si je sais tout ce que j'ai besoin de savoir sur une fille en trente secondes chrono.

— C'est un peu rapide, non ? Apparemment, l'endurance n'est pas ton point fort, je me moque, en lui tirant la langue.

Garrett voit rouge.

— Qu'est-ce que tu sous-entends ? Je peux tenir toute la nuit, chérie, toute la nuit. Et il me fait une série de pompes en rugissant, j'en tombe à la renverse, morte de rire, à le regarder se pavaner dans le bar pour ses prétendues prouesses, et à faire un tour d'honneur devant un parterre imaginaire d'admiratrices.

Je ris à en avoir mal aux zygomatiques, à avoir des crampes. C'est tellement bon de laisser tout ça sortir. Ces chatouilles au creux de mon ventre, rien qu'à penser à Hunter. Cette légèreté dans mon cœur, malgré moi. Je suis tellement habituée à vivre avec ce nœud ultraserré d'amertume et d'angoisse, dans ma poitrine, jamais il ne m'était venu à l'idée qu'on pouvait vivre sans. Que peut-être, je pouvais me réveiller le matin sans ce poids sur mes épaules. Que peut-être je pouvais la nuit rêver de jours heureux, et pas juste voir les visages de tous ces gens qui m'ont abandonnée.

On se remet à peine de notre fou rire quand mon téléphone sonne à l'arrivée d'un texto. Je sors l'appareil de ma poche, fébrile. Hunter.

« Je compte les heures. J'ai terriblement envie de te voir. »

Mon cœur en bondit de délice, et je sens un sourire se visser sur mes lèvres.

Garrett secoue la tête et soupire.

— Encore un de foutu.

Ce que Hunter a prévu pour nous, je n'en ai pas la moindre idée, aussi j'opte pour la prudence et choisis une tenue passe-partout. Mon bikini bleu ciel sous mon short en jean et un top funky à franges, mes vieilles bottines à lacets un peu usées, juste au cas où on se baladerait. Je viens juste d'enfiler à mon poignet une quinzaine de bracelets de métal qui font un cliquetis d'enfer quand j'entends le pick-up de Hunter se garer, devant la maison.

Je dévale l'escalier.

— Salut ! je me précipite à sa rencontre, le souffle court. Comment vas-tu ?

— Mieux, maintenant, répond Hunter en me souriant. Il porte l'un de ses éternels T-shirts, un gris souris si doux que j'ai envie de toucher. Ce que je fais. Je pose une main sur son torse et me dresse sur la pointe des pieds pour déposer un baiser léger sur ses lèvres.

— De mieux en mieux, dit Hunter, radieux, et il m'enlace et me rend mon baiser. Son corps est chaud contre le mien. Un délicieux frisson m'envahit, doux et sucré comme une brise d'été.

— Le temps d'attraper mes chaussures et un sweat, je chuchote quand nous nous écartons l'un de l'autre. Je reviens tout de suite.

— Prends ton temps, crie Hunter derrière moi, je suis déjà dans l'escalier et je vole.

Je rassemble mes affaires, jette le tout dans le sac que je me suis cousu à partir de chutes de tissus multicolores.

Quand je redescends, Hunter est déjà remonté dans son pick-up, moteur à l'arrêt, radio à fond. Je m'installe à côté de lui.

— Prête ? il demande, en me scrutant.

— Hmm, presque.

Je me penche et l'embrasse à nouveau, je me noie dans la saveur de ses lèvres et le frottement de sa barbe naissante sur ma joue. Je le mordille, et bascule doucement dans le doux et tranquille bonheur de sa bouche et de son odeur et de sa langue qui joue doucement avec la mienne. Il n'y a rien de frénétique dans ces baisers. Après tout, nous avons la journée devant nous.

Je pourrais l'embrasser comme ça pour l'éternité.

Bientôt, Hunter détache sa bouche de la mienne. Il secoue la tête, comme pour reprendre ses esprits.

— Comment as-tu appris à embrasser comme ça ? il demande. Attends, non, ne dis rien. Quel que soit son nom, je ne veux rien savoir.

— Peut-être est-ce toi et toi seul qui m'a appris, je chuchote.

— Ah, voilà. Je vais en rester à cette version, je préfère, répond Hunter dans un éclat de rire.

Il met le contact et nous partons. Nous traversons la ville et tout de suite nous nous engageons sur l'autoroute. C'est une journée radieuse, les derniers rayons du soleil d'été chauffent mes bras nus, par la vitre ouverte, le vent caresse ma peau. Dans le ciel bleu azur dansent de petits nuages blancs tout cotonneux, et sur la route qui longe la côte, j'aperçois le soleil qui fait scintiller l'écume des vagues.

Je n'ai jamais vu jour aussi parfait. Peut-être parce que je n'avais pas Hunter à côté de moi, qui illumine tout, son sourire tranquille réchauffant mon corps de l'intérieur.

Je me rappelle mes rêves, la nuit dernière, les filaments de mémoire s'entremêlent en un fragment de passé.

— Tu y as déjà repensé ? je demande, curieuse, en regardant le littoral se dévider. À cette nuit que nous avons passée ensemble, autrefois…

Un silence, et soudain je me demande si je n'ai pas tout gâché une fois de plus. Nous n'avons jamais évoqué cette fameuse nuit, pas une seule fois. Peut-être était-ce comme une règle tacite, surtout ne pas évoquer le passé. Mais quand je regarde Hunter, un sourire se dessine sur sa bouche de rêve.

— Ça m'a traversé l'esprit, une ou deux fois, il répond.

Je laisse échapper un soupir de soulagement discret.

— Parfois, j'ai l'impression d'avoir rêvé, j'avoue, timide. Je veux dire, c'était un moment hors du temps, tu vois ? Complètement déconnecté de tout le reste, dans ma vie. On ne se connaissait pas vraiment… J'hésite. Et après…

— Après, tu t'es éclipsée… La voix de Hunter est décontractée, mais je pourrais le jurer, je note comme un soupçon de reproche à ce moment, ou peut-être que c'est juste ma culpabilité qui se réveille, dans un coin de ma tête.

— Il le fallait, je dis tranquillement, en essayant encore de me trouver des excuses, après toutes ces années. Il ne pouvait en être autrement.

— Je comprends.

— Tu… Vraiment ? Je le regarde, il acquiesce d'un signe de tête.

— Nous étions jeunes. À peine si on savait ce qu'on faisait, ou même ce qu'on voulait.

— Je n'étais pas sûre de ce que tu ressentais pour moi, j'explique, nettement soulagée. Je me suis souvent demandé si tu me détestais de m'être enfuie, puis j'ai pensé que tu avais dû te consoler dans les bras d'un tas de filles.

Des centaines de nanas, j'ajoute en silence. Belles et irréprochables et certainement plus faites pour toi que je ne le serai jamais.

— Aucune qui te ressemble. Hunter sourit.

Je rigole à sa remarque.

— Je parie que tu dis ça tous les soirs, à chaque nana que tu dragues.

Hunter alors prend ma main, et la porte à ses lèvres dans un geste empreint d'une telle tendresse que j'en ai le souffle coupé.

— Il n'y en a jamais eu aucune comme toi.

On roule des heures, sur notre petit nuage, à discuter de ciné, de musique et d'une dizaine d'autres sujets sans importance et tout va pour le mieux dans le meilleur des mondes, ici, avec lui. J'ignore où on va, et cela m'est égal, mais quand la grande ville se dresse à l'horizon, c'est plus fort que moi, sur mon siège, je ne me tiens plus, excitée comme une puce.

— Donne-moi un indice, au moins, je supplie.

— Pas question, répond Hunter en secouant la tête.

— Un tout petit, j'insiste.

— Rien du tout, il déclare. Inutile d'insister, tu devrais le savoir.

— Dans ce cas, ne t'étonne pas si je me venge, je réplique, mutine.

— Des promesses, toujours des promesses. Hunter me lance un regard torride, lourd de sous-entendus et de volupté, et soudain, je me moque complètement de notre destination, du moment que c'est dans un lieu privé, avec quelque chose d'horizontal dedans pouvant faire office de lit.

— Et alors, comment tes parents prennent-ils ta décision de t'occuper du ranch ? je demande, en me dépêchant de changer de sujet, pour un terrain moins périlleux, avant que je ne lui saute dessus, et ne lui arrache sa chemise. J'espère que ton frère est de ton côté, au moins ?

Hunter resserre ses mains autour du volant.

— En fait, mes parents sont contre, il répond, avec une voix tranchante soudain. Tu comprends, Ça reviendrait à accepter les opinions de quelqu'un d'autre, et puis ça va contre le prestige qui entoure les Covington depuis un bon siècle.

— Je suis désolée, je dis doucement. Ça doit être dur d'essayer d'être à la hauteur de leurs attentes.

— Plutôt. Hunter secoue doucement la tête. J'ai compris en tout cas une chose, jamais je ne gagnerai leur estime, quoi que je fasse.

— Pourquoi dis-tu ça ? je demande en le regardant.

— J'ai l'impression d'avoir passé ces vingt-deux dernières années à faire le beau pour mes parents. Ça ne suffisait pas que j'entre dans l'équipe de foot, non, il fallait aussi que j'en sois le capitaine. Chaque fois que je ramenais un A à la maison, mon père épluchait mon devoir et mettait le doigt sur un tas de trucs que j'aurais pu améliorer… La voix de Hunter est tendue, et j'en ai mal au cœur pour lui. Pourquoi cette pression permanente, de la part de ses parents ?

— Quant à Jace… Il commence. Jace, eh bien, il était parfait. Il ne faisait pas simplement tout ce que mes parents voulaient, il aimait ça aussi. Il voulait leur faire plaisir en étant ce qu'ils attendaient de lui. Et moi… ? Très vite, j'ai compris, jamais je pourrais vivre comme ça, même si j'essayais des millions d'années.

— Alors tu as arrêté d'essayer, je dis calmement, et je comprends que sa venue à Beachwood est motivée par une autre raison que sa passion pour les chevaux et le ranch de son grand-père. Quelque part dans ma tête, je voyais encore ça comme le caprice d'un gosse de riche qui soudain décide de faire tout ce qui lui plaît. Mais Hunter n'est pas aussi superficiel. S'opposer à ses parents, à la vie qu'ils ont choisie pour lui, ne date manifestement pas d'hier. Je n'imagine même pas à quel point ça a dû être dur de partir finalement...

Hunter laisse échapper un long soupir entre ses dents.

— Je n'aimais pas le garçon que j'étais devenu, dit-il calmement. Je n'aimais pas leur monde. J'ai besoin de choses vraies, je le dois à... Il s'arrête de parler.

— Tu le dois à quoi ? je demande avec curiosité, mais Hunter soudain s'arrête pour faire un créneau et se garer dans une rue encombrée du centre-ville.

— On est arrivé ! il lance d'une voix enjouée, et j'ai compris le message : conversation terminée ! Prête pour la mégasurprise ?

Je regarde autour de nous. Rien que des immeubles de bureaux et la cohue de la foule à l'heure du déjeuner. Ça se bouscule sur les trottoirs, en tailleur strict et costume trois-pièces, un attaché-case dans une main, le sandwich de midi dans l'autre.

— Alors ? je demande en descendant du pick-up. Peut-être le moment est-il venu de m'expliquer ce que tu complotes...

Hunter me rejoint sur le trottoir. Il glisse un bras autour de ma taille et me serre contre lui tout heureux.

— Un entretien. Pour toi.

— Un quoi ? Je le regarde, les yeux ronds, sans comprendre, mais à ce moment, il aperçoit quelqu'un derrière moi et se précipite. Une jeune femme, très chic, robe droite, qui se dirige vers l'entrée de la tour juste à côté.

— Hé, Alicia, pile à l'heure ! crie Hunter. On arrive juste.

— Hunter ! La jeune femme arbore un grand sourire et lui fait la bise sur les deux joues. Ce n'est pas vrai, quand ta mère m'a dit que tu avais déménagé à la cambrousse, je ne voulais pas le croire.

— Ce n'est quand même pas le bout du monde, rigole Hunter. Il est détendu, amical avec elle, ils ont l'air d'être de vieux amis. À peine à deux heures de route d'ici. Une petite ville extra, sur la côte. Tu devrais venir voir, un de ces jours.

— Par pitié, tu me connais, répond Alicia, hilare, en rejetant en arrière sa crinière blonde. Je dépérirais sans voiturier et service traiteur 24 heures sur 24. Elle se tourne vers moi avec un large sourire. Et vous devez être Brittany. Heureuse de vous rencontrer. Les amis de Hunter sont mes amis…

Elle me tend la main, une élégante montre en or à son poignet, qui vaut probablement plus que tout ce que j'ai jamais eu.

— Bonjour, je dis, sur mes gardes, en essayant de comprendre ce qui se trame. Ravie, euh, de faire votre connaissance.

Je jette un regard confus à Hunter qui aussitôt s'explique :

— Alicia et moi étions à la fac ensemble. Aujourd'hui, elle dirige le département pub chez Jacob Main, me dit-il en nommant un styliste extrêmement connu dont le siège est ici, en ville. J'ai pensé que je pourrais te présenter à Alicia, et t'organiser un entretien.

Je suis sous le choc.

— Tu as fait quoi ? Je le fixe, la confusion laisse place à une frousse qui me glace le sang.

Il plaisante. Forcément, il me fait une blague.

Mais Hunter éclate de rire, tout fier de lui.

— Tu vois ? Quand je te disais que tu trouverais jamais.

Mon cœur s'emballe, pris de panique, et d'un seul coup, j'arrive tout juste à respirer. Minute, je suis là, face au rendez-vous le plus important de ma vie, même pas prévenue, et pas le temps de me préparer ?

Oh, mon Dieu !

— J'ai une téléconférence à 15 heures, intervient Alicia avec un air contrit. Aussi, on pourrait monter tout de suite. Vous avez votre book ?

Mon cœur se calme. Ouf ! une chance d'échapper à cette embuscade.

— Non, désolée, je réponds, soulagée. Je ne l'ai pas avec moi. Peut-être serait-il préférable de remettre ce…

— Je l'ai ! Hunter plonge dans le pick-up et en ressort avec mon book, et un carnet de croquis. Il a dû les subtiliser quand je suis montée pour finir de me préparer, je réalise, proche du malaise. Hunter me tend le tout. Voilà, tu es prête. Il faut que j'aille faire quelques courses, alors appelle-moi quand tu auras terminé. Et pas d'angoisse, il rajoute à voix basse. Tout va très bien se passer.

— Mais…

D'un baiser, il met un terme à mes protestations, et dans la foulée Alicia m'entraîne à l'intérieur, la démarche assurée, ses talons aiguilles claquent sur le sol en marbre. Je n'ai même pas le temps de réagir, ou de prendre la fuite, déjà on se retrouve dans un immense hall de verre décoré d'œuvres d'art contemporaines.

— J'ai hâte de voir vos modèles. Elle papote gentiment pendant que nous attendons l'ascenseur. Hunter n'a pas cessé de chanter vos louanges, et si un garçon comme lui est séduit par un style de vêtements, ça ne peut être que bon signe.

Je murmure un borborygme d'acquiescement, mais à l'intérieur, je suis terrorisée. Comment a-t-il osé me faire ça ? Je ne suis pas prête. Jacob Main. Il était le premier sur ma liste quand j'ai commencé à envoyer mon C.V. un peu partout, et tout ce que j'ai eu en retour, c'est une lettre type de refus. Et aujourd'hui, je suis là, prête à leur montrer mes croquis ?

J'ai comme un étau qui se resserre dans ma poitrine alors que les portes de l'ascenseur se referment sur moi. J'en ai la chair de poule, tellement j'ai peur, des suées froides et les mains moites.

Mais comment a-t-il pu me faire un truc pareil ?

Arrivé au onzième étage, l'ascenseur fait ding.

— C'est juste là, dit Alicia en descendant un couloir. L'espace d'un instant, j'hésite, tentée d'appuyer sur le bouton RC pour redescendre illico, mais elle se retourne et m'attend, avec un sourire bienveillant.

— Super, j'arrive à peine à articuler, et je la suis.

— Nous avons emménagé ici il y a deux mois, alors c'est encore un peu le bazar. Alicia me conduit dans un immense bureau paysager. J'en suis bouche bée alors que je la suis, en serrant mon book contre ma poitrine. La lumière inonde l'espace par d'immenses baies vitrées, et partout où je regarde, il y a de la couleur et de la vie. Des gens examinent des coupons de tissu déployés sur d'immenses tables, d'autres travaillent sur des ordinateurs dans des salles décorés d'œuvres d'art et de photos de mode. Sur un mur s'étalent d'énormes clichés du catalogue Jacob Main, et tout autour de nous, c'est l'effervescence, des gens courent dans tous les sens.

— Nous sommes associés à une grande chaîne de magasins pour leur collection d'été, l'année prochaine, m'explique Alicia. Aussi tout le monde travaille d'arrache-pied, il faut que tout soit prêt dans les temps.

Les gens lèvent les yeux à notre passage, et m'observent avec curiosité. Je sens leur regard sur moi, et je ne peux m'empêcher de noter leur air de surprise et la désapprobation qui va avec. En une fraction de seconde, je me retrouve projetée au lycée, dans les couloirs, vêtue de mes fringues de récupération arrangées à ma façon, qui manifestement ne sont pas de la dernière mode.

Mon cœur se fissure. Cette embuscade a été si soudaine, je n'ai même pas eu le temps de penser à quoi je ressemblais, mais maintenant, dans ce bureau rempli de femmes toutes belles et très chics, c'est le même sentiment d'infériorité qui toutes ces années m'a hantée qui revient s'abattre sur moi. Je ne suis pas habillée comme il faut, pour ça.

La tenue que je me suis choisie à la va-vite pour une journée sympa à Beachwood Bay est complètement déplacée, ici, dans un environnement aussi chic. Mes bottines sont miteuses et cabossées, mon short râpé par endroits, et merde, je porte un haut de bikini. Dans cette grande ville ! Ils doivent vraiment me prendre pour une plouc.

Quand Alicia me fait pénétrer dans un vaste bureau avec vue imprenable sur le centre-ville, je n'ai envie que d'une chose, me rouler en boule et disparaître, mais le calvaire ne fait que commencer.

— Voici Maxwell Anderson, chargé de notre équipe de stylistes. Alicia me présente à un homme austère avec des lunettes de prof, qui attend dans une chaise longue aux lignes épurées.

— Hmm, bonjour, je parviens à articuler. Dieu, si mes mains pouvaient arrêter de trembler ! Tout chez Maxwell est un sans-faute côté style, du petit carré de tissu qui dépasse juste ce qu'il faut de la poche de sa veste à ses baskets d'un blanc immaculé. Il est froid, antipathique.

— Enchantée de vous rencontrer. merci de prendre sur votre temps pour…

Maxwell d'un claquement de doigts désigne mon book. Je le lui tends. Au bord de la nausée, je le regarde feuilleter les cinq dernières années de mon travail, de ma sueur et de mes larmes, sans s'arrêter un seul instant.

Alicia me sourit avec sympathie, comme pour dire, « ne t'en fais pas ».

— Quels sont vos centres d'intérêt ? me demande-t-elle en s'asseyant sur un canapé tapissé de soie et en m'invitant à faire de même. Nous sommes essentiellement une entreprise de prêt-à-porter féminin, même si nous nous sommes diversifiés, avec un secteur accessoires haut de gamme. Chaussures, sacs à main.

— Je… Les vêtements, je bafouille. *Super, idiote.* Enfin, je veux dire, le prêt-à-porter féminin, aussi. Je me suis spécialisée dans le recyclage, j'ajoute d'une voix hésitante, chevrotante. *Bordel, Brit, tu vas arriver à te calmer, oui ?* J'essaie de ravaler mon angoisse et poursuis. Je fais aussi un peu de lingerie, le travail de dentelle, les incrustations, si vous voyez… Je me tais quand Maxwell referme bruyamment mon book.

Il m'observe des pieds à la tête en prenant tout son temps, je ne sais pas où me mettre.

— Jacob Main est une entreprise haut de gamme, commence-t-il, avec une note de mépris dans la voix. Nos clientes sont des femmes d'influence. Chics. Élégantes.

L'accusation dans sa voix ne fait aucun doute. Même si j'essayais, je ne pourrais être plus éloignée de son idéal féminin.

Je sens mes joues qui s'embrasent.

— Si vous regardez mon book, je tente de me défendre, et ma voix n'est plus qu'un faible soupir, vous constaterez que je travaille aussi sur des modèles bien plus sophistiqués…

Mais Maxwell ne me quitte pas des yeux.

— De quelle école venez-vous ?

— Je, oh, aucune… Je m'enfonce un peu plus sur mon siège.

— Ça se voit, me dit alors Maxwell sans ménagement. Vos croquis sont confus, brouillons. Vous n'avez aucun don pour le dessin, et je n'ose penser à ce que vous feriez si nous vous donnions à travailler le moindre bout de tissu.

Je ressens une bouffée d'humiliation. J'étais si fière de ce book, toutes ces heures passées à sélectionner mes meilleurs modèles et des photos. Et maintenant, les mots de Maxwell sont comme des poignards qui réduisent en pièces mes folles illusions. Tout ce temps à me raconter des histoires en pensant que je valais quelque chose. Rien du tout.

Un sanglot monte du fond de ma gorge, mais je me force à le ravaler. Pas question de lui montrer ce que son discours me fait, je ne lui donnerai pas cette satisfaction. Je veux juste que tout ça s'arrête. Tout sauf être ici, avec ce snob qui prend plaisir à déchiqueter mes rêves secrets.

— Elle a une sensibilité créatrice manifeste, tente d'intervenir Alicia qui feuillette mon book. Regarde, cette robe est superbe. Tout à fait dans notre style. Regarde, Max…

— Nous cherchons quelque chose de spécifique, là, déclare-t-il en se levant, et en décochant un regard irrité à Alicia, avant de se tourner vers moi. Si tu veux mon conseil, tu ne devrais pas perdre ton temps avec ce genre de choses. En matière de mode, soit tu as le truc, soit tu ne l'as pas. Et toi, ma chérie, tu ne l'as pas.

J'en reste bouche bée.

— Et, Alicia ? ajoute-t-il. La prochaine fois, j'apprécierais que tu te souviennes que je n'ai pas que ça à faire.

Et Maxwell s'éloigne. Je le suis des yeux, vidée, à deux doigts de la syncope, anéantie, à l'image de mes espoirs et de mes rêves qui gisent là à mes pieds en miettes.

Un entretien, ça ? Une mise à mort, oui.

— Je suis désolée. Alicia semble s'en vouloir. Il n'est pas aussi brutal, d'habitude. Nous sommes pas mal sous pression, en ce moment, à cause des délais…

— C'est rien, je parviens à articuler. J'attrape mon book, mon carnet de croquis, les mains tremblantes. Il a juste fait preuve de franchise.

Franchise, oui, je ne suis qu'une minable sans aucun talent qui n'aurait jamais dû mettre les pieds dans ces bureaux.

— Avez-vous terminé cette robe ? La pourpre ? demande Alicia quand je me lève. J'aimerais beaucoup la voir une fois finie.

— C'est juste un croquis, je réponds en secouant la tête.

Et pourquoi irais-je la terminer maintenant, alors que c'est clair, ce serait une pure perte de temps.

— Ah, dommage. Eh bien, merci d'être venue de si loin. Alicia se dirige vers la porte, gênée. Et bien des choses à Hunter. J'ai déjeuné avec ses parents, la semaine dernière. Quelle famille formidable. Ils semblent tenir le coup.

Je hoche la tête, comme soûle, puis je prends mes affaires et refais le chemin en sens inverse, je traverse au pas de charge l'immense bureau paysager plein de gens doués et avec du talent, qui vivent un rêve dont je ne verrai jamais la couleur.

Comment ai-je pu être aussi stupide ?

J'appelle l'ascenseur en appuyant sur le bouton avec rage, déjà je bataille avec cette impression de déjà-vu, comme chaque fois que je suis rejetée et laissée sur la touche, chaque fois que quelqu'un me manifeste son mépris et raconte des horreurs dans mon dos. *C'est rien qu'une pauvre traînée. Une ratée.*

Comment ai-je pu penser que je pourrais devenir quelqu'un dans un endroit pareil ? Je ne suis pas à la hauteur.

Tu ne seras jamais à la hauteur, pour eux.

L'ascenseur arrive, je m'engouffre dedans. Comment Hunter a-t-il pu me faire ça ? Si seulement il m'avait avertie, j'aurais pu mieux me préparer. Mettre quelque chose de joli, d'un peu classe, réfléchir à ce que je dirais, au lieu de bafouiller comme une idiote sans cervelle. J'aurais aussi pu me préparer à un refus, au lieu de recevoir une claque pareille. Ça n'aurait peut-être pas fait de différence, et Maxwell n'aurait pas été dupe non plus, il aurait vu clairement à qui il avait affaire et m'aurait envoyée bouler, comme une gamine ridicule que je suis. Mais au moins, j'aurais été prête. Et alors, peut-être que j'aurais eu une chance…

Hunter n'avait pas le droit de me faire ça. Je bous de colère à l'intérieur, je la sens qui monte et tente d'empêcher la vague de chagrin misérable qui menace de m'engloutir, et ce sentiment que je ne connais que trop, que je ne vaux rien. Le rejet, la déception, tout ça a le pouvoir de me casser en deux. Mais la colère, je sais m'en servir. La colère est mon amie.

Quand la porte de l'ascenseur s'ouvre dans le hall, j'ai retrouvé mon sang-froid, dents serrées pour retenir mes larmes. Mon téléphone sonne à l'arrivée d'un texto.

« Je sais que tu es la meilleure ! Appelle-moi quand tu auras fini. »

Je regarde le texto, et mon sang se glace. Il ne réalise même pas qu'il est allé trop loin. Mais comment le pourrait-il ? Tout lui est dû, il ne sait pas ce que c'est que d'échouer, d'être rejeté, encore et toujours. Il n'en a aucune idée. C'est ma vie, mon rêve, et lui, il croit qu'il peut s'amener comme ça, et qu'il n'a qu'à claquer des doigts.

J'efface son texto et sors. Le pick-up de Hunter est encore garé là, juste devant, mais je m'éloigne et marche dans les rues de la ville, en attendant que le désespoir qui me vrille le cœur veuille bien se calmer. Je ne sais pas où je vais, je sais juste une chose, je ne dois pas m'arrêter. Et à chaque pas, je lutte contre les chuchotements perfides du doute qui résonnent dans ma tête.

Tu ne vaux rien. Tu ne vaudras jamais rien.

Tu ne seras jamais assez bien pour lui.

Chapitre treize

Je prends le bus pour rentrer à Beachwood Bay, avec ce sentiment de rejet qui me colle toujours au corps. Et à chaque kilomètre qui passe, le sentiment devient ressentiment. Les paroles méprisantes de Maxwell tournent en boucle dans ma tête.

« *Soit tu as le truc, soit tu ne l'as pas. Et toi, ma chérie, tu ne l'as pas.* »

Je regarde par la vitre, laisse le monde de dehors défiler dans le flou, en une espèce de ruban vert et marron. Un snob prétentieux, je me dis, voilà juste ce qu'il est. Il peut aller se faire voir, avec son opinion. Il n'a même pas voulu me donner une chance. À la seconde où j'ai franchi cette porte, il m'avait jugée. Et les plus beaux croquis du monde n'y auraient rien changé.

Et à qui la faute, tout ça ?

Je m'arrache à mes pensées et me frotte les yeux. On arrive en vue de la ville, et là c'est un carrefour que je connais bien. La route qui mène au ranch de Hunter.

— Arrêtez le bus ! je hurle, sans prendre le temps de la réflexion. Je descends ici !

Le bus hoquette et s'arrête. Je descends, toujours accrochée à mon book. Je n'ai qu'une envie, rentrer chez moi et me poser, avec un verre et un bain chaud, mais quelque chose m'entraîne sur cette route sinueuse en direction du ranch. La colère, qui coule à gros remous dans mes veines, et ce sentiment de rejet ramassé en une pointe acérée d'amertume.

Il n'avait pas le droit de me faire ça.

Le soleil décline quand j'ai passé la colline et arrive en vue du ranch, et à la lumière du crépuscule, la grange peinte en rouge irradie. Deux chevaux vont et viennent dans l'enclos, des balles de foin sont entassées devant les écuries, tout a été repeint de neuf, calme et silencieux. C'est toute la vie de Hunter qui est résumée, ici. Image d'une sérénité parfaite. Je sens un étau qui se referme autour de mon cœur en pensant aux endroits où j'ai grandi, à juste quelques kilomètres de là. Des préfabs à moitié en ruine, avec de vieilles caisses bouffées par la rouille dans la cour. Des caravanes. Les mises en demeure éparpillées sur le sol, comme des confetti. Il n'a pas la plus petite idée de ce que j'ai traversé, pourtant, Hunter s'imagine que d'un claquement de doigts, il va tout arranger.

— Brit !

J'entends qu'on m'appelle, je tourne la tête et je vois arriver Hunter qui vient vers moi au trot, monté sur une grosse jument baie. Il arrête son cheval et en descend d'un bond, prend à peine le temps d'enrouler les rênes au poteau de la clôture, avant de courir vers moi, l'air furieux, mâchoires serrées.

— Mais où tu étais passée ? Il m'attrape par les bras et serre, me surprend par sa colère. J'ai essayé de te joindre un million de fois. J'étais malade d'inquiétude.

— J'ai éteint mon portable, je dis, en tentant de résister à un frisson de panique. *Tu ne lui dois rien*, je me répète. *Tout ça est de sa faute*.

— Est-ce que ça va ? demande Hunter, en plongeant ses yeux dans les miens. Que s'est-il passé ? Comment es-tu rentrée ?

— Je vais bien, je réponds, et je l'oblige à me lâcher. J'ai pris le bus. Je ne comprends pas que tu te sois inquiété comme ça.

Hunter écarquille les yeux.

— Mais bien sûr que je me suis inquiété ! il hurle maintenant. Je suis même retourné voir Alicia, c'est elle qui m'a dit que tu étais partie depuis longtemps. J'ai roulé en ville à ta recherche pendant des heures !

— Eh bien, tu n'as plus à chercher, je réplique, sarcastique. Je suis là !

— Je ne comprends pas ce qui cloche chez toi, cette manie de disparaître comme ça. C'est à cause de cet entretien ? demande Hunter, le regard noir de colère.

Je me fige.

— Qu'est-ce que tu sais, à ce sujet ?

— Rien, répond Hunter. Alicia m'a juste dit que ça n'avait pas été tellement génial.

Je laisse échapper un ricanement plein d'amertume.

— C'est l'euphémisme de l'année !

— Alors t'as rien trouvé de mieux à faire que de partir ? Hunter élève la voix, il respire fort, tout son corps transpire une tension extrême. Est-ce que tu as pensé à moi une seule seconde, à ce que j'allais imaginer ? Tu aurais pu avoir un accident ! Tu aurais pu mourir !

Enfin je réagis, je recule, le fusille du regard.

— Tout ça, ce n'est pas tes affaires ! je crie. Tu ne comprends donc pas ? Il s'agit de ma vie, là ! Je ne serais même pas allée là-bas, sans toi !

— Qu'est-ce que tu racontes ? Hunter paraît confus.

— Cet entretien ! j'aboie. Tout ce putain de guet-apens. Tu n'avais pas le droit de te mêler de ça, mais tu as pas pu t'en empêcher, pour après jouer le héros !

— Je voulais juste t'aider ! proteste Hunter.

— Eh bien, je n'ai pas besoin de ton aide, je réplique. Je n'ai besoin de rien, venant de toi.

— Et merde, Brit, tu ne me laisseras donc rien faire pour toi ? il hurle. Pourquoi faut-il que tu tiennes toujours les autres à distance, comme ça ? Pourquoi faut-il que tu rendes toujours les choses si difficiles ?

Un bruit résonne derrière nous. Hunter regarde dans mon dos. Un des types qui bosse aux écuries s'affaire devant la grange, il nous regarde nous disputer.

— Rentrons, dit Hunter entre ses dents.

— Je ne reste pas, je réponds, mais de nouveau il m'attrape par le bras.

— Rentre avec moi dans cette fichue maison, Brit !

Hunter me pousse vers le perron, puis dans le hall d'entrée, sa main autour de mon bras ne me lâche pas une seconde. À travers mon top, je ressens une douce chaleur familière à son contact, mais une fois à l'intérieur, je m'empresse de me libérer. Je ne peux pas laisser mon corps me trahir maintenant, pas après tout ça, pas avec toutes ces émotions violentes qui se bousculent en moi, cette colère qui, je le sais, est justifiée.

Hunter apparemment ne semble pas voir combien je lui en veux. Il m'ignore, se dirige à grandes enjambées vers la cuisine, il va à l'évier, ouvre le robinet et se rince les mains, puis il se penche et se passe la tête sous le jet. Il reste comme ça un moment, et pendant ce temps, je retiens mon souffle et regarde autour de moi. Poutres en bois, larges baies vitrées, et là-bas un salon avec des canapés en cuir craquelé, une cage d'escalier qui mène aux chambres. Rustique et chaleureux, lignes sobres et pièces aérées. Tout ça ressemble tellement à Hunter, je ne peux le supporter.

Mais qu'est-ce que je fais là ? Voilà ce que c'est, d'être impulsive. J'étais venue pour laisser exploser ma colère et disparaître juste après, et maintenant, me voilà coincée là avec lui. Seule. Et il est beau à tuer.

— Ramène-moi chez moi, maintenant, je dis, poings serrés dans le dos. Mon cœur bat fort, l'adrénaline de la colère électrise mon corps.

Hunter finalement sort la tête de sous le robinet et me fait face.

— Non.

— Hunter…

— Pas avant que tu ne sois calmée, il m'interrompt. Il rabat ses cheveux trempés en arrière, clairement en faisant de sacrés efforts pour garder son sang-froid. De la flotte dégouline sur son visage, sa chemise est sale et trempée par endroits, et lui colle à la peau.

Il est tellement beau. Et il ne comprend pas, c'est tout.

Hunter laisse échapper un soupir.

— La dernière fois que je t'ai vue, on était super bien, et maintenant tu me craches ton venin et tu me cries dessus. Tu pourrais au moins me donner des explications. Que s'est-il passé ? Il inspire profondément. Qu'est-ce qu'ils t'ont dit, à cet entretien ?

Je me sens rougir, tellement je suis mal. Je ne veux pas lui montrer cette facette de moi, cette putain de faille, mais là je suis comme nue, à vif et toutes tripes dehors devant lui.

— La même chose que tout le monde m'a toujours dite dans ma vie affreuse ! Je balance mon book sur la vieille table en chêne, des feuilles s'en échappent. Arrêt sur image sur mes ambitions débiles. Je suis nulle, je dis, ma voix dérape. Il n'a même pas regardé mes trucs plus d'une seconde. Pourquoi l'aurait-il fait d'ailleurs ? Je ne vaux rien. Tout ça, c'est nul !

Le visage de Hunter change.

— Brit, ce n'est pas vrai !

Il vient vers moi, mais je refuse d'écouter plus de mensonges. J'attrape mon book, ces croquis sur lesquels j'ai sué sang et eau, que j'ai dessinés parfois jusqu'au bout de la nuit. Je l'ouvre et arrache les pages et commence à tout déchirer.

— Mais que fais-tu, enfin ? il crie et veut m'en empêcher, mais je l'esquive.

— Tu ne vois donc pas ce qu'ils pensent tous de moi ? je hurle, et je continue à déchiqueter mon book, à piétiner mes croquis sur le carrelage. Il a raison, j'ai été stupide, stupide de penser…

— Brit !

Hunter m'attrape et m'attire d'un coup contre lui.

— Lâche-moi ! Je me débats, j'essaie de le repousser, mais il tient bon, il est si fort, et je suis piégée dans la chaleur de ses bras. Laisse-moi partir ! Je sens un sanglot qui enfle dans ma gorge, et j'essaie de le ravaler. Je refuse d'être la fille qui pleure à tout bout de champ, je dois me reprendre, comme je le fais toujours.

— Chhuut, Hunter me serre si fort que j'en étouffe. Ça va aller, je te le promets. Je ferai tout pour que ça aille. Dis-moi juste ce que je dois faire.

Il tente de me calmer, je sais, mais ses mots sont comme du gros sel qu'on frotte sur mes plaies ouvertes.

Lui faire confiance, c'est ça qui m'a joué des tours. Croire une seconde que je pouvais faire confiance à quelqu'un.

— Je savais que ça arriverait, je dis en m'arrachant à ses bras. Oh oui, je le savais.

— C'est juste un contretemps, me promet Hunter. Tu verras, on va essayer encore, envoyer d'autres candidatures…

— Y'a pas de « on » ! je hurle. Qu'est-ce que tu crois, que je n'ai pas essayé avant toi ? Que je n'ai pas déposé de candidature dans ces endroits, en faisant de mon mieux pour que ça marche ? Ça fait des mois que j'envoie des lettres ! Personne ne veut de moi.

Hunter me dévisage.

— Tu ne m'en avais rien dit.

— Parce que je n'avais pas envie de voir ce regard, sur ton visage ! Ma voix se brise.

— Quel regard ? De quoi tu parles, Brit ? Il ne comprend pas, il ne réalise pas.

— Ce regard, je réponds, et j'en ai le souffle coupé. Oui, ce regard, dans tes yeux, là, maintenant que tu comprends à quelle ratée tu as affaire. Quelle putain de nulle je suis !

— Ce n'est pas vrai, Brit. Hunter fait un pas dans ma direction.

— Tu as dit que j'étais douée, je l'accuse, hors de moi. Que j'étais géniale.

— C'est la vérité !

— Alors, pourquoi veux-tu me tenir la main dans ce cas ? Mes éclats de voix résonnent dans la pièce peu à peu envahie par la pénombre. Comme si je pouvais arriver à rien toute seule !

Hunter me dévisage, dans ses yeux je le vois, il commence à comprendre.

— C'est ce que tu penses ?

— Sais-tu ce que ça fait, quand on te dit que tu n'es rien ? je le défie. Non, bien sûr, tu ne sais pas. Tu n'as jamais échoué en rien, dans ta vie.

Quelque chose passe, dans les yeux de Hunter. Il serre les poings.

— Il ne s'agit pas de moi, là. Il s'agit de toi, et une fois de plus tu te cherches des excuses pour me repousser.

J'en reste bouche bée, stupéfaite. Comme il se débrouille pour tout me mettre sur le dos maintenant !

— Au contraire, il ne s'agit que de toi justement ! je crie. Toujours à vouloir jouer les supermans, à chaperonner la pauvre fille dont personne d'autre ne veut. Et tu veux savoir le pire ? je demande. Pendant un moment, je t'ai cru. J'ai cru en nous. Je pensais qu'on pourrait mettre de côté toute cette merde et le vrai monde. Qu'il n'y aurait que nous. Qu'on serait juste Susie et Bob, de nouveau, sur cette plage. Toi et moi.

— On peut. Hunter s'approche, il prend mes mains dans les siennes. Écoute-moi, Brit, toutes ces choses que tu dis, tu as tout faux.

— Non ! je crie, furieuse contre moi-même de croire en lui. J'arrache mes mains aux siennes, alors que sa peau envoie des frissons à travers la mienne, une sensation de douceur perfide à laquelle je ne peux pas me permettre de m'abandonner.

— C'est dingue ! réplique Hunter, à cran. Tu n'arrêtes pas de me repousser. Je ne comprends pas ce qui se passe dans ta tête.

— Tu ne peux pas. L'espace entre nous est abyssal, plus profond qu'il ne le comprendra jamais. Tu ne peux même pas comprendre ce que c'est pour moi. Tu es le golden boy, tu te souviens ? Je le regarde, tellement beau et sexy malgré sa chemise sale et trempée, avec de l'eau sur son visage d'ange. Je secoue la tête, dans un effort désespéré pour échapper à son aura. Mais pourquoi faut-il que tu sois si parfait ?

Le visage de Hunter se crispe.

— Tu dis toujours ça. Sa voix est glaciale.

— Parce que ce n'est pas la vérité, peut-être ? Ton visage parfait, ta famille parfaite et ta vie parfaite.

Hunter me regarde fixement, les yeux pleins d'une fureur amère, et je retiens mon souffle.

— Tu veux savoir quel genre d'homme je suis vraiment ? il demande alors, la voix étranglée par trop de tension. Il franchit le mètre qui nous sépare, m'agrippe par les épaules. Tu veux connaître la vérité ?

— Hunter… Je suis à deux doigts de la syncope. Son visage est sombre, méconnaissable, et ses doigts s'enfoncent dans ma chair. J'essaie de me libérer. Hunter, tu me fais mal !

— Tu n'arrêtes pas de dire que je suis parfait, mais tout ça, c'est du vent ! Ses yeux brillent et plongent dans les miens, son regard est noir, torturé. Jour après jour, je dois faire semblant. Et j'en ai marre de faire semblant, je n'en peux plus, pas avec toi !

— Hunter…

— Jace est parti, me dit-il alors, la voix brisée.

Je retiens mon souffle.

— Il est mort, Brit, et c'est de ma faute.

Chapitre quatorze

Hunter

À mesure qu'elle enregistre mes paroles, je vois son visage qui change. Brit fronce les sourcils, l'air confus.

— Hunter… elle chuchote. Mais qu'est-ce que tu racontes ?

Brit me fixe avec ses grands yeux noirs, si beaux. Il y a quelques minutes à peine, ils brillaient de mille feux sous l'effet de la colère et de la douleur, et j'aurais fait n'importe quoi pour effacer ça. Y compris lui avouer mon plus sombre secret. Mais maintenant, je regrette de ne pas avoir su me taire. Pour qu'à nouveau elle me regarde comme son héros, je suis prêt à tout.

— Je l'ai tué, je dis, et les mots vont rebondir sur le sol entre nous, amère vérité que je cache depuis si longtemps. Mon frère est mort, Brit, il est décédé il y a trois ans maintenant. Jace est parti.

Je m'appuie au mur, lourd, et je sens l'adrénaline de notre dispute qui se dissout. Quelques secondes plus tôt, on se criait dessus, tous les deux en proie à une colère extrême. Et maintenant, d'un coup, tout est différent.

Plus rien ne sera jamais pareil.

— Que s'est-il passé ? demande finalement Brit. Elle se laisse tomber sur une chaise, à l'autre bout de la pièce, je ne peux m'empêcher de le remarquer, en dépit de la douleur sourde qui déjà pulse dans mon crâne.

Dès qu'elle le peut, elle me fuit, c'est plus fort qu'elle.

Mais il est trop tard pour me taire. Elle voulait la vérité, eh bien je vais la lui donner. J'inspire profondément pour me donner du courage.

— C'était pendant les vacances de Noël, je commence, les mots que je garde à l'intérieur depuis si longtemps ont du mal passer dans ma gorge. Quelques mois après notre été ici. J'étais rentré de la fac, et Jace travaillait dans l'entreprise, avec papa. Nous sommes tous partis pour Aspen où mes parents louent une grande maison, chaque année, j'explique, comme engourdi. Tous leurs amis ont leur chalet, là-bas. Il ne se passe pas un jour sans que l'un d'eux ne donne un cocktail ou un dîner. Pour Jace et moi, c'était génial. On faisait du ski, on écumait les bars…

Ma voix me lâche. Je lève les yeux et regarde Brit, j'essaie de déceler un signe sur son visage, une sorte de compréhension, mais au lieu de ça, elle est blême. Sans expression. Et elle attend.

Je serre les dents, et je me force à continuer.

— Un soir, on est sorti voir des copains, en ville. Jace avait rencontré d'anciens camarades de l'université. Tout le monde buvait, on rigolait… Les mots restent coincés dans ma gorge et je dois me faire violence pour continuer. Sauf que je n'étais pas censé boire, ce soir-là, je m'oblige à avouer. C'était mon tour de prendre le volant, et Jace avait besoin de se lâcher. Il ne travaillait dans l'entreprise que depuis quelques mois, mais déjà papa lui mettait la pression, des horaires à rallonge, trop de responsabilités. Oh, mais Jace ne se plaignait jamais, j'ajoute et me souviens. Ce n'était pas son style. Il prenait sur lui, pour que papa soit fier.

Le seul fait d'en parler, je revois son visage. Et je sens les griffes de la douleur se planter dans mon cœur, ce chagrin amer qui me hante, chaque minute de chaque jour. Les ténèbres, si profondes que je pourrais m'y noyer.

— Il était le meilleur de nous deux, je lâche, la gorge serrée. Jamais il n'aurait dû… Mais je suis allé trop loin maintenant, alors je m'oblige à aller au bout de l'histoire. Je dois être clair, lui dire chaque mot, lui raconter chaque détail, chaque fêlure. Comment j'ai tout gâché.

Elle doit savoir qui je suis vraiment.

— Donc, on faisait la fête, je lui dis, et je secoue la tête. Jace était défoncé, complètement déchiré. Il y avait des filles, il y en avait toujours, mais là il était sorti presque uniquement pour ça, boire. Tous les deux d'ailleurs…

Ma voix se brise, je détourne les yeux. Cette partie ne devrait pas être plus difficile à raconter, je ne devrais pas me sentir plus traître là que pour tout ce que j'ai pu faire d'autre, mais c'est comme ça. Même cette nuit-là, à cause de la moindre fille que j'ai pu regarder, ou draguer, ou enlacer pour un baiser sans plus, même là, c'était comme si je la trompais.

Comme si je trompais Brit.

Elle est toujours assise là, à l'autre bout de la pièce. Inaccessible. Recroquevillée sur sa chaise, elle tient ses genoux contre elle et ne me regarde pas. Je donnerais n'importe quoi pour savoir juste ce qu'elle pense, juste un aperçu de la vérité, mais ce n'est plus de moi dont il s'agit, là.

— J'étais… différent, à l'époque, j'explique lentement. Pas comme quand tu m'avais rencontré. C'était la première fois que j'étais loin de la maison, de mes parents, de toutes leurs idioties, et…

Je me tais. J'étais sur le point de dire « J'avais encore mal, à cause de toi », mais je m'arrête juste à temps. Ça ne serait pas juste de vouloir la rendre responsable de mes crimes. Elle n'avait pas la plus petite idée de ce qui se passait, à des milliers de kilomètres de Beachwood Bay. C'est moi seul qui ai dérapé à essayer d'avancer sans elle.

C'est le seul mensonge que je lui ai jamais fait, quand je lui ai dit comprendre qu'elle soit partie, ce matin-là, après notre nuit ensemble. Mais la vérité, c'est que je n'ai rien compris du tout, que je n'ai pas supporté, et ne savais même pas par où commencer pour continuer sans elle. Cette nuit avec elle avait tout changé, pour moi, et au petit matin, quand j'ai vu qu'elle était partie, c'est comme si on m'avait arraché le seul vrai bonheur de toute ma triste vie. Comme si on avait voulu me faire enrager, me donner le goût de quelque chose qui ne serait jamais à moi.

Et la perdre me fut fatal.

Je le savais pourtant, je n'avais aucun droit d'espérer plus. Nous n'avions même pas évoqué ce qui se passerait au petit matin. C'était juste l'histoire d'une nuit. Mais ça n'a rien changé à ce que j'ai ressenti quand j'ai découvert qu'elle avait disparu, rien changé à mes espoirs futiles et désespérés de la faire revenir.

J'aurais pu rire de tout ça, si ça ne m'avait pas fait aussi mal. Imaginez un peu, moi, plaqué par une fille, alors que je pouvais en séduire à la pelle, sur le campus. Sauf que je ne les désirait pas, je ne voulais que Brit. Brit hantait mes rêves, et je me réveillais fou de désir pour elle, avec l'odeur de son shampoing qui flottait dans ma chambre d'étudiant, le contact de sa peau brûlante encore sur la mienne.

J'ai bien essayé de relativiser. Tout ça, c'était parce qu'elle était la première fille à m'avoir rejeté, la seule à m'avoir quitté. D'habitude, c'était moi qui partais. Mais la vérité, et ça je l'ai compris tout de suite, c'était parce que c'était elle. Brit. Et rien que Brit. La seule fille à se moquer de mon fric et de l'influence de ma famille, et même de mon pouvoir de séduction. Elle avait vu, au-delà, quelque chose de vrai en moi. Et pour moi, complètement subjugué par cette communion entre nous, tout le reste a pris l'aspect d'une pâle imitation, d'une caricature du vrai, du grand amour.

J'ai tenté de l'oublier, de noyer mes souvenirs dans la bière et la fête, je me suis fourvoyé dans des corps à corps désespérés avec d'autres filles. Sans que rien ne parvienne à apaiser ma douleur. Ces premiers mois à la fac, j'avais le cœur en lambeaux, j'étais écorché vif. Toujours hésitant entre colère et désarroi, avec des regrets en cascade, car je voulais quelque chose que je ne pouvais avoir. Quelque chose que manifestement elle n'éprouvait pas en retour, pas même assez pour rester un peu plus avec moi, pas même pour me dire au revoir. Quand les vacances de Noël sont arrivées, je ne pensais qu'à une chose, me la sortir de la tête, de la peau, et par tous les moyens.

— Alors j'ai bu. Je reprends mon récit pour Brit, en zappant sur le pourquoi de tout ça. Mes mots sont creux et amers et pleins de haine envers moi-même. La seule nuit où j'avais promis de ne pas le faire, je l'ai fait. Une bière après l'autre, j'ai bu et encore bu, de la vodka cette fois, et quand on est sorti dans la nuit et la neige, j'étais tellement rétamé, que je voyais double.

Brit a comme un hoquet.

— Tu as pris le volant ?

Je secoue la tête.

— Jace ne m'aurait pas laissé faire, je réponds. Il ne voulait pas qu'il m'arrive d'ennuis, comme toujours.

J'avais déjà eu des PV pour excès de vitesse, et papa m'aurait tué si…

Je me tais, prenant conscience de l'ironie cruelle de mes paroles.

— Il a pris les clés, je poursuis, en me faisant violence, sachant que le pire est encore à venir. Il a prétendu être moins soûl que moi. C'est vrai qu'il tenait mieux l'alcool. Alors, je l'ai laissé faire. On est monté en titubant dans la voiture de location, et on a pris la direction du chalet. Il faisait nuit noire, je dis calmement, en revoyant encore et toujours la scène. Le clair de lune sur la neige fraîche, le spectre des arbres qui défile alors qu'on roule de plus en plus vite. Et la route était verglacée. Un cerf soudain a surgi, Jace a fait un écart, et…

Cette fois, impossible de continuer. Les mots restent bloqués au fond de ma gorge, comme si en ne les prononçant pas, ils ne risquaient pas d'être vrais. Je donnerais n'importe quoi pour qu'ils soient faux, je donnerais ma vie, là, pour que ce ne soit pas vrai. Pour que mon frère soit encore là, pour que cette souffrance dans mon cœur ne soit qu'un rêve.

Je me concentre sur ma respiration, j'inspire j'expire, comme je peux.

— Ils ont dit qu'il était mort sur le coup, je murmure dans le silence obscur de la pièce. Le soleil s'est couché, et nous a plongés dans le noir, mais aucun de nous ne bouge pour allumer. D'une certaine façon, c'est plus facile comme ça, dans l'obscurité, à faire comme si le monde extérieur n'existait pas. J'ai perdu connaissance, au moment de l'impact, j'ajoute. Quand je suis revenu à moi, à l'hôpital, j'avais quoi, à peine une égratignure. J'étais tellement ivre, je précise, me détestant pour chacun de ces mots, qu'au moment du choc, mon corps n'a pas réagi, je n'ai rien senti.

C'est la partie qui m'est le plus insupportable, l'ironie la plus cruelle de tout ça. Mon frère est mort à côté de moi, son corps écrasé et meurtri et sanguinolent, et moi j'ai juste sombré dans les vapeurs de l'alcool, comme si de rien n'était.

— Il était là et, quand je me suis réveillé, il était parti, j'annonce, effondré. Comme aspiré par un trou noir, et aujourd'hui rien de ce que je pourrais faire... Je ne peux pas réparer ça. Je ne peux pas le ramener. Il est parti. Jace est parti, et c'est de ma faute.

Un sanglot s'échappe de ma gorge, désespéré, amer. Je me déteste pour ça, pour tout. Je ne mérite pas de le pleurer, je ne mérite pas le pardon. Il est ma croix, une croix que je dois porter, pour chaque souffle que lui n'a pas eu, chaque battement de cœur que je lui ai ravi.

— J'aurais dû mourir, je dis avec calme, brisé. Ç'aurait dû être moi. Pourquoi ça n'a pas été moi ?

Pas de réponse.

Le silence se prolonge, et chaque seconde dure toute une vie. J'attends, avachi sur le carrelage, dos au mur. Je ne trouve pas la force de regarder Brit. Je le sais, je verrai sur son visage la même expression que chez tous les autres, une fois qu'ils connaissent la vérité. La police, les amis, les profs. Un mélange d'horreur et de fascination, de reproches et de regrets amers et secrets. Comme s'ils savaient que tout ça, c'est de ma faute.

Le pire, ça a été mes parents. Ils ont essayé de ne pas le montrer, mais je le sais. Ils auraient préféré que ce soit moi qui parte.

Au moins là-dessus, on est d'accord.

J'entends un bruit, un mouvement sur le canapé. C'est plus fort que moi. Je regarde juste à temps pour voir Brit déplier ses jambes et se lever.

Mon cœur s'arrête.

Je n'attends pas qu'elle comprenne, mais ça ne m'empêche pas d'espérer un miracle. Elle a été la seule personne à voir à travers mes défauts et mes failles, et si quelqu'un peut m'aider à porter cette croix…

Non. Je ne la mérite pas, je ne l'ai jamais méritée. Même avant qu'elle n'apprenne la vérité, j'étais fou de rêver, toutes ces nuits perdu dans les souvenirs du passé, comme si en le voulant très fort, je pourrais faire qu'elle m'aime vraiment.

Mais la vraie vie, ce n'est ni les rêves ni les espoirs. La vie, c'est un mouvement brusque sur une route obscure, le crissement des pneus et le verre qui vole en éclats.

C'est ce silence de mort à la seconde où vous perdez la personne que vous aimez, et cette douleur profonde de la solitude, sachant que vous ne la ramènerez jamais. Et que vous ne méritez pas d'être de nouveau aimé.

Brit vient vers moi, elle passe, se dirige vers la porte. Je voudrais qu'elle reste, essayer de lui expliquer mieux que ces fragments épars que je lui ai offerts, en guise d'explication, mais je ne trouve pas la force de me battre encore.

Voilà, je l'ai perdue, de nouveau, et cette fois, c'est ma faute.

Je baisse la tête et compte ses pas, j'en savoure chaque écho sur le vieux parquet. Ultimes sons d'elle, avant qu'elle ne me quitte définitivement, pour la vie.

Un, deux, trois…

J'attends le bruit de la porte qui se referme, mais rien ne vient.

Je ferme les yeux. Je n'en peux plus. J'en suis bien conscient, je mérite de souffrir pour mes actes, mais je ne peux pas supporter l'idée qu'elle me déteste. Elle était ma lumière, mon espoir, et une fois qu'elle aura franchi cette porte, je le sais, il n'y aura plus rien que les ténèbres.

Puis je sens sa main qui caresse doucement ma joue. Je relève lentement la tête. Brit est là, accroupie devant moi. Elle plonge ses yeux noirs dans les miens, regard de tendresse, sans colère ni reproches, mais habité par quelque chose de plus précieux que je n'ai jamais vu avant.

Le pardon.

Ce n'est pas possible.

Je la regarde, je n'ose pas parler. Elle se prépare juste à m'abandonner, mais en douceur. À me rendre le coup moins douloureux, avant de partir pour de bon.

Tendrement, elle essuie une larme dont j'ignorais même qu'elle était là, sur ma joue.

— Ce n'est pas ta faute, chuchote Brit.

Je secoue la tête, je sens que je vais craquer. Une seconde de plus, et je vais l'attirer entre mes bras et l'embrasser. Pour la convaincre de rester, de la seule manière que je connaisse. Non.

— Brit, tu n'as pas besoin de faire ça, je lui dis. Laisse tomber et sois gentille, va-t'en, c'est tout.

Elle secoue doucement la tête.

— Je n'irai nulle part.

Je me fige. Mon cœur se met à battre très vite, le traître, fou d'espoir. Elle ne réalise pas, elle ne sait pas ce qu'elle dit.

— Brit, non…

— Ce n'est pas ta faute, elle répète, en articulant chaque mot avec détermination. Hunter, regarde-moi. Brit prend mon visage entre ses mains, me force à regarder tout au fond de ses yeux si riches, si intenses. Crois-moi. C'est affreux, et tragique, mais tu ne dois pas t'accabler de reproches. Tu as fait tes choix, et Jace les siens. Et parfois, oui parfois, les gens nous abandonnent, et on ne saura jamais pourquoi.

Je bois ses paroles, pleines de douceur et d'espoir. Alors je pose ma main sur la sienne, et la serre fort, comme un homme qui se noie.

— Tu ne me juges pas coupable ? je demande, au désespoir.

— Oh, Hunter. Le visage de Brit exprime un tel chagrin à cet instant ! Et tu portes ça seul depuis tout ce temps. Pourquoi ne m'as-tu rien dit ?

— Je voulais être l'homme que tu voyais en moi, je murmure, toujours agrippé à sa main, n'osant toujours pas y croire. Je ne voulais pas que tu me détestes. Je t'en prie, Brit, je ne supporterais pas de vivre si tu…

— Chhuut, Brit se penche sur moi et m'embrasse.

Douces et légères, c'est à peine si ses lèvres effleurent les miennes, pourtant c'est comme un rayon de soleil qui déchirerait le plus noir des nuages.

— Je ne te déteste pas. Jamais je ne le pourrais. Tu ne comprends donc pas ? Je t'aime.

Quoi ?

Je recule pour mieux la regarder, sans voix sous le coup de la stupeur. Est-ce que j'ai bien entendu ?

Les yeux de Brit brillent et scintillent, étoile Polaire de ma longue nuit, et me guident vers elle. Me montrent le chemin de la maison.

— Tu es le seul homme que j'aie jamais aimé, elle chuchote, alors que quelque chose au plus profond de moi surgit tout ensemble d'un volcan, soulagement et tristesse et joie pure dans mes veines. Je sais, je ne cesse de te repousser, et je suis désolée. Je ne sais pas pourquoi je suis comme ça. Mais Hunter, il n'y a que toi. Il n'y a toujours eu que toi.

Chapitre quinze

Brit

Je vois le visage de Hunter s'éclairer peu à peu. Cette noirceur dans ses yeux s'estompe, et laisse la place à quelque chose de si lumineux, de si intense, que j'en ai le souffle coupé.

— Brit… dit-il, d'une voix chaude et profonde, et soudain il m'attire contre lui et capture ma bouche pour un baiser désespéré et baigné de larmes.

Je ne résiste pas un instant. Je me laisse tomber contre lui, me blottis entre ses bras.

Ensemble.

Sa bouche dévore la mienne, me cherche et m'implore, prière silencieuse à laquelle je réponds de tout mon cœur, de toute mon âme. Je ne veux plus fuir. Je ne peux plus continuer à le repousser ainsi. Plus maintenant que je connais la profondeur de son cauchemar, les abysses de torture de son âme si belle.

J'enfouis mes doigts dans ses cheveux, j'ai tant envie de lui, sa langue au fond de ma bouche se noue à la mienne.

Hunter gémit contre moi, et glisse ses mains sous mes cuisses, et je me retrouve à cheval sur lui, mon corps collé au sien, le feu entre nous brûlant avec tant d'ardeur que ces flammes auraient vite fait de me consumer.

Comment ai-je pu penser que je pourrais vivre sans lui ? Je resterais à son côté, même si le monde autour de nous était réduit en cendres. Il est tout ce dont j'ai besoin, fort et vrai et plus courageux que je ne l'imaginais.

Parce que, maintenant, je le sais, il est juste comme moi. Cassé, blessé, et brisé, et essayant comme il peut de rester debout. Mais nous n'avons plus à faire semblant, terminé. S'il est assez brave pour m'avouer ce terrible secret, alors moi aussi je peux être brave.

Je peux l'aimer. Même si ça doit me briser le cœur.

Je prends son visage entre ses mains et l'embrasse doucement, avec tout ce que j'ai en moi, toutes mes peurs, mes ténèbres et mes espoirs. Je l'embrasse parce qu'il me veut moi, en dépit de tout, parce qu'il est tellement plus que l'homme que j'imaginais.

— Je suis désolée, lui dis-je, le cœur lourd de regrets. Je ne savais pas, pour Jace. Si j'avais su, je…

— Non. De nouveau, La bouche de Hunter s'empare de la mienne, avec fièvre et désespoir, ses mains embrasent ma peau. C'est juste nous, maintenant. Juste toi et moi. Et il se presse contre moi, et je le sens, dur entre mes cuisses, délicieuse pression qui m'envoie des chocs électriques partout dans le corps. Je suffoque. Dans ses yeux, le désir fait des étincelles. Hunter tire d'un coup sec sur mon top et couvre ma poitrine de baisers brûlants, et referme ses lèvres sur mon sein et tète et me suce avec une douceur, une détermination telles, que je laisse échapper un cri de plaisir.

— Oh Brit, il hoquette, alors que je bouge contre lui, avec fièvre et au bord de la déraison. Je sens son corps tressaillir à mon contact, l'écho du martèlement furieux de son cœur retentit à travers son torse.

— J'ai envie de toi, gémit-il, le souffle court. De toi tout entière.

Je ne peux que geindre en guise de réponse, perdue dans la sensation de sa langue sur mes seins, et le contact brûlant et dur de son corps, écrasé contre le mien. Je voudrais me noyer en lui, me perdre complètement dans l'étreinte de nos corps et la douleur du désir, tout au fond de moi. Je voudrais me donner à lui, ployer sous lui, le sentir en moi, partout.

Toujours.

Je m'arrache à lui, me remets tant bien que mal debout. Hunter cherche son souffle, confus, et je lui tends la main. Il la prend. En un instant, il se retrouve sur ses pieds, tout contre moi. je fais un pas en arrière, l'entraîne vers l'escalier, mais nous n'irons pas aussi loin. Il m'attrape, claque son corps contre le mien, déchire mon top et mon haut de bikini et enfouit son visage dans le creux de mon cou. À mon tour, je lui arrache sa chemise et frémis au contact de sa peau nue contre la mienne.

— Hunter, je gémis alors que ses mains s'emparent de mes seins, et les caresse et les presse avec une telle douceur que je chavire et que je m'écroule contre lui, sans défense contre l'urgence du désir.

Hunter alors me soulève, noue mes jambes autour de sa taille et me tient ainsi serrée contre lui tout en m'embrassant tandis que nous montons les marches l'une après l'autre, nos bouches avides et fébriles. Mon pouls est électrique, chacun de mes nerfs, chaque centimètre de ma peau comme un feu d'artifice quand il atteint le palier et entre dans une chambre, et me plaque contre le mur.

Oui !

Je gémis alors que son corps me martèle, sous son poids j'ai l'impression de m'enfoncer dans ce mur à chacun de ses assauts. Hunter noue ses doigts à mes cheveux, tire ma tête en arrière pour de nouveau s'emparer de ma bouche et me donner un baiser torride, fébrile. Je me cambre, fais courir mes mains avec fièvre sur son dos large et puissant, et je suis les contours de ses muscles, jusqu'en bas, et agrippe ses fesses. À présent, il n'y a plus de place pour les demi-vérités et les faux-semblants, je ne veux plus rien entre nous. Je fais sauter la boucle de sa ceinture et baisse son jean sur ses hanches étroites, et oh, maintenant, enfin je peux le sentir vraiment, brûlant et dur à travers le tissu léger de son boxer. Le désir s'immisce encore plus loin entre mes cuisses, et je le cherche, me frotte à lui, affamé, impatiente de sentir son corps dans le mien.

Hunter gémit dans ma bouche et je glisse ma main entre nous, et referme mes doigts autour de son sexe.

Oh.

Cette sensation de lui dans ma main est incroyable, il est si large, si dur, qu'un frisson de pure excitation me transperce. Je fais descendre ma main autour de son sexe, et il tressaillit à ma caresse, mais avant que je puisse recommencer à le toucher, il met subitement un terme à notre baiser, repousse ma main et me plaque contre le mur, poignets verrouillés au-dessus de la tête. Ses doigts s'enfoncent dans ma chair, et le désir m'embrase quand il se tend au-dessus de mon corps, cherchant à retrouver son souffle, ses yeux bleus enflammés par le désir.

— Pas de retour en arrière, souffle-t-il, d'une voix à peine perceptible, voluptueuse. Pas de fuite, cette fois. Je vais te prendre, tout entière. Tu vas être à moi, tu comprends ?

Ses mots me font vibrer dans ma bulle de désir, tellement forts, que j'en suis anéantie. Je bascule, mais je suis piégée, écrasée contre ce mur tandis que Hunter fait descendre sa main sur mon corps, se glisse sous mon short et se referme sur moi, entre mes cuisses, puis son pouce se met à bouger autour de mon clitoris.

Je crie, me débats entre ses bras et lui inlassablement me torture, mais je suis prisonnière, mes poignets menottés par son autre main. Je manque d'air, mais impossible d'échapper à ce frottement sourd, les sensations en moi se multiplient et se déchaînent pendant que son pouce me rend folle.

— Je veux tout de toi, tout ou rien, il murmure, en enfonçant un doigt, et puis deux, dans mon sexe chaud et mouillé de désir. Je sanglote entre ses bras, tête rejetée en arrière, sans défenses contre la vague de désir qui déferle sur moi. Donne-moi tout, Brit. Donne-le moi.

Hunter lâche mes poignets, referme sa main autour de ma mâchoire, aussi je suis obligée de le regarder, tout au fond de ses yeux bleus tellement lumineux où se mêlent les flammes du désir et de la possession et de l'amour.

Amour.

Mon cœur se gonfle, mon pouls s'accélère, c'est à ce moment que je bascule. Au diable mes résolutions, et mes remparts, et mes pauvres défenses. Je le veux lui, plus que me protéger moi. Plus que tout. Plus que l'air.

— Oui. Je plonge mes yeux dans les siens, ainsi il peut voir cette vérité que j'ai passé tant de temps à essayer de cacher. Je suis à toi, Hunter. Toute à toi, je te le jure. Je t'aime. Je t'aime !

À ces mots, le regard de Hunter scintille d'un éclat primitif. Je suis à lui. Soudain, il m'emporte dans ses bras, traverse la pièce et me jette sur le lit. Il arrache mes derniers vêtements, jusqu'à ce je sois nue et gémissante sous lui.

— Tu es si parfaite, soupire-t-il, en promenant ses yeux de feu sur mon corps. Oh oui, je pourrais jouir, juste à te regarder comme ça.

De nouveau, il s'empare de mes lèvres, sa langue plonge loin dans ma bouche, mais ce n'est pas assez. Je le désire avec une faim que je n'ai jamais éprouvée avant, chaque cellule de mon corps est à lui et je suis au supplice, tellement j'ai envie de le sentir en moi.

— Hunter, je gémis en me plaquant contre lui. Maintenant…

Il se relève, me laisse, abandonne mon corps un moment pour fouiller le tiroir de la table de chevet, mais très vite, il est de retour, son corps chaud et dur, se presse contre le mien, lourd. Je suffoque, noue mes bras autour de son cou quand il écarte mes cuisses et se fige au-dessus de moi.

Oh merde, comme il est beau. Ses cheveux en bataille et trempés, son corps qui se tend, plus rayonnant que l'or dans la pénombre. Je pourrais passer ma vie à caresser chacun de ses muscles, une éternité à me perdre dans la profondeur du bleu de ses yeux. Mais là, tout de suite, j'ai envie de lui, oh tellement envie. Je suis mouillée et prête, incapable d'attendre plus longtemps. Je peux la sentir déjà qui enfle en moi, cette force prête à m'emporter par-dessus bord, et j'ai besoin de le sentir en moi, de l'emmener avec moi.

— Brit, murmure Hunter, en s'immobilisant au-dessus de moi. Je gémis, je proteste, mais il ne fait plus un geste, sauf pour écarter avec tendresse une mèche trempée de sueur sur mon front.

Je le regarde dans les yeux, et l'émotion qui scintille entre nous m'ébranle jusqu'à l'âme. C'est ça, je réalise, par-delà l'envie au creux de mon ventre, et mon cœur qui est prêt d'exploser et l'ivresse du désir. Hunter, mon

Hunter, tout ce que je croyais ne jamais avoir, le voilà qui me regarde comme si j'étais une déesse, qui me tient comme s'il ne voulait jamais me laisser partir.

Il vient en moi doucement, centimètre après centimètre, et c'est une révélation.

Une bénédiction.

La sensation est bouleversante, comme rien d'autre au monde. Il bouge, sans hâte, maîtrisant son mouvement, me remplit lentement jusqu'à ce que je pense ne pas pouvoir en supporter plus. Mais je ne veux que ça. Je crie, me cambre pour l'attirer plus profondément, tout entier en moi, jusqu'à ce que nous arrivions ensemble au bord du précipice, nos corps ne faisant qu'un. Hunter commence à aller et venir, mais je ne peux pas me joindre à lui, pas encore, pas alors que j'en suis encore à essayer de me remettre de l'émotion du simple contact de son corps sur le mien, dans le mien, tout autour du mien.

— Attends, je gémis, et j'agrippe ses bras. Hunter gémit, mais il se fige, sa respiration s'accélère quand je m'étire sous lui. Je le respire, me fonds contre son corps, me concentre sur la sensation de plénitude en moi. Le feu brûle dans mes veines, mon corps tout entier aspire à se fondre dans le sien. Je me tends, je m'enroule autour de lui, le presse en moi, et son corps réagit à cette étreinte secrète.

— Brit, il dit entre ses dents, ses yeux noirs et plein de passion. Pour moi. Seulement pour moi. Je ne peux pas… Il hoquette. Je ne peux pas me retenir…

Je le regarde dans les yeux, prête maintenant.

— Alors ne te retiens pas.

Je me cabre, et bouge contre lui. Les yeux de Hunter flashent, puis il se lâche. Dans un grognement profond et rugueux, il me plaque sur le lit, et va et vient en moi de toute la force de son désir, et à chaque assaut je frissonne d'un plaisir sans fin, encore et encore jusqu'à ce que j'implore grâce entre ses bras. Mes derniers doutes s'envolent, mes moindres peurs s'effacent au contact de son corps qui luit et glisse sur le mien, à ce désir féroce dans son regard.

Tout. Je veux tout lui donner.

Cette idée est comme un choc, mais à ce moment Hunter m'entraîne et roule, son corps en sueur claque contre le mien, et je me retrouve à le chevaucher, ses bras durs comme l'acier me serrent contre son torse puissant.

Oh oui !

Un cri s'échappe de mes lèvres alors qu'il plonge en moi, la pression est sublime, dedans et dehors, et une nouvelle vague de plaisir monte en moi. Je vais et je viens contre lui, en délire, m'enfonce profondément dans les ténèbres où rien n'existe que la chair et la passion. Le rythme effréné de nos corps au-delà de la raison, au-delà de toute signification, rien qu'un pur instinct. Hunter mêle ses doigts à mes cheveux, verrouille son regard au mien, et je bouge avec lui, réponds à chacune de ses poussées, perdue dans le grand frisson de ce frottement et des vagues d'extase enflent en moi, au plus profond de moi, et nous emportent toujours plus haut. Plus près. Plus fort.

— Bébé, gémit-il, ses yeux bleus habités par la frénésie du désir tandis qu'il va et vient en moi de nouveau, et mange mon cou de baisers. Oh, Brit.

Je gémis en guise de réponse, viens sur lui et pose mon front sur son épaule, mon corps maintenant se calme, vaincu. Je peux sentir la tension de chacun de ses muscles, tendus à l'extrême sous une volonté désespérée de garder le contrôle, qui bascule tout près du précipice, prêt à exploser. Je sanglote et vais et viens sur lui. Je suis presque là, mais c'est trop loin. Je suis dépassée par cet anéantissement, je me tords et appelle la libération, qui me fuit.

— Je ne peux pas, je suffoque, je m'accroche, désespérée. Hunter, je t'en prie…

— Je te veux, il râle, et il me force à le regarder. Sens-moi, il m'ordonne. Chaque caresse. Sens-moi en toi. Sa voix est profonde, hypnotique, et glisse sur moi comme du miel. Je suis partout, bébé, plus profond que tu ne l'as jamais connu.

— Oh oui, oui, je me tends, son corps va et vient contre le mien en un mouvement lent, et presse sur mon clitoris juste ce qu'il faut, un doux et délicieux assaut qui me coupe le souffle et me torture.

— Tu es à moi maintenant. Rien qu'à moi. Il plonge en moi, doucement, de toute sa longueur et je crie. Je peux le sentir venir, plus fort maintenant, et tout devient plus clair, évident et lumineux. Je suis le seul qui peux t'emmener là, dit-il d'une voix sensuelle, possessive, son souffle chaud sur ma peau. Dis-le, Brit. Je suis le seul à savoir ce dont tu as besoin.

— Oh oui, je gémis. Toi. Il n'y a que toi. Je bouge contre lui, avide, mais Hunter me retient, m'immobilise. N'arrête pas, je supplie, ma voix est brisée, méconnaissable. Hunter, par pitié !

— Chhuut, il murmure, et il se retire. Il a les mâchoires serrées, tout son corps n'est qu'une extraordinaire tension, mais pourtant, il garde le contrôle. Il fait glisser une main sur mon corps, entre nous, et il caresse mes seins et joue avec.

Je m'étouffe. Hunter me lance un regard noir, ses yeux brillent d'un tel désir que j'en frissonne.

— Tu es prête ?

Je retiens mon souffle, mon sang cogne à mes oreilles, le désir coule comme un torrent furieux dans mes veines. Mon corps appelle le sien, le supplie de venir à mon secours pour cette libération que lui seul peut me donner. Je ne pourrais le rejeter, même si je voulais.

— Je t'en prie, je l'implore, tremblante entre ses bras. Je suis à toi.

Les lèvres de Hunter trouvent les miennes pour un baiser si tendre que j'en soupire, me coule contre lui, moment de pure béatitude au milieu de la tornade de mon désir. Puis il s'écarte, et avant que je ne puisse retrouver mes esprits, il me soulève et me retourne, et je me retrouve sur le ventre, hanches offertes. Hunter alors plonge en moi avec un grognement.

Je hurle.

La position est dévastatrice, le plaisir plus que je ne peux en supporter. J'agrippe les draps, sanglote, et je le sens bouger en moi, dur et puissant, venir tout au fond et ressortir et revenir, plus loin que jamais dans ma vie, et la douceur de cette sensation nouvelle met le feu à mon univers.

— Brit ! je l'entends qui dit mon nom comme une prière désespérée, mais je ne trouve pas les mots pour répondre. Je suis complètement hébétée, perdue dans la tornade de sensations qui martèlent mon corps, et m'entraînent inéluctablement au bord du gouffre. Hunter s'abat sur moi, referme ses bras autour de moi et me relève, et continue de plonger si loin en moi que je pourrais mourir de plaisir. Il trouve mes seins et d'une main, les caresse et les presse et la sensation est sublime.

Je crie, encore et encore, sanglote, vaincue, totalement abandonnée.

— Viens, viens, murmure derrière moi Hunter, dans un long râle contre ma nuque. Il glisse son autre main plus bas, juste au cœur de moi et caresse la partie la plus intime de mon corps, les doigts vifs et agiles, j'en ai des étoiles plein les yeux. Tu dois venir quand je te le dis, et je te le dis maintenant, Brit, viens !

Une dernière fois, il plonge en moi, et laisse échapper un cri quand il explose, alors c'est le déclic. Je viens, et je lui donne tout. Je me désintègre, je vole en éclats, je crie son nom et bascule dans les ténèbres veloutées qui s'élèvent à ma rencontre, les vagues d'extase nous emportent nous bousculent, encore et encore, et puis le monde disparaît dans la nuit et il ne reste plus que lui.

Hunter.

Lui et lui seul.

Chapitre seize

Je dors, d'un sommeil agité, me tourne et me retourne, et quand je me réveille, la pièce est plongée dans le noir complet, il n'y a pas un bruit hormis le souffle de Hunter, régulier sur mon dos. Je suis blottie contre lui, son corps chaud contre ma peau nue, les battements de son cœur comme une douce berceuse dans la profondeur de la nuit.

Je soulève avec précaution son bras autour de ma taille et me lève. Dans l'obscurité, je tâtonne un long moment sur le parquet avant de trouver un vêtement. Son T-shirt. je l'enfile et sors de la chambre sur la pointe des pieds, descends au rez-de-chaussée.

La maison est plongée dans l'obscurité et le silence, mais la lune dehors resplendit, derrière les fenêtres sans rideaux. Au contact glacial du carrelage sous mes pieds nus, je fais la grimace et trottine jusqu'à la cuisine, regarde dans tous les placards et trouve enfin un verre que je remplis d'eau.

Je m'appuie au comptoir et bois à petites gorgées, les pensées et les sensations m'assaillent alors, pour la première fois depuis que nous… Depuis qu'il…

Je ne trouve pas les mots.

Ce qui s'est passé cette nuit, c'est plus que du sexe. En tout cas, rien à voir avec la poursuite effrénée d'un orgasme. Ça, je connais. Non, cette nuit a été autre chose, plus, une révélation, quelque chose de pur et de vrai. Avec Hunter en moi, qui me tenait et m'entraînait… Ce n'est pas seulement que je n'étais plus moi-même. En fait, lui et moi, nous sommes devenus plus, corps et âme, deux esprits qui se rejoignent, ensemble.

Je n'avais pas envie de le laisser partir, jamais.

Et qu'est-ce qui te permet de croire que tu ne vas pas de nouveau tout gâcher, cette fois ?

Je n'ai pas le temps de réagir, déjà les premiers chuchotements du doute commencent à fredonner leur refrain dans ma tête. Et maintenant ? Je n'ai jamais eu de petit copain attitré, encore moins un homme tel que Hunter. Et en dépit de tout ce que nous avons partagé cette nuit, et même si les remparts autour de nos cœurs ont volé en éclats, c'est plus fort que moi, lorsque je regarde ma vie, je ne vois qu'un vaste champ de ruines. Inéluctablement, tout ce qui peut m'arriver de bien finit par échouer.

Ceux que j'aime, toujours, finissent par m'abandonner.

Je frissonne, la peur s'insinue dans mes veines, me glace le sang, et la brise chaude de la nuit n'y peut rien. Et si ce n'était pas la faute des autres ? Si c'était moi, le problème, maudite, condamnée à détruire tout ce qui a le malheur un jour de croiser mon chemin ? Hunter est sans aucun doute la meilleure chose qui me soit jamais arrivée. La question est, vers quelle issue tragique nous dirigeons-nous ?

À ce moment, un bruit derrière moi m'empêche de tomber plus loin dans la spirale du doute.

— Qui est là ? je crie en me retournant. À cet instant, le verre me glisse entre les doigts et va s'écraser dans un grand fracas sur le carrelage. C'est là que j'aperçois Hunter en train de descendre l'escalier.

— Oh ! je pose une main sur mon cœur. Tu m'as fait peur !

— Ne bouge pas ! Hunter dévale les dernières marches. Il est nu, hormis un pantalon de jogging. Tu risques de te couper.

J'attends sans faire un geste, et il accourt, me soulève comme un poids plume et m'assoie sur le comptoir, puis il va allumer la lumière et s'accroupit pour ramasser les éclats de verre par terre.

— Désolée, je m'empresse de m'excuser. Je ne voulais pas te réveiller…

Hunter balaie les derniers morceaux de verre.

— Je ne savais pas où tu étais… Il se redresse, et pour la première fois je vois cette angoisse sur son visage. Puis très vite il se détourne et va jeter les débris à la poubelle. Je me suis réveillé, et tu n'étais plus là. J'ai cru… Il se tait, et reste là, tête baissée.

Mon cœur alors s'arrête, face à la douloureuse vérité. Il a cru que j'avais fait ce que j'ai toujours fait. Disparaître avant que les choses ne deviennent trop réelles. Fuir et sauver mon cœur, coûte que coûte. Mais après tout ce que nous avons partagé ensemble, je sais une chose. Cette fois, je n'écouterai pas leurs mensonges.

— J'avais soif. Je tends les mains, l'enlace et l'attire dans le cercle douillet de mes jambes et son contact à lui seul suffit à m'apaiser, sa peau est si chaude, si douce contre la mienne. Alors je suis descendue boire…

— Oui, je comprends. Hunter esquisse un sourire espiègle, ses mains remontent doucement sur mes cuisses nues. Mais un instant, j'ai juste… Et il se tait.

— Je n'irai nulle part, je lui dis avec douceur, et je dépose un baiser sur son front. Je suis là, avec toi.

Hunter laisse son front contre mes lèvres un moment, il respire, inspire, expire. Je le sens, il se détend, tout son corps se relâche et soudain un élan de gratitude me submerge. C'est une seconde chance qui m'est donnée.

Combien de fois j'ai pensé à ce qui aurait pu être ? Combien de nuits à me rappeler ce moment, avec lui, torturée par le secret regret de ne pas être restée auprès de lui ? Aujourd'hui, j'ai une chance de réparer tout ça. De pouvoir tourner la page sur notre culpabilité, notre chagrin, pour créer quelque chose de nouveau, ensemble. Rien qu'à nous.

— Allons nous recoucher, je chuchote en me laissant glisser au bas du comptoir, puis je prends sa main et nous montons.

— Hé, Brit ? Hunter s'arrête un moment, une fois en haut. Je me retourne et le regarde qui me sourit, pudique. Je suis heureux que tu sois restée.

Il sait.

J'en reste bouche bée de surprise devant lui, et je scrute ces yeux d'un bleu si expressif et qui quelque part voient tout, jusqu'aux secrets les plus enfouis de mon âme. Il sait qu'un instant, j'ai pensé à partir, que mon instinct me hurlait de fuir.

— C'est normal d'avoir peur. Hunter s'approche, et je sens la chaleur de son torse nu. Il prend ma joue dans le creux de sa main en une tendre caresse, le regard plein de compréhension. Je sais que tu as derrière toi une vie de déceptions qui te hantent, mais aujourd'hui… C'est géant, Brit. Rien n'est plus réel, plus vrai que nous deux. N'importe quel homme sain d'esprit aurait peur de te perdre.

J'attends, le cœur serré, et je me sens à nue, toutes mes peurs exposées.

— Mais je ne suis pas sain d'esprit, je suis fou de toi, Brit. Hunter me sourit, avec tant de tendresse que j'en ai le souffle coupé. Alors tu peux avoir peur, être prise de panique et ressentir tout ce que tu veux. Promets-moi juste de ne pas partir, là, parce que je ne supporterais pas de te perdre une nouvelle fois, il ajoute, déterminé. Si tu fuis, je me lancerai à ta poursuite, et je te ramènerai à la maison. Tu comprends ?

Je hoche doucement la tête, je sens un sourire timide se dessiner sur mes lèvres. Il comprend. Il sait qu'une partie de moi sera toujours en guerre contre moi-même, mais il ne renoncera pas à moi pour autant. Une vague de soulagement me submerge, dans le couloir obscur, c'est comme un éclair qui déchire la nuit. Je ne suis pas seule, là. Je ne peux pas commettre la même erreur, car il ne me laissera pas faire.

Il est avec moi.

Hunter me pousse gentiment devant lui dans la chambre.

— Allez, il doit être quoi, trois heures du mat', et j'ai besoin de sommeil pour récupérer…

Je glousse.

— Moi aussi, qu'est-ce que tu crois ?

— Rien du tout, zou ! il répond en bâillant. Je te demande seulement de me laisser un bout de couverture. J'ai bien vu tout à l'heure, tu me l'avais piquée.

— J'étais gelée ! je proteste en me couchant contre lui. Hunter m'enlace et m'attire contre son corps, me serre contre lui.

— Ça va mieux, là ? il murmure. J'acquiesce d'un signe de tête, me blottis contre lui. Bien, il dit, d'une voix endormie. Parce cette fois, je ne te laisserai pas t'échapper.

Hunter tient sa promesse. Toute la nuit, il me garde entre ses bras, son corps collé au mien, dans une étreinte douce et chaude.

Je n'arrive pas à dormir, je reste là allongée, à écouter le bruit régulier de sa respiration, à m'émerveiller de la sérénité qui baigne mon corps comme dans un cocon de soie.

Je n'ai jamais tenu un homme comme ça. Je ne suis jamais restée assez pour voir l'aube s'inviter entre les draps. Je ne me suis jamais sentie aussi près de personne, si nue, si vulnérable.

Si aimée.

Je roule entre ses bras pour lui faire face, contemple cette expression de sérénité sur son visage pendant son sommeil. Hunter est une œuvre d'art, nu et beau comme un dieu devant moi, et je ne peux m'en empêcher, je le touche, effleure les contours de son visage du bout des doigts. Ses cheveux qui retombent en masse sur son front, ces particules de taches de rousseur sur son nez. Je suis la ligne de ses pommettes, de sa mâchoire, de ses lèvres rondes et sensuelles, mémorise chaque centimètre de sa peau. Mon cœur bat plus vite, rien qu'à le toucher comme ça. À le surprendre comme ça, si vulnérable, si paisible.

Hunter laisse échapper un bâillement et bouge, il balance son bras en travers du lit et s'enfonce un peu plus dans l'oreiller.

Je pourrais facilement m'habituer à tout ça.

À cette pensée, je retiens mon souffle, mon corps se crispe à la mémoire des trahisons du passé, mais je me force à retrouver mon calme, bercée par le va-et-vient régulier de son torse.

Il est différent des autres.

Hunter est différent, oui, je le sais maintenant. Pour la première fois, je peux voir un avenir se dessiner devant moi. La promesse lumineuse de matins dorés, à m'éveiller comme ça. Les longues nuits blottie entre ses bras. En sécurité et aimée, comme je n'ai jamais osé en rêver.

Je frémis à cette possibilité, si magique, si réelle. Je pourrais être heureuse comme ça demain, et tous les lendemains du monde. Je pourrais être à lui, toujours.

Et lui, à moi.

Un sentiment violent de possession emplit ma poitrine, et maintenant mes doigts errent plus loin, sur son corps. Je suis la courbe de ses biceps, les monts et vallées de son ventre. *À moi*, je pense, et le désir m'envahit. *Tout à moi.* Je fais glisser mes doigts plus bas, me faufile sous la couverture. Et je le trouve, dur et prêt pour moi, qui frémit sous mes caresses. Je retiens mon souffle…

— Bonjour. Hunter roule sur lui-même et soudain il m'emprisonne.

Je rougis, prise en flagrant délit de désir.

— Bonjour.

— La main dans le sac, dit Hunter avec un sourire espiègle.

Je détourne les yeux, embarrassée. Pour la première fois, je réalise à quoi je dois ressembler, cheveux en bataille, maquillage en déroute. Et dieu sait quoi encore, après cette nuit. Je vais pour m'essuyer les yeux, mais Hunter attrape ma main.

— Tu es belle, il murmure en écartant avec tendresse les cheveux sur ma joue. Je lève les yeux au ciel, gênée, mais il rit. Je t'assure. Tu es belle comme ça. C'est toi, vraiment toi.

Et il se penche et m'embrasse doucement. Je prends son baiser, je le bois, et noue mes mains à son cou et l'attire vers moi. Je le sens sourire contre ma bouche. Notre baiser se fait plus dense, long et vrai, et il roule avec moi sur le lit. Je savoure chaque moment de cette chose si simple, un baiser, mais ce baiser-là, comme il fait chanter mon cœur !

Hunter délaisse ma bouche et se dresse sur un coude, puis il fait courir son doigt sur mon épaule nue. Je retiens mon souffle, tressaillis sous sa caresse.

— À mon tour, il dit, plein de malice, en dessinant des ronds sur ma peau électrique.

— Ce n'est pas du jeu, tu étais réveillé ! je m'exclame, rouge de honte.

— Et c'était comme un rêve, le meilleur de toute ma vie. Il couvre mes épaules de baisers, glisse ses mains autour de moi et caresse doucement mes seins et mon ventre. Je frémis, laisse retomber ma tête en arrière et ses doigts dansent et tissent sur ma peau la plus sublime des dentelles. La respiration de Hunter se fait plus lourde, chaude contre mon cou, et je me love contre lui, le sens brûlant et dur contre mes fesses.

Il gémit, me retourne et m'allonge sous lui et prend ma joue au creux de sa main.

— Je voudrais rester ici pour l'éternité, il murmure, et il me couvre de baisers, ma gorge, mes seins, mes lèvres. Rien que toi et moi. Je n'ai besoin de rien d'autre.

— Moi aussi, je voudrais, je chuchote, et je me redresse pour lui rendre son baiser, capturer sa bouche avec la mienne. Je l'explore avec ma langue, je m'abreuve à lui, le dévore, alors qu'une nouvelle vague de désir s'élève en moi. Cette fois, je ne crie pas sous l'effet d'un désir effréné, non, cette fois, c'est quelque chose de différent, une force tranquille qui palpite tout au fond de moi, et se déverse dans mes veines en un merveilleux bruissement.

— Ma Brit… Hunter murmure mon nom, et je glisse une main entre nous, ouvre mes cuisses, déjà si prête, si humide pour lui. Je suffoque quand il me pénètre, son membre dur et épais plonge au plus profond de moi, me remplit tout entière, parfaitement, comme s'il n'en était jamais sorti.

Nous restons là, tout à fait immobiles, sans dire un mot, mais sentant chaque battement de cœur, chaque tressaillement, chaque souffle. Je relève la tête pour le regarder dans les yeux, et le trouve en train de me fixer, toujours avec la même expression de tendre adoration sur son visage, qui fait chanter chaque cellule, chaque atome de mon être.

— Je t'aime, murmure-t-il, et il commence à bouger doucement en moi.

Mon cœur s'arrête. C'est la première fois qu'il dit ces mots. La toute première fois que je les entends.

Une joie absolue m'envahit, monte et m'encercle à chacun de ses doux assauts, jusqu'à ce que je me cambre contre lui et laisse échapper un cri quand l'orgasme me submerge, doux et pur comme une poussière d'étoiles. Je sens le corps de Hunter tressaillir dans le mien quand il jouit, tout en psalmodiant mon nom encore et encore, avant que toutes forces nous abandonnent, puis nous gisons, enlacés et à bout de souffle dans les bras l'un de l'autre.

— Wow. Hunter inspire à pleins poumons. C'était… Wow.

Je me dresse sur un coude, je lui souris, d'humeur frivole.

— Dois-je comprendre… Ce n'est pas comme ça, d'habitude, pour toi ?

Il rit.

— Quoi ? Tu es folle ! Mais non !

— Hmmm, je le taquine. C'est bizarre, parce que moi toujours… Je me tais et pousse un hurlement car il m'empoigne et me plaque sur les draps, et me chatouille partout. Hunter ! je supplie, prise de fou rire. Hunter, arrête !

— Pas tant que tu n'auras pas retiré ça !

Je me débats, on chahute, jusqu'à ce que l'écho lointain de la sonnerie de son téléphone interrompe nos rires. Enfin, il daigne me lâcher.

— Sauvée par le gong, il plaisante tout en fouillant dans son jean, sur le parquet, au pied du lit. Mais je n'en ai pas encore fini avec toi, chérie.

— J'espère bien. Je ris et admire sans pudeur la courbe parfaite de ses fesses au soleil de ce matin lumineux.

Hunter trouve enfin son portable et répond.

— Oui, j'écoute, dit-il tout en me souriant.

Un silence, puis tout éclat disparaît dans ses yeux.

— Hunter ? Déjà, j'approche la main de son visage, mais il s'écarte et se lève.

— Non, bien sûr, dit-il au téléphone. Je serai là. Quel hôpital ?

Une peur sans nom me saisit au cœur.

Je descends du lit avec précipitation et cours vers lui, je noue mes bras à sa taille et le serre très fort pendant qu'il écoute quelqu'un, à l'autre bout du fil.

— Je pars tout de suite, dit-il, puis il raccroche, serre son portable contre son torse.

Un silence.

— Hunter ? je demande à voix basse. Hunter, parle-moi. Je le fais se retourner et quand je vois le choc sur son visage, j'en ai le souffle coupé.

— C'est mon père, m'explique-t-il, butant un peu sur les mots. Il a fait une attaque. Ils pensent… Ils ne savent pas s'il va s'en sortir.

Chapitre dix-sept

Nous nous mettons aussitôt en route. Hunter fixe la bande de bitume devant lui, impassible, les mains serrées autour du volant.

– Ils l'ont trouvé tout de suite, je lui dis, et je tente désespérément de briser le mur de glace qui s'est refermé brutalement autour de lui. Je pose ma main sur la sienne. Les meilleurs médecins sont à son chevet, tout va bien se passer.

Hunter, mâchoire serrée, se contente d'un bref hochement de tête. Kilomètre après kilomètre, je peux voir les ombres du passé qui reviennent le hanter, de plus en plus noires dans ses yeux. J'imagine tout ce que ça doit raviver en lui, tout ce qu'il a dû endurer en perdant Jace…

– Ça va aller, je répète avec une petite voix, en priant de toutes mes forces pour que ça soit vrai. Je suis avec toi, tout ira bien.

Le personnel de l'hôpital nous envoie à un étage tout neuf et clinquant, sorte de zone exclusive pour patients fortunés. Les pas de Hunter résonnent sur le sol alors que nous traversons un labyrinthe de couloirs et de salles. Je vois la peur métamorphoser son visage, sa tension est palpable, et quand nous arrivons en vue du bureau d'accueil, il se met presque à courir.

— Richard Covington ? demande-t-il.

L'infirmière de service jongle avec des dossiers, un téléphone coincé sur l'épaule.

— Une minute, s'il vous plaît, et elle nous fait signe de nous taire, sans même lever les yeux.

— Nous voulons juste son numéro de chambre, je supplie, alors elle me sourit et annonce :

— Allez vous asseoir, je viendrais vous chercher.

Hunter ne bouge pas, il est au bord de l'explosion, alors je l'attire avec douceur vers la salle d'attente.

— Ils viendront dès que possible, je tente de l'apaiser. Et puis, ta mère a ton numéro de portable. Elle appellera s'il y a quoi que ce soit.

Hunter s'assied à côté de moi, tape du pied frénétiquement sur le carrelage. Je prends sa main, et l'ouvre pour déposer un baiser à l'intérieur.

— Il va se remettre, je le rassure.

Je le sais, je n'ai pas le droit de faire ce genre de promesses, mais je dirais n'importe quoi pour qu'il se sente mieux, là, n'importe quoi pour l'arracher à cette terrible panique.

— Il n'a jamais eu de problèmes sur ce plan-là, non ? J'en suis sûre, ils vont bien s'occuper de lui…

Hunter se lève d'un bond et commence à arpenter la salle.

— Je déteste ces endroits, il marmonne en jetant des regards furtifs autour de lui. Ça me rappelle trop, le… Il se tait, et je peux voir dans ses yeux qu'il revit chaque seconde du cauchemar, chaque instant de ce qui s'est passé, cette sombre nuit d'hiver, trois ans plus tôt.

Je cherche dans ma tête quelque chose à dire, en vain.

— Je suis désolée, je chuchote, désemparée. J'ai tellement mal de le voir comme ça, en proie à ses souvenirs lugubres. Je voudrais tant effacer tout ça de ta mémoire...

Hunter ferme les yeux, comme s'il voulait se fermer au monde. Je me lève, glisse mes bras autour de lui et l'étreins de toutes mes forces. Et je reste là, à le serrer, à essayer de le libérer de ce fardeau, de prendre un peu de ce poids sur mes épaules.

Je n'en reviens pas de voir à quelle vitesse tout a changé.

Il y avait deux heures à peine, nous étions encore bien au chaud, dans les bras l'un de l'autre, à nous prélasser dans la béatitude de notre nuit ensemble. Un moment parfait, si paisible et joyeux, et maintenant...

Maintenant, Hunter est recroquevillé entre mes bras, crispé et distant. En fait, je le sens, il est à des millions de kilomètres de moi, comme si un gouffre invisible s'était brusquement ouvert entre nous, l'aspirant dans un univers parallèle de peur.

— Hunter, grâce au ciel ! Une voix déchire le silence de la salle d'attente, je me retourne et découvre sa mère, Camille, qui vient vers nous, suivie par une équipe de médecins. Pourquoi as-tu mis tant de temps ? Il n'arrête pas de te demander...

— Papa est réveillé ? Hunter prend mes mains.

— Il se repose dans sa chambre, dit Camille qui jette un regard courroucé aux médecins. Je leur dis depuis des heures, c'est une honte, une chambre pareille, pas plus grande qu'une boîte à chaussures. Quand on pense à tout l'argent que nous avons récolté pour cet hôpital...

— Je suis certain qu'ils lui ont donné ce qu'ils avaient de mieux. Hunter tente de l'apaiser. Où est sa chambre, maman ?

Elle montre le bout du couloir, et Hunter s'éloigne sans rien ajouter, me laissant seule.

Pour la première fois, Camille remarque ma présence.

— Et vous êtes… ? Elle hausse un sourcil, à la courbe parfaitement dessinée. Manifestement, elle ne me reconnaît pas, j'ai pourtant passé une bonne dizaine d'étés à lui servir du thé glacé et des sandwiches au poulet. Mais c'était des années auparavant, et évidemment elle est bouleversée.

— Brit. Euh, bonjour… Je tente de déloger la boule dans ma gorge. En dépit des événements, la tenue de Camille est irréprochable, tailleur-pantalon bleu marine et bijoux en or. Elle ne doit pas être loin de la soixantaine maintenant, pourtant pas la moindre trace de rides sur son visage, et pas plus de gris dans ses cheveux d'un blond vénitien, coupés au carré. Je suis désolé pour votre mari. Y a-t-il quelque chose que je puisse faire ?

— Merci, elle répond avec une politesse réflexe. Nous avons la situation en main. Et elle me regarde de haut en bas pendant un moment. Excusez-moi, qui avez-vous dit que vous étiez, une amie de Hunter ?

— Je… Oui.

Je croise les bras, mal à l'aise. Dans la précipitation au moment de partir, j'ai enfilé mon short et une chemise de Hunter sur mon top, manches retroussées, nouée à la taille. Et maintenant j'ai l'impression d'être déguisée en clown, avec sur mon chapeau pointu écrit en lettres rouge et or, « Je viens juste de baiser avec votre fils ».

— Bien, alors merci de… d'avoir accompagné Hunter jusqu'ici. Camille esquisse un hochement de tête, comme pour me signifier mon congé. Vous comprenez, je suis sûre, que j'ai un tas de choses à régler, maintenant. Cette histoire de chambre est inadmissible, et je dois aussi m'entendre avec les médecins de mon mari, au sujet de son traitement.

— Oh, bien sûr ! je m'exclame. Je suis désolée, je… Je m'en vais.

— Charmée d'avoir fait votre connaissance. Le sourire de Camille est creux lorsqu'elle tourne les talons et s'éloigne, me laissant seule dans le couloir.

L'infirmière au bureau d'accueil me sourit avec chaleur.

— Chambre vingt et une. Par là…

J'inspire profondément, mais au lieu de partir, je m'aventure finalement dans l'autre direction, en suivant le chemin pris par Hunter, jusqu'à la chambre en question. Je me prépare au pire, genre soins intensifs avec tubes et branchements de toutes sortes, mais quand j'entre finalement dans la chambre, plutôt nerveuse, je découvre son père assis dans son lit, en train de rire avec Hunter, visiblement en pleine forme.

Un soulagement immense m'envahit, rapidement suivi par une certaine perplexité. On dirait que Richard rentre tout juste d'une partie de golf, pas qu'il vient d'être victime d'un arrêt cardiaque.

— Bonjour, je tape deux petits coups sur le battant de la porte grand ouverte. Hunter se retourne.

— Brit ! Il bondit sur ses pieds et se précipite vers moi, tout sourire. Viens que je te présente à mon père. Papa, voici Brit. Brit, c'est Richard.

— Approchez donc ! s'exclame Richard. Il porte une luxueuse robe de chambre bleu marine sur son pyjama rayé. Sur la table de chevet, il y a tout une pile de barquettes vides siglées d'une épicerie fine. Désolé, c'est un peu petit, mais ma femme est en train de s'occuper de ça. Elle est furieuse, ajoute-t-il, avec un air de conspirateur. Je ne serais pas surpris s'ils déménageaient la moitié de l'étage pour me faire plus de place.

— Euh, bonjour. Je me dépêche d'aller serrer la main qu'il me tend. Sa poignée de main est ferme et vigoureuse. Je suis heureuse que vous alliez bien. Après ce coup de fil, nous pensions…

— Que j'étais à l'article de la mort ? finit Richard avec entrain. Fausse alerte, juste une petite angine de poitrine. Mais tu connais ta mère, ajoute-t-il à l'attention de Hunter.

— Tout va bien, me dit Hunter en glissant un bras autour de mes épaules. – Je peux sentir son soulagement, envolée cette tension en lui, son cœur bat tout guilleret, plein de gratitude. – Il va se remettre. Il doit juste surveiller son alimentation et faire plus d'exercice…

— Mon Dieu, tu ne vas pas t'y mettre, toi aussi ! proteste Richard. les médecins m'ont déjà fait la leçon. Franchement, si un vieux monsieur n'a pas le droit de déguster un bon steak de temps en temps, à quoi bon continuer à vivre, non ?

— Je saurai m'en souvenir quand viendra le moment d'organiser tes funérailles, la voix de Camille résonne, glaciale, à la porte. Elle entre dans la chambre, passe devant moi et arrache le verre dans la main de son mari. Ne me dis pas que tu bois dans cette chose, Richard ! Tu sais bien que ces endroits sont infestés de microbes !

— Ne t'inquiète pas, chérie. Tu n'es pas encore débarrassée de moi. Et Richard tapote sa main avec tendresse, Camille se crispe, puis tous deux échangent un regard empreint d'une profonde affection.

Hunter passe son bras autour de ma taille, il m'attire contre lui.

— C'était rien, en fin de compte, il me dit à l'oreille, sans doute pour se rassurer lui-même. Nous n'aurions pas dû nous inquiéter.

Sa mère aussitôt se tourne vers lui.

— Une angine de poitrine n'est pas rien. Pour les médecins, c'est bel et bien un avertissement. Et cela n'a rien de surprenant. Ton père se tue au travail, tout seul à la tête de la compagnie.

— N'exagérons rien, j'ai des employés… Richard tente de l'interrompre, mais Camille n'en a pas terminé.

— Et toi, tu es je ne sais où, elle accuse Hunter. Que se serait-il passé, si ç'avait été une vraie crise cardiaque ? Le temps que tu arrives, il aurait été trop tard ! C'est insupportable, tout ce stress qu'il est obligé de subir parce que tu l'as abandonné… Et elle tape les coussins avec des gestes fébriles, au bord de la crise de nerfs. Il n'a jamais eu l'intention de diriger seul l'entreprise, vous étiez censé l'assister, vous, les garçons… Eh bien, j'espère que tu es content de toi, maintenant.

J'entends Hunter à côté de moi qui a du mal à respirer. Je me tourne vers lui, j'attends qu'il se défende contre tant de reproches injustes, mais il ne dit pas un mot, il baisse juste la tête et fixe le bout de ses pieds.

— Ça suffit, dit alors son père, d'une voix calme mais ferme. Nous discuterons de tout cela une autre fois. As-tu pu parler à quelqu'un, pour une chambre plus grande ?

Camille semble reprendre ses esprits.

— Ce ne sera pas nécessaire, ils te laissent partir. Tu dîneras à la maison, ce soir. Elle hausse doucement les épaules et ajoute, avec un sourire forcé. J'ai déjà appelé et demandé à Marta de jeter tout le beurre. Désormais, au menu, ce sera poisson en papillote et légumes vapeur.

— Merveilleux, soupire Richard.

— Tu n'as qu'à venir manger avec nous, dit alors Camille à Hunter.

Ce n'est pas une question. Il a l'air perdu.

— Je ne sais pas. J'ai du travail au ranch, et…

— Tu ne peux même pas prendre le temps de dîner avec tes parents, après ce qui s'est passé ? réplique Camille sur un ton sec.

Hunter paraît accablé, on dirait un gamin en train de se faire gronder.

— Bien sûr, désolé.

Elle a un bref hochement de tête.

— Je vais demander aux domestiques de préparer ta chambre. Tu pourrais rester quelques jours, passer un peu de temps avec ton père. Je suis sûre que vous avez un tas de choses à vous raconter.

De nouveau, j'attends de la part de Hunter une protestation, une réflexion, mais il baisse juste un peu plus la tête et se plie sans un mot au programme de sa mère. Un silence suit. Camille m'ignore superbement, elle se comporte comme si je n'étais pas là. Je comprends, je me sens comme une intruse, ici, au milieu de cette tragédie familiale, mais en même temps, je n'ai pas envie d'abandonner Hunter.

— Vous conduisez ? m'interpelle soudain Camille.

— Je… suis venue avec Hunter, je réponds, mal à l'aise.

— Dans ce cas, je vais demander que quelqu'un vous raccompagne, répond-elle, cassante.

Je regarde Hunter.

— Non, ça va, je peux rester.

— Ridicule, décrète Camille. Je suis sûre que vous avez à faire, là-bas. J'appelle notre chauffeur tout de suite.
Et elle saisit son portable et s'isole dans un coin de la chambre, en murmurant des instructions.

Un sentiment de doute m'envahit.

— Hunter ? je chuchote, et je tire sur sa main.

Enfin il relève la tête, me regarde. Mon cœur se serre quand je vois son visage, blême, il semble si las, résigné.

— Maman a raison, il dit en repoussant ses cheveux en arrière, distant. Tu devrais rentrer. Tu as ton travail.

— Garrett trouvera à me remplacer. Je me tourne vers Camille, en train de nous observer avec ses yeux de fouine. Sortons une minute, je dis et j'attire Hunter dans le couloir, loin des oreilles indiscrètes, puis je prends ses mains et le regarde dans les yeux.

— Je reste avec toi, aussi longtemps que tu le voudras. Je suis ici pour toi.

Hunter fuit mon regard.

— Tu n'es pas obligée de…

— Bien sûr que si. Je serre ses mains un peu plus fort. Il n'est pas seul, là, il doit le comprendre. Tu as besoin de moi. Rien d'autre ne m'importe.

— Mais ça va aller. Hunter me lâche et recule d'un pas. Tu n'as pas à subir tout ça. Ne t'inquiète pas, tout ira bien, il ajoute avec un faible sourire. C'est juste l'histoire de deux jours, le temps de mettre les choses au clair avec eux. Maman a raison, il soupire. Ça fait trop longtemps que ça dure. Il faut que nous parlions, tous les trois…

Je le dévisage, anxieuse, mais ne trouve rien à répliquer. Juste là, j'ai un terrible pressentiment, comme si je m'apprêtais à lui dire adieu, comme si c'était la dernière fois. Mais c'est complètement stupide, je me dis. Tout ça, c'est parce que je suis angoissée. C'est tout à fait normal que Hunter reste ici avec sa famille, après ce qu'ils viennent de traverser. Et ma place n'est pas ici, parmi eux.

— Si tu en es sûr…

— Appelle-moi quand tu seras rentrée, dit Hunter avec un hochement de tête, puis il m'embrasse sur le front, alors je l'enlace et à mon tour l'embrasse, mais pour un vrai baiser. Nos corps se pressent l'un contre l'autre, sa bouche est douce et avide contre la mienne, et l'espace d'un instant, plus rien d'autre n'existe. Il n'y a que nous, dans notre monde, sans peurs ni drames ni contraintes.

Un monde parfait.

Hunter détache ses lèvres des miennes et me sourit, plus fort maintenant. Il caresse ma joue avec tendresse.

— Merci de m'avoir accompagné, il murmure. De les avoir supportés.

— Je serai toujours auprès de toi, je promets.

— Ah, vous êtes là, nous interrompt sa mère en sortant de la chambre. Perkins vous attend en bas. Il va vous ramener chez vous. Hunter, viens aider ton père à ranger ses affaires. Et il faudrait également lui trouver un fauteuil roulant.

— C'est hors de question ! On entend crier Richard.

Camille fait comme si elle n'avait pas entendu.

— Et renseigne-toi par la même occasion sur son traitement. Ils disent sur l'ordonnance deux cachets par jour, mais je suis sûre d'avoir lu quelque part que trois, c'était mieux.

Hunter me regarde avec tristesse.

— Je t'appellerai un peu plus tard.

— OK, je réponds, la gorge nouée. Salut.

Je rentre à Beachwood dans la BMW grand luxe avec chauffeur des Covington, pourtant en dépit du confort des sièges en cuir et de la clim, impossible de me détendre. Laisser Hunter à l'hôpital, comme ça, me dérange. Un peu comme dans ces cauchemars que je fais certaines nuits, quand je déambule dans les couloirs d'une maison hantée. Je m'avance vers le danger, sans pouvoir m'arrêter ni faire demi-tour, alors que je le sais, rien de bon ne m'attend, là où je vais.

« Tu me manques », je pianote un texto, mon pouce effleure la touche « envoi ».

Non.

À la place, j'appuie sur « annuler ». Hunter a assez de choses en tête comme ça dans l'immédiat. Il n'a pas besoin d'un pot de colle ni d'une pleurnicharde. Ce n'est pas moi, ça. J'ai toujours eu en horreur ce genre de filles.

C'est juste l'affaire de quelques jours, je me réconforte, tout en regardant défiler la côte. Je lui ai promis, tout ira bien.

Arrivée à la maison de la plage, je remercie un peu gênée le chauffeur et entre. Je m'arrête un moment dans le salon, regarde la maison vide. Emerson et Juliet sont présents partout ici, entre les photos noir et blanc qu'elle a prises de Beachwood et celles de sa mère, dans leur cadre accrochés aux murs, ou encore le vieux plaid jeté sur le canapé, dans sa famille depuis ses grands-parents, il y a des années de cela.

Je vis ici depuis trois mois aujourd'hui, mais pour la première fois je réalise, je n'ai pas le sentiment d'être chez moi.

Pour la simple raison que ça n'est pas chez moi. Cette maison est du temporaire, pour moi, comme tout le reste dans ma vie. Job temporaire, rêves temporaires. Il ne me reste plus qu'à espérer que Hunter à son tour ne le devienne pas, temporaire.

Je chasse les mauvaises pensées et les doutes qui essaient d'envahir mon esprit. J'allume toutes les lumières, et la radio dans la foulée, puis je me rends dans la cuisine, attrape dans le réfrigérateur un bac de crème glacée et vais m'installer à ma table de travail, devant la fenêtre. Il faut que je m'occupe, je décide. Et j'ai de quoi faire, avant le retour de Hunter.

Le tissu que j'ai acheté à Emilia attend là, encore enveloppé, sur la table. Un moment, j'ai une appréhension quand je repense aux commentaires cruels de Maxwell, lors de l'entretien, mais je finis par terrasser le doute. J'effleure la soie, et la magie opère, toutes les critiques semblent se dissiper. J'ai laissé mon carnet de croquis chez Hunter dans la panique, mais je n'en ai pas besoin. Je connais mes modèles par cœur. J'attrape une feuille de papier, mes crayons, et je commence à dessiner, je laisse mon imagination prendre forme sur la page blanche. À ce moment, cette robe, je la vois très nettement, comme je ne l'ai encore jamais vue, la forme du bustier, la longue jupe à volants, le drapé du tissu, la façon dont il dansera à chacun de mes pas…

En un rien de temps, minuit sonne. J'ai décomposé le croquis d'ensemble en ses différents composants, dessiné le patron que je devrai découper sur toile de manière à tester mon modèle. Ce soir, je n'irai pas plus loin.

Je m'étire, mes épaules me font mal. Je vérifie pour la énième fois mon téléphone, mais aucun message ni appel.

« *J'espère que tout va bien*, j'envoie un texto à Hunter. *Bonne nuit.* »

Et j'attends, l'estomac noué, quand soudain l'écran s'allume, une réponse.

« Fais de beaux rêves. je pense à toi. »

Je laisse échapper un long soupir de soulagement. Et de regret. Je me fous de la logique, je voudrais être auprès de lui, là-bas, blottie entre ses bras, et dormir avec lui, comme la nuit dernière.

Oh, j'ai l'impression qu'une éternité s'est écoulée depuis, et pas juste quelques heures, mais quand je monte me coucher, me glisse entre les draps, je ne peux m'empêcher de ressentir son absence, à côté de moi, une absence bien présente, presque palpable.

Comment c'est possible, qu'il me manque déjà autant ? À quel moment Hunter est-il devenu aussi nécessaire à ma vie ? Une seule nuit sans lui et je suis perdue, à la dérive. Quand ai-je basculé ainsi ?

Dans ces moments où il bougeait en toi, et que tu ressentais une telle plénitude. Quand tu lui as ouvert ton cœur pour lui montrer tout de toi, et que tu t'es toute donnée à lui, en dépit de tous les dangers, de tous les risques.

Je caresse l'oreiller froid à côté de moi, me souviens de son visage sous mes doigts, si beau, si paisible. C'est ce dont j'avais le plus peur, toutes ces années je me suis appliquée à protéger mon cœur, à garder mes distances avec les autres à grand renfort de cynisme et de fausse insouciance. Parce que maintenant que je me suis ouverte à lui, que je sais ce que ça fait d'être connectée vraiment à une autre âme, j'ai encore plus peur que quelque chose puisse arriver et détruise tout ça. Pour lui, j'ai sauté dans le vide, mais maintenant je suis là en chute libre, en priant de toutes mes forces pour qu'il soit là et me rattrape, quand je toucherai le sol.

Il t'aime, je me dis et je me répète, comme une berceuse. *Il ne te laissera pas comme les autres l'ont fait. Il restera auprès de toi.*

N'empêche, je m'endors avec le cœur serré, seule et à des dizaines de kilomètres du seul homme auprès duquel j'aie jamais eu envie de me réveiller, le matin.

Chapitre dix-huit

Hunter

Deux jours.

Tout ce temps sans la tenir dans mes bras. Quarante-huit heures loin de Brit, et déjà je perds la raison. Chaque minute sans elle est comme une éternité, dans cette maison, livré aux jugements tantôt passifs tantôt agressifs de mes parents et au poids écrasant de ma culpabilité. J'ai besoin d'elle auprès de moi, besoin de goûter ses lèvres, de toucher sa peau, de me perdre dans ses baisers qui quelque part ont le pouvoir de redonner des couleurs au monde. Mais chaque fois que j'attrape mon téléphone, que je vais l'appeler, quelque chose m'arrête.

C'est ma merde, pas la sienne. Des drames, avec sa famille, elle en a pris pour perpète. Elle n'a pas besoin en plus des miens.

Mais en fait, il n'y a pas que ça. Malgré tout le bien que ça m'a fait de lui raconter, de voir cette compréhension, et ce pardon dans ses yeux quand je me suis résolu à lui avouer la vérité, j'ai peur. Peur que ce ne soit pas vrai. Elle va y repenser et réaliser ce que j'ai fait, et alors elle comprendra combien je suis nul, et que je ne mérite pas son amour. Et tout ce que je pourrai dire sur ma famille tordue ne fera que lui rappeler que Jace a disparu. Et c'est moi le responsable. Moi, le coupable.

— Tu comptes rester habillé comme ça ? À la voix de ma mère, je m'arrête net de faire les cent pas dans l'atrium. Je me retourne.

— C'est juste un dîner. Je me regarde. Je n'ai pas eu le temps de prendre des affaires, au ranch, aussi j'en suis réduit à m'habiller avec ce qui reste dans le placard de mon ancienne chambre, ici. Jean, T-shirt. Normal, quoi.

Ma mère vient vers moi en faisant son fameux « tsst-tsst ».

— Je t'ai sorti un costume. Armani. Et mets donc cette cravate bleue aussi, elle fait ressortir tes yeux.

Je la regarde et réalise qu'elle s'est mise sur son trente et un, robe de soirée et perles à gogo. Mon cœur se serre.

— Qui vient ?

— Oh, quelques amis, répond maman avec un geste désinvolte. Les Kellerman. Tu sais, ils viennent de transférer leurs comptes chez nous. Il y aura aussi Bitsy Tremaine, et son mari. Les Feinberg, oh ! et certains associés de ton père avec leur épouse.

— Il a fallu que tu organises une réception, je lâche entre mes dents.

— Bien évidemment. Ma mère me dévisage, comme si elle ne comprenait pas ma surprise. Voilà des mois que tu n'es pas venu. Il y a des gens importants dont tu dois faire la connaissance.

J'inspire, expire, essaie d'étouffer la colère qui monte en moi.

— À moins que ces gens souhaitent vendre des chevaux ou me les confier pour les entraîner, je ne vois pas l'intérêt.

Ma mère soupire.

— Franchement, Hunter, cette histoire de ranch est du délire. Le moment est venu pour toi d'assumer tes responsabilités.

— Ce ne sont pas mes responsabilités ! j'explose, furieux. Ce sont tes obligations, pas les miennes !

Son visage se décompose.

— Comment peux-tu dire une chose pareille, après ce qui est arrivé à ton père ? Tu ne te soucies donc pas de ta famille ?

Je laisse échapper un soupir.

— Pardon, maman. Je me soucie de ma famille, là n'est pas le problème. Mais ce n'est pas pour autant que je vais renoncer à ma vie pour vivre la tienne.

Maman pince les lèvres.

— Écoute, je refuse d'avoir cette discussion maintenant. Nos invités ne vont pas tarder à arriver. Va te changer, et sois prêt pour vingt heures.

Je sens la révolte qui gronde tel un torrent de lave dans mes veines. Je n'ai pas envie de lui obéir. J'ai envie de passer cette porte et de conduire non-stop jusqu'à Beachwood Bay. J'ai envie d'exploser la porte de Brit, de l'emporter dans mes bras jusque dans sa chambre et de rester au lit au moins une semaine avec elle.

Je suis juste sur point de céder à mes impulsions, quand le regard de ma mère dévie pour aller se poser sur le portrait de Jace, accroché dans l'entrée. Son expression s'adoucit, des larmes emplissent ses yeux.

— Je me souviens de son premier jour à la compagnie. Ton père était si fier, il souriait à longueur de temps…

La culpabilité s'abat sur moi, un poids d'une bonne centaine de tonnes.

La seule raison pour laquelle ma mère me fait ce coup-là, c'est parce que je ne lui ai pas laissé le choix. Ils avaient leur fils idéal, un futur chef d'entreprise, un hôte parfait pour les dîners de ma mère. Ils l'avaient lui, et je le leur ai pris, pour toujours.

Quant à moi je suis un pitoyable deuxième choix, et nous le savons bien.

— Je monte m'habiller, je me résigne, renonce à mes envies de fuir. *C'est juste l'affaire d'une autre nuit*, je me dis. *Demain, tu pourras rentrer.*

Ma mère s'illumine, elle vient m'embrasser sur la joue, remet mes cheveux en place.

— Il faut que tu ailles chez le coiffeur, on dirait un clochard.

— Bien sûr, je soupire avant de prendre l'escalier.

— Et n'oublie pas la cravate !

Le dîner est une torture, comme toutes les affreuses réceptions dans cette maison. Mes parents rient de tout et papotent avec leurs amis mondains, ils parlent des derniers scandales de la ville et de politique. Et moi, je picore mon assiette, je voudrais être à des centaines de kilomètres de là, à manger un hamburger au bar avec Brit, sortir avec elle, faire le con pour la voir rire, lui voler des baisers dans la chaleur de nos draps…

Regarder ses yeux, quand elle jouit…

Je sens mon portable qui buzze, dans ma poche. Je l'attrape, regarde discrètement sous la table.

« Comment ça va ? Tu me manques. »

Une douce chaleur m'envahit, et l'espace d'un instant fabuleux, toute tension en moi se dissipe. Même à cette distance, Brit a le pouvoir de faire disparaître toute cette merde.

— Hunter ? La voix de ma mère claque.

Je lève les yeux, elle me lance un regard assassin. Les portables à table sont strictement interdits. Je serre les dents, glisse le mien dans ma poche.

— Oui, maman ? je demande, avec une voix faussement polie. Je regarde l'heure à la pendule, sur la cheminée. Pff… vingt heures trente, pas plus ?

— Bitsy vient juste de m'apprendre que sa nièce était en ville. Elle est de ton âge, dit maman sur un ton tout miel. Vous pourriez déjeuner ensemble, tous les deux, dans la semaine.

— Oh oui ! s'exclame Bitsy, une blonde menue au visage lisse et vide, et elle joint les mains. Quelle bonne idée.

— Désolé, je leur réponds, sans prendre la peine de faire semblant de l'être. Mais je ne reste pas. Et puis, j'ai rencontré quelqu'un, j'ajoute à l'intention de ma mère, au cas où il lui vienne comme ça d'autres idées lumineuses pour me caser.

Maman hausse un sourcil.

— La fille de l'hôpital ?

— Elle s'appelle Brit, je dis, glacial.

— J'ai cru que c'était une auto-stoppeuse que tu avais ramassée, remarque ma mère, sourire en coin, avec un regard entendu à son public. On entend quelques gloussements, parmi ses invités. Franchement, vous auriez dû la voir, short jusqu'en haut des cuisses, chemise ouverte. Ah, ces filles de la campagne…

— Ça suffit ! Ma voix fait vibrer les verres en cristal. Je me lève, en fait presque tomber ma chaise.

Maman blêmit.

— Où vas-tu ? Nous n'avons pas encore servi le dessert.

— Je n'ai pas faim, je réplique, et je sors de la pièce avant de complètement perdre la tête. Je ne sais pas où je vais, c'est l'instinct qui guide mes pas. Je monte, prends le couloir qui mène à l'arrière de la maison et franchis une porte que je n'ai pas ouverte depuis des années.

La chambre de Jace.

J'essaie de reprendre mon souffle, mon cœur bat à toute vitesse. C'est calme ici, à l'écart des autres chambres. Les fenêtres donnent sur le jardin, avec un arbre à portée de main, dont il se servait souvent pour faire le mur, quand il avait un rendez-vous galant ou allait retrouver des potes, au lac, avec quelques bières.

Je regarde autour de moi. Ils n'ont touché à rien. C'est comme un sanctuaire. Ses trophées de sportif accompli alignés sur la cheminée, ses médailles de bon élève, son diplôme de la fac encadré fièrement au mur. Le lit est fait, draps bleu marine tout neufs, et son ordinateur est encore là, avec une pile de magazines, sur le bureau, comme si à tout moment il allait passer cette porte, de retour d'un match de tennis au club, en me hurlant dessus de me lever.

Je m'assieds à son bureau, et les souvenirs déferlent. Maman nous a toujours interdit de mettre des posters ou quoi que ce soit au mur, mais il y a des photos de lui partout maintenant, cadre doré et feutre noir. Jace avec l'équipe de hockey, célébrant une victoire. Jace en toge et toque sur la tête, intimidé sur l'estrade. Jace et moi, en train de rigoler sur les quais, ce dernier été à Beachwood Bay.

Mon frère.

C'est fou comme il me manque ! C'est comme ça tous les jours, mais aujourd'hui, ici, c'est plus que je ne peux le supporter. Entre frères, parfois c'est une histoire d'amour et de haine, mais lui et moi, nous étions comme les doigts de la main, même quand je me sentais minable, incapable de lui arriver à la cheville. Il m'exaspérait avec cette confiance qu'il avait en lui, à se comporter comme si rien au monde ne pouvait lui résister à partir du moment où il l'avait décidé. J'avais l'habitude de le faire enrager, en lui disant qu'un jour il tomberait sur plus fort que lui.

D'une certaine façon, j'avais raison, la preuve cette terrible nuit où nous avons tous les deux découvert que les certitudes ne pouvaient rien contre les corps déchiquetés. Aucune arrogance et aucun sourire ne redémarreraient jamais un cœur qui a cessé de battre.

Un bruit, derrière moi. Je me retourne, ma mère est là, à la porte.

— Je ne redescendrai pas, je dis, la gorge serrée.

— Le dîner est terminé, elle répond avec douceur en entrant dans la chambre. Ils sont partis depuis des heures.

J'ai un mouvement de surprise. Dans mes souvenirs, j'avais perdu la notion du temps, mais le ciel est sombre maintenant et il doit être tard.

Ma mère promène son regard dans la pièce, et je sens toute cette tension en elle.

— Tu devrais ranger tout ça, je lui dis. C'est malsain de garder ça ici.

— Je sais. Je veux toujours appeler pour leur dire de venir, et puis… Maman doit s'y reprendre à deux fois pour finir. Je suppose que je ne suis pas prête à m'en séparer.

On est deux, dans ce cas.

Une minute de silence s'ensuit, chacun en proie à ses fantômes, seul. Je la regarde, et une pensée terrible vient s'immiscer dans mon esprit, la même qui me hante dans mes heures les plus désespérées.

Regrette-t-elle que ce ne soit pas moi ?

Je me lève.

— Je partirai demain matin, je dis de façon abrupte.

— Et la réception prévue la semaine prochaine ? elle demande. C'est notre anniversaire.

Flûte ! j'avais totalement oublié.

— La réception se passera très bien sans moi. Je suis désolé, mais il faut que je rentre chez moi.

— C'est ici, chez toi. Maman semble blessée.

— Plus maintenant.

Elle s'avance, me bloque le passage.

— Je t'en prie, pense à ton père. Il était si fier que tu sois là, si fier de te présenter à tout le monde.

La culpabilité me ronge, acide.

— Maman…

— Il n'a jamais voulu que cela, elle dit en prenant mes mains. Construire quelque chose et vous le transmettre à tous les deux. Et maintenant…

— Je ne suis pas lui, maman, je gémis. Je ne serai jamais lui. Mais regarde donc autour de toi.

— Nous en sommes conscients, dit-elle, la voix brisée. Mais tu es tout ce qui nous reste aujourd'hui. Nous avons besoin de toi, plus que jamais.

Elle éclate en sanglots contre moi, et je reste là, à la soutenir, à sentir le deuil l'imprégner tout entière. Elle cherche à me manipuler avec son chagrin, je le sais, toujours le même truc de loyauté familiale qu'ils font peser sur moi depuis des années, et qui m'a suivi dans mes études et toutes les autres grandes étapes de ma vie sur une carte tracée pour moi dès avant ma naissance. Je voudrais lutter contre ça, merde, je voudrais tant, mais je n'ai plus aucune force pour me battre. Et la triste vérité de tout ça, c'est qu'elle a raison.

Je suis tout ce qu'ils ont. Et que ce soit ma faute ou pas, c'est à cause de moi.

Je pensais pouvoir échapper à tout ça, et me construire une vie rien qu'à moi. Beachwood, les chevaux, Brit. Mais à me retrouver là au milieu des décombres du passé, cerné par des rêves brisés, des rêves que j'ai moi-même réduits à néant avec ma putain d'insouciance, je doute de pouvoir en sortir un jour. Et merde, est-ce tout ce que je mérite ? La punition pour mes crimes, vivre ici dans l'ombre de mon frère, pour toujours, sans espoir de liberté.

— Bien, je chuchote, et Brit me manque terriblement. Je reste.

Chapitre dix-neuf

Brit

— Tu voudrais bien lâcher ça un peu ? gémit Garrett, derrière son comptoir.

Je baisse mon téléphone, et je regarde ostensiblement la salle déserte.

— Pour quoi faire, servir des clients imaginaires ? je demande, juchée sur mon tabouret, et je fais claquer mes talons contre la barre d'acier. Tu veux un scoop ? La saison estivale est terminée. On n'aura plus personne le midi maintenant jusqu'au mois de mai.

— Ce qui signifie que je peux m'en sortir sans serveuse, remarque Garrett.

Je lève les yeux au ciel.

— Si tu me vires, tu te retrouveras seul ici comme un idiot et tu mourras d'ennui.

Garrett secoue la tête et prend l'air exaspéré, pour rire.

— Essaie au moins de faire comme si tu travaillais, au lieu de juste tuer le temps en attendant un appel de ton chéri. Il arrête de lustrer le comptoir et me regarde avec sympathie. Toujours pas de nouvelles ?

Je hausse les épaules, gênée.

— Il a appelé, il y a deux jours. Il m'a dit que tout allait bien, qu'il essaierait de me téléphoner aujourd'hui... Je me tais, hésite. Je suis sûre qu'il n'a pas une minute à lui, avec toutes ces histoires, dans sa famille.

— C'est sûr, acquiesce Garrett, avec un peu trop d'empressement.

Je le regarde.

— Qu'est-ce que c'est censé vouloir dire, ça ?

— Rien, il répond. Tu as raison, je parie qu'il a une tonne de trucs à faire. C'est juste... Il fait la grimace. Je déteste te voir comme ça. Ça fait une semaine, maintenant. Combien de temps ça prend, pour envoyer un putain de texto ?

Je serre les dents, fais en sorte de ne pas broncher quand la lame affûtée du doute se plante dans mon cœur, aux paroles de Garrett.

Il a raison.

Il a raison, et je voudrais tant qu'il ait tort. Ça fait une éternité maintenant, depuis que j'ai quitté Hunter, à l'hôpital, et j'ai beau me dire et me répéter que tout va bien, à chaque jour qui passe, j'en suis de moins en moins persuadée et j'ai de plus en plus l'impression d'espérer dans le vide, trop naïve, à refuser la vérité. Il l'a dit, il appellerait, mais chaque fois que Hunter me donne un coup de fil, il est préoccupé et distant. Et c'est à peine si on peut discuter, déjà il doit raccrocher parce qu'il a tant à faire avec ses parents. Il prétend que c'est important, pour lui, d'essayer de construire une relation avec eux, et je sais que c'est vrai, mais nuit après nuit, je reste sans dormir plus longtemps, à attendre sa réponse au texto que je lui ai envoyé pour lui souhaiter bonne nuit.

Et la nuit dernière, cette réponse, elle n'est pas venue.

— Ce truc, ça doit fonctionner dans les deux sens, tu sais, note Garrett. Il sort une cannette de Coca Light du réfrigérateur et la fait glisser vers moi, sur le comptoir.

— Je sais, je réponds avec un haussement d'épaules. Mais chaque fois que j'appelle, c'est jamais le bon moment. J'ai toujours l'impression de le déranger.

S'il y a quelque chose de pire que l'angoisse fébrile qui m'étreint à attendre ses coups de fil, c'est bien cette déception quand il me sert un prétexte pour raccrocher. À chaque fois, ça remue des tonnes de doutes en moi, et je me demande si toutes les choses qu'il m'a dites étaient juste du blabla pour me faire tomber à ses pieds. Si ce qui lui plaisait, c'était pas juste la séduction, et maintenant que je me suis toute donnée à lui…

Je chasse tout de suite cette pensée de mon esprit. Je crois en lui, il le faut.

— As-tu prévu quelque chose, plus tard ? demande Garrett, en essayant de changer de sujet.

À part attendre un appel de Hunter, il veut dire ?

— Rien du tout, je réponds. J'ai presque terminé le patron de ma robe…

— C'est génial ! Garrett me félicite, et je sens un peu de fierté me réchauffer le cœur. J'ai de l'énergie à revendre en ce moment, avec toute ma nervosité, aussi j'ai beaucoup avancé sur ma robe.

— Je ne sais pas, je soupire. Il y a un truc qui va pas, avec le drapé. Et je veux que ce soit parfait, avant de découper le tissu.

— Tu as pas envie de faire une pause, d'aller au ciné ou un truc du genre, ce soir ? demande Garrett. Je pensais fermer le bar plus tôt. On pourrait emporter quelques trucs à bouffer.

Je lui souris. Il fait tout ce qu'il peut pour que je pense à autre chose qu'à mon téléphone silencieux.

— Il n'y a pas une fille qui doit venir te prendre ?

— Pas de fille en ce moment, il répond en haussant les épaules.

— Quoi ? je m'exclame en riant. Il y a toujours une fille !

Garrett a l'air tout penaud.

— Je ne sais pas, je suppose que j'ai besoin d'un break. Toutes ces femmes qui me courent après, je suis épuisé, plaisante-t-il. Un homme a parfois besoin d'un peu de temps pour récupérer !

— Mais oui, bien sûr, je rigole. Ce ne serait pas plutôt une rébellion de leur part ? Qu'elles se soient entendues pour diffuser une alerte rouge ? Attention, chaud lapin !

Soudain, mon téléphone s'éclaire, et mon cœur s'emballe.

— C'est lui ! Je prends l'appareil sur le comptoir et réponds. Salut, quoi de neuf ?

— Salut. Comme d'habitude, la voix de Hunter est distante, et ça n'a rien à voir avec la qualité du réseau. Désolé, je n'ai pas pu appeler, hier soir. Mes parents avaient pris des billets pour l'opéra, je n'ai pas pu y échapper.

— C'est bon. Je ravale ma déception. Comment va ton père ?

— En pleine forme, répond Hunter. Il a fallu qu'il m'emmène au country club ce matin pour jouer au golf. Si tu l'avais vu, il était aux anges.

— Tant mieux, je dis, sincère. Alors, quand rentres-tu ?

Et c'est un long silence qui suit.

— Ils aimeraient que je reste un peu plus longtemps, dit enfin Hunter. Il y a un tas de choses à gérer, à la banque. Maman avait raison, mon père travaille trop. Le moins que je puisse faire, c'est de donner un coup de main après ce qui s'est passé, il ajoute, et à ce moment, j'ai l'impression d'entendre sa mère. C'est la famille, tu comprends.

— Mais, et le ranch ? je demande, alors qu'un froid glacial m'enveloppe. Ils n'ont pas besoin de toi ici aussi ?

— Mes employés peuvent s'en occuper, répond Hunter.

Et moi ? j'ai envie de crier. Moi aussi, j'ai besoin de lui. Je me garde bien de dire quoi que ce soit, je ne suis qu'une égoïste.

— Combien de temps crois-tu que ça va prendre, de tout régler là-bas ? Je fais de mon mieux pour avoir l'air de le soutenir. Encore deux jours ?

Il ne répond pas.

Mon cœur se serre.

— Une semaine ? je demande.

Hunter laisse alors échapper un long soupir, visiblement stressé.

— Je n'en sais rien, Brit. Écoute, ça prendra le temps que ça prendra.

— Tu me manques, c'est tout, je dis avec douceur, poings serrés.

— Tu me manques aussi. Pour la première fois, la voix de Hunter s'adoucit. Je suis désolé pour tous ces problèmes, Brit, vraiment. C'est un vrai chaos, ma famille.

— C'est bon, je dis, en retrouvant mon calme. Fais ce que tu dois faire. Je t'attendrai.

— Merci. J'entends une voix à ce moment tout près de lui. Écoute, il faut que j'y aille, j'ai un déjeuner avec des associés. J'essaierai de t'appeler plus tard.

— D'accord. – Je ressens une vive déception. – Je t'aime.

— Je t'aime aussi, répond-il, et la communication est interrompue.

Je pose lentement mon téléphone.

Garrett me regarde et fait la moue, apparemment la déception se lit sur mon visage.

— Je suis désolé…

Je hausse les épaules, désemparée.

— Je voudrais tellement pouvoir faire quelque chose. Je veux dire, il n'est qu'à deux heures de route, mais c'est comme s'il avait été aspiré dans une autre galaxie.

Son monde à lui, celui du fric et des privilèges, où les filles comme moi n'ont pas leur place.

— Puisqu'il ne peut pas s'en échapper, va donc le retrouver ? suggère Garrett. Tu peux prendre mon pick-up, si tu veux.

J'hésite, indécise.

— Je sais pas, je voudrais pas avoir l'air de m'incruster…

— Oh, c'était juste une idée, répond Garrett avec un haussement d'épaules. Même s'il est occupé, au moins tu le verras et quelque part, ça vaut mieux que ces coups de fil, non ?

Je le regarde, avec toutes mes incertitudes. Ça ne me ressemble pas du tout de me lancer aux trousses d'un garçon, surtout quand il prend la peine de me faire savoir qu'il est très occupé. Mais là, il ne s'agit pas de n'importe quel garçon. Il s'agit de Hunter. Même s'il a besoin de moi, je réalise, c'est sûr, il ne lui viendra même pas à l'idée de me demander de le rejoindre.

Et le voir en chair et en os, me noyer dans l'éclat du bleu si bleu de ses yeux… Cette distance entre nous, j'ai le pouvoir de l'effacer, je le sais que je peux. Ça vaut le coup d'essayer.

— Tu as raison, je décide, et mon cœur se met à battre très fort. J'y vais. Je passerai avant récupérer quelques affaires chez lui, au ranch. On est partis si vite l'autre jour, il doit avoir besoin de vêtements et d'un tas de trucs, c'est sûr.

Garrett me lance les clés.

— Sois prudente.

— Quoi, tout de suite ? je m'étonne. Je n'ai pas fini mon service.

— Comme tu me l'as fait remarquer, je ne suis pas vraiment bousculé, répond Garrett avec un sourire chaleureux. Va le retrouver. Et bonne chance !

Je sors de la ville, direction le ranch. Un des employés de Garrett m'ouvre la maison, et je remplis un sac d'affaires de toilettes, choisis quelques vêtements dans son armoire. Dans sa chambre, je me fige, rattrapée par une vague de souvenirs brûlants et érotiques. Le lit est encore en chantier, les draps froissés tout emmêlés suite à notre dernière nuit, alors je les enlève et les descends à la buanderie, puis je fais le lit avec des draps propres qui sentent l'adoucissant, qui portent son parfum à lui.

Hunter.

Je respire cette odeur à m'en faire tourner la tête, et finalement c'est un sentiment de paix qui m'envahit, qui apaise mes doutes, mes peurs. Le seul fait de revenir ici, je me sens déjà mieux, je retrouve une certaine plénitude que je n'ai pas ressentie depuis cette nuit-là. Cette fabuleuse, cette rassurante, cette bouleversante nuit ensemble, quand je le sentais bouger en moi et que j'ai regardé dans ses yeux et vu des étoiles.

Il avait raison. Et j'imagine en souriant son arrogance s'il entendait ça, puis j'attrape le sac et retourne au pick-up. Hunter avait raison, de vouloir que je l'attende. Toutes ces années de liaisons inintéressantes et de nuits sans lendemain, à force j'avais perdu toute sensibilité aux choses du sexe. Je ne savais même pas à quoi ça pouvait ressembler quand c'était important. Partager plus que simplement son corps avec quelqu'un, quand chaque moment est une révélation, chaque murmure, un chant.

Il n'y a pas de retour en arrière possible, désormais, je pense, sourire aux lèvres, en m'engageant sur l'autoroute. Même si je n'étais pas aussi profondément, désespérément et irréparablement amoureuse de cet homme, je ne pourrais jamais renoncer aux sensations de son corps contre le mien. Et je le sais, une fois que je l'aurai retrouvé, dès que je pourrai le serrer dans mes bras, de nouveau tout ira bien entre nous.

Ce n'est pas possible autrement.

Je roule sans m'arrêter pendant deux heures, puis je prends la direction de l'adresse que Hunter a laissée à son employé, au ranch. Je traverse la ville, jusqu'à l'un des quartiers les plus chics à la périphérie. Ici, la canopée vert menthe des arbres ploie au-dessus des rues, et je croise sur mon chemin d'immenses propriétés, le genre dont on ne peut même pas apercevoir la maison, rien que de hauts portails en fer forgé, et des haies parfaitement taillées contre les visiteurs indésirables.

Je sens un pic de nervosité quand j'arrive à l'embranchement des Covington et me retrouve devant un portail au moins deux fois plus haut que les autres, flanqué de colonnes de pierre surmontée de gargouilles jumelles.

Tu es venu pour Hunter, je m'encourage. Tout le reste, ignore-le !

J'approche du portail, baisse ma vitre et sonne à l'interphone. Un instant plus tard, ça grésille.

— Oui ?

— Je, hum, puis-je voir Hunter ? Je suis une amie. De chez lui. Enfin, pas de sa maison d'ici, son autre maison, je bafouille, sans pouvoir m'arrêter. Bref, mon nom est...

J'entends un déclic, puis le portail s'ouvre.

Je retiens mon souffle. Déjà, je suis en sueur, et je n'ai même pas mis un pied à l'intérieur ! J'essuie mes mains moites, et franchis le portail au ralenti, puis je prends l'allée qui s'enfonce dans la propriété.

Au moins cette fois, je suis habillée pour la circonstance. En sortant du bar, je suis allée me changer, et maintenant je porte ma tenue la plus sage, une petite robe légère vert pâle style fifties que je me suis faite à partir d'un modèle vu dans *Vogue*. En principe, je la mets avec un soutien-gorge rose flashy et des bottines à talons compensés, mais aujourd'hui j'ai choisi des sandales dorées à fines lanières de cuir, enfin au lieu de ma coupe hirsute habituelle, j'ai opté pour une natte. Bref, on dirait une autre fille, mais je ferais n'importe quoi pour pas me sentir comme une vulgaire traînée ou je ne sais quoi d'autre que sa chère maman glaciale croit voir en moi.

Je roule toujours au pas, et après un virage, dans un écrin de verdure, je vois pour la première fois la maison se dresser devant moi.

Sidérant !

J'en reste bouche bée de stupeur. J'ai toujours su que les Covington étaient riches, mais ça, c'est autre chose. Une énorme bâtisse de style avant guerre de Sécession, avec colonnes et petits balcons et une corniche qui court tout autour, comme une déco de sucre glace sur un gâteau. Des parterres de roses impeccables longent l'allée, des pelouses manucurées descendent derrière la maison en direction de… Je cligne des yeux, regarde au loin. Un lac ?

Je finis par arriver devant le perron, la boule au ventre, à deux doigts de la panique. Je suis si loin de Beachwood, tellement loin de chez moi. Déplacée. Je me gare à côté d'une armada de vans. De nombreuses personnes s'agitent tout autour, en uniforme, avec des plateaux et des bouquets, comme s'ils mettaient en scène quelque chose. Personne ne me prête attention quand je descends de mon pick-up et emprunte l'escalier.

— Excusez-moi, je dis à un homme qui me croise, les bras chargés de lampions. Savez-vous…

— Là-bas, il me coupe. Et attention, quelqu'un avait commandé des lanternes lilas au lieu du mauve, alors Son Altesse est d'une humeur massacrante.

— Euh, je ne suis pas…

Je n'en dis pas plus, déjà le type s'éloigne. Bien.

J'entre donc, fais quelques pas, écarquille les yeux devant un tel étalage de luxe. Tout autour de moi, ce ne sont que soies et dorures, d'immenses pièces qui communiquent les unes avec les autres, sols en marbre et tapis persans, on dirait les photos d'un magazine. Je ne peux pas croire que Hunter ait grandi ici. Maintenant que je l'ai vu en jeans et bottes, je n'arrive pas à l'imaginer autrement, mais les photos de famille alignées sur les murs le montrent en tennis blanches et blazer BCBG, posant de mauvaise grâce avec ses parents.

Et Jace.

Je m'arrête pour regarder une photo de tous les deux ensemble. Elle a dû être prise peu avant l'accident car ils sont grands déjà, dominent largement la silhouette d'oiseau de Camille. Les cheveux de Jace sont plus foncés que ceux de Hunter, son sourire plus large, moins crispé. Mais tous les deux sont parfaitement assortis, comme les piliers de cette famille, robustes et pleins de vie.

Je ravale un pincement de chagrin, et poursuis mon chemin, laissant derrière moi une salle tout en longueur façon galerie pour atterrir sur une immense terrasse, à l'arrière de la maison.

C'est le chaos.

Les jardins immaculés sont le théâtre d'une activité intense. Des types en uniforme noir s'empressent, et tendent des fils électriques depuis la maison jusqu'à des chapiteaux blancs dressés un peu partout sur la pelouse. D'autres personnes sont en train de poser une piste de danse devant une scène pas tout à fait terminée, d'autres encore délimitent l'emplacement de tables avec des rubans et des plans de salle. Des jardiniers sont juchés sur des échelles et accrochent des lanternes et des guirlandes multicolores aux platanes, enfin une dizaine d'hommes en bleu de travail démontent une fontaine élégante au centre de la pelouse et la déplacent en bordure de parc.

Je regarde toute cette agitation un moment, fascinée. Puis mes yeux atterrissent sur une silhouette au cœur de la tempête. Hunter. Il porte une chemise blanche et un pantalon à pinces, ses cheveux plus courts que lors de notre dernière rencontre. Il tient des fiches, donne des directives aux différentes équipes et discute avec une blonde, à côté de lui. Elle se tourne, se protège les yeux de l'éclat du soleil, et je reconnais Alicia, la femme de mon entretien, celle que Hunter m'a présentée comme étant une vieille amie de la fac.

Je la vois qui se penche sur lui, pour regarder ses papiers. Il dit quelque chose et elle rejette sa tête en arrière et rit, ses cheveux blonds retombant en douces vagues autour de son visage. Puis elle pose une main sur son bras, et le regarde avec adoration.

Ses sentiments ne pourraient être plus clairs affichés sur un panneau publicitaire à Times Square.

Voilà pourquoi il ne voulait pas de toi ici, chuchote une petite voix perfide dans ma tête. *Il a mieux à faire.*

Je lutte contre un vertige subit, quand je sens quelqu'un arriver à ma hauteur. Je me retourne. C'est Camille, qui regarde Hunter et Alicia avec un sourire satisfait sur son visage poudré.

— Quelle jeune fille adorable, roucoule Camille, qui porte une robe légère en lin, une écharpe de soie de couleur vive nouée avec désinvolture à son cou. Vous saviez qu'ils avaient fait leurs études ensemble ? Sa famille a le bras long, et bien sûr, elle est extrêmement bien éduquée. Toujours à vouloir rendre service, la première arrivée pour saluer la maîtresse de maison…

La fin de sa phrase a un écho sournois. Je sens mes joues s'embraser.

— Bonjour, Mrs Covington, je bredouille. Je vous prie de m'excuser, j'arrive juste. Je cherchais Hunter.

— Eh bien, vous l'avez trouvé. Camille me regarde de haut en bas. Ses lèvres se retroussent en un rictus amusé, et à cet instant, j'ai l'impression d'être habillée d'un vieux sac-poubelle, et pas de ma petite robe d'été. Il est un peu occupé pour l'instant, avec la réception. Mais Alicia a eu la gentillesse de venir l'aider.

— Une réception ? je répète, en me sentant complètement nulle.

— Pour notre anniversaire, à Richard et à moi. Nous organisons une grande soirée, demain. Ce sera l'événement mondain de la saison, tout le monde sera là. Camille m'offre un sourire condescendant. Mais j'imagine que Hunter a dû vous expliquer tout ça.

Je la dévisage, alors que mon sang se glace.

— Non ? Camille note mon hésitation. Une joie suprême passe dans ses yeux, qu'elle s'empresse de masquer avec une petite tape amicale sur mon bras. Ne vous en faites pas, ma chérie, je suis certaine qu'il a simplement voulu ne pas vous ennuyer avec ça. Des soirées comme celles-ci peuvent être si… stressantes. Rencontrer des gens d'un milieu social différent du vôtre, craindre à tout instant de ne pas dire ce qu'il faut. S'habiller sans faute de goût… Elle se tait, mais le message a le mérite d'être clair. Je ne suis rien, et certainement pas apte à participer à l'une de ses fabuleuses réceptions sans manquer de respect à un invité, ou faire tache parmi la foule.

Et manifestement, c'est aussi ce que pense Hunter.

J'accuse le coup sous l'effet d'un profond sentiment de rejet, mais je suis déterminée, pas question de montrer ma douleur à Camille.

— Oh, cette soirée-là ? je parviens à dire sur un ton dégagé. J'avais complètement oublié. Hunter déteste tellement ce genre de mondanités, j'ai préféré ne pas l'embêter avec ça. Il est si gentil d'avoir accepté de rester encore un peu pour vous aider, avant de rentrer à la maison.

— La maison ? Camille hausse les sourcils. Oh, vous parlez de votre petite ville. Mais Hunter ne compte pas… Non, elle s'interrompt. Ce n'est pas à moi de vous en parler. Je suis sûre qu'il vous expliquera tout ça lui-même.

Expliquer quoi ? Je la fixe, pétrifiée, mais Camille le sait, elle a gagné. Et elle se fend d'un sourire sirupeux.

— Bien, ravie de vous avoir revue, Brittany. Soyez prudente sur la route…

Et sur ce, elle s'éloigne, légère et désinvolte.

Je me retourne face aux jardins, repense à ses paroles. Hunter ne compte pas quoi… Rentrer à Beachwood ? Est-ce cela qu'elle a failli me dire, ou cherche-t-elle uniquement à semer le trouble dans mon esprit, à créer un clash entre nous par tous les moyens ?

Sous mes yeux, Hunter continue de discuter avec Alicia, s'arrête parfois pour répondre au personnel qui s'agite autour de lui. Alicia porte un pantalon en soie et un T-shirt discret, décontracté. Avec son bronzage et ses cheveux, elle est parfaitement assortie à Hunter. On les dirait tous les deux tout droit sortis d'un magazine, tellement brillants et riches et à l'aise.

Le golden boy dans son cadre naturel.

C'est là qu'est sa place, me chuchote une voix, et j'en ai mal jusqu'aux tripes. *Tu ne le vois donc pas ? C'est ici qu'il doit être, à régner sur le monde, avec une fille comme Alicia à ses côtés.*

Je tremble, glacée. Toute mon euphorie à l'idée de retrouver Hunter a disparu maintenant, et il ne reste plus rien en moi qu'un terrible pressentiment, visqueux et sinistre. Une partie de moi a envie de s'éclipser, comme ça, de tourner les talons et de m'en aller, comme si je n'étais jamais venue ici, mais je le sais, il ne faut pas. Ça donnerait raison à Camille. Il faut que je parle à Hunter, que je le tienne entre mes bras. Et puis tout s'arrangera, je me dis au bord du désespoir. Tout s'arrangera.

J'inspire profondément, puis descends les marches du perron et me dirige vers eux.

Chapitre vingt

— … Et si après le dîner à table, nous optons pour le buffet de desserts, je pense que les gens se sentiront plus à l'aise pour bavarder et danser, j'entends dire Alicia en m'approchant. Deux types prennent des notes et puis s'en vont pour exaucer au plus vite ses volontés.

Hunter laisse échapper un soupir de soulagement.

— Bon sang, Alicia, tu me sauves la vie. Il l'entoure de son bras et la serre très fort. Sans toi, je n'aurais même pas su par où commencer.

Je me tiens derrière eux, parfaitement immobile. Ils ne m'ont pas vue encore et après une attente insoutenable qui semble durer une éternité, je toussote pour attirer leur attention.

— Hmm, euh…

Hunter se retourne, s'écarte d'Alicia.

— Brit ! s'exclame-t-il, les yeux écarquillés sous l'effet de la surprise. Que fais-tu ici ?

J'essaie de sourire gaiement.

— Je pensais que tu ne pouvais pas t'échapper, alors je suis venue à toi.

J'attends qu'il m'embrasse, me prenne entre ses bras, me touche d'une façon ou d'une autre, mais Hunter ne fait pas un geste, comme s'il voyait une revenante. Puis il regarde le sac dans ma main. Et tu... restes ?

L'horreur dans sa voix est claire. Mon cœur s'effrite, dans ma poitrine.

— Non, je me dépêche de répondre. Je t'ai apporté quelques affaires de la maison. Je ne savais pas ce dont tu avais besoin, alors j'ai pris un peu de tout.

— Oh. Merci. Hunter paraît soulagé. Il se penche et me prend le sac. Euh, voici Alicia, il ajoute, comme s'il venait juste de se rappeler sa présence.

— Je la reconnais, je réponds en lui jetant un regard perplexe. Nous nous sommes déjà rencontrées.

— Exact ! s'exclame Hunter. L'entretien.

— C'est super de vous revoir, Brit. Alicia est tout sourire, elle me fait une bise sur chaque joue, parfaitement à l'aise. Comment allez-vous ? Je tiens à m'excuser une fois encore pour ce qui s'est passé, ajoute-t-elle, avec l'air coupable. Maxwell a de ces manières, une vraie brute, à la limite de la cruauté.

Visiblement, elle ne se sent pas coupable d'autre chose.

— Ce n'est pas grave. Je fais en sorte de me tenir plus droite, et je la regarde de haut. Puis je m'approche de Hunter, glisse un bras autour de sa taille, mais il ne réagit pas, et je sens son corps se crisper sous ma main.

Alicia reste plantée là, gênée. Le silence s'éternise.

— Vous avez l'air très occupés, je lâche finalement, en désignant les jardins devant nous.

— C'est du délire ! s'exclame Alicia, sur un ton un peu trop enjoué. J'en suis consciente, ça ne ressemble pas à grand-chose dans l'immédiat, mais demain soir, ce sera mieux que dans les contes de fées. Elle est rayonnante. Hunter a tout sous contrôle.

— J'en suis loin, la reprend Hunter, mais un léger sourire se dessine sur ses lèvres.

— C'est la vérité. Alicia éclate de rire. C'est sûr, On dirait un vrai chantier. Encore hier, il mettait au point les derniers détails, me dit-elle, sur le ton de la confidence. Et aujourd'hui encore il réfléchit à la façon de faire mieux.

— Le stress est bon conseiller, remarque Hunter, sarcastique.

— Eh bien, tu ferais mieux de stresser un peu plus, là, le taquine Alicia, avant de se tourner vers moi, avec un autre de ses sourires amicaux. Ne vous inquiétez pas, tout sera prêt à temps. Vous allez adorer.

Je reste là, silencieuse, humiliée. Alicia pense que je suis au courant, pour la réception. Et comment pourrait-il en être autrement ? Je suis la petite amie de Hunter, non ? Elle croit bien sûr que je serai de la fête. Seulement, la vérité est tout autre, je le sais.

Et Hunter aussi.

Je me tourne vers lui, mais il fuit mon regard, reporte son attention sur les jardins. Je fais un effort pour garder mon calme. Il y a forcément une explication, il ne peut pas en être autrement.

— Bien, je ferais mieux de retourner au bureau, dit alors Alicia après un coup d'œil à sa montre. Brit, heureuse de vous avoir revue. Nous aurons plus de temps pour parler demain, à la réception. Quant à toi, dit-elle en se retournant vers Hunter, ne m'appelle pas, à moins d'une urgence.

— Mais…

— Commander la mauvaise couleur de lilas n'est pas une urgence, l'interrompt-elle.

Hunter soupire.

— Va expliquer ça à ma mère.

Alicia rit, puis s'éloigne en trottinant en direction du perron, et nous laisse seuls.

Je me tourne vers Hunter, la gorge serrée, et j'attends ses explications. Une excuse. N'importe quelle raison qui explique que pendant que je devenais folle tant il me manquait, à devoir me contenter de brèves conversations au téléphone, lui s'occupait de décoration de tables et de petits fours. Je le croyais empêtré dans un drame familial majeur, mais aujourd'hui je suis bien forcée de l'admettre, tout ça était un mensonge.

— Hunter ?

Ma voix manque d'assurance, et je me déteste pour ça. Je déteste me sentir dans cet état, comme à l'écart d'une joyeuse bande de copines, à l'école, à attendre que quelqu'un m'invite à venir jouer. J'ai passé ma vie à regarder les autres nager dans le bonheur, en me disant que je ne m'en souciais pas.

Aujourd'hui, cela ne m'est pas du tout égal, et je me retrouve exactement à la case départ. La moins que rien, la pauvre paumée, le nez collé à la vitre du château du Prince charmant, le suppliant de me laisser entrer.

Toute une existence de doutes et de peurs se bouscule dans ma tête. À ce moment Hunter toussote.

— Je ne t'attendais pas. Ma mère a appelé Alicia à la rescousse, il s'empresse d'ajouter. Elle a une grande pratique des soirées mondaines, elle connaît tous…

— Je me moque d'Alicia, je l'interromps sans ménagement.

Ce qui est vrai. Sa relation avec sa copine de fac n'est pas le problème, ici. Mais alors pas du tout. La seule chose qui m'importe, dans l'immédiat, est d'exploser le mur qui se dresse entre nous, de dissiper cette tension qui nous sépare.

Mais Hunter ne bouge pas, Hunter ne dit rien. Et à chaque seconde qui passe, les petits chuchotements de l'angoisse et du doute dans ma tête montent en puissance, la peur va crescendo.

Il ne veut pas de toi ici. N'importe quelle idiote pourrait le voir.

Tu ne seras jamais assez bien pour lui.

Non !

Je ne peux pas le croire. Pas après tout ce que nous avons partagé.

La peur ne me lâche plus, et je cherche sa main.

— Viens avec moi, je lui dis, et je mêle mes doigts aux siens, les serre tendrement. Il faut qu'on parle.

Mais Hunter résiste.

— Je dois vraiment m'occuper de tout ça. Hunter regarde autour de lui. Si tu pouvais m'attendre une vingtaine de minutes…

— Non ! je l'interromps, et la peur en moi est telle maintenant, que j'en ai froid et chaud tout en même temps. Ça ne peut pas attendre. Une semaine que je suis seule à Beachwood, à le laisser m'échapper. Tout de suite !

Je l'entraîne, loin du bruit et de l'agitation, foule avec détermination cette pelouse, objet de tous les soins, jusqu'à une petite tonnelle rose, derrière la maison. Je l'attire à l'ombre, loin de la foule, et l'enlace pour lui donner un long et profond baiser.

Mon Hunter.

Je me presse contre lui, m'abreuve désespérément à ses lèvres, et ouvre ma bouche pour l'embrasser plus profondément et cherche sa langue. J'ai besoin de lui, besoin d'apaiser mes doutes sur le point d'exploser, besoin de savoir que rien n'a changé entre nous, et que tout ça n'est que le fruit de mon imagination. Mes mains errent sur son torse, cherchent avec fébrilité à l'attirer contre moi, tant j'ai besoin de le sentir plus. De sentir tout. Pendant un moment, Hunter réagit, répond à mon baiser avec passion, puis on entend un cri en provenance des jardins, et c'est comme si quelqu'un éteignait la lumière. Il se fige, immobile entre mes bras, puis il s'écarte.

— Hé. Il m'attrape les poignets, m'oblige à reculer. Doucement…

Mon cœur vacille.

— Qu'est-ce qui ne va pas ?

— Rien, il répond, en regardant nerveusement autour de lui. C'est juste… Ma mère est déjà sur les nerfs avec la réception. Je n'ai pas envie que ça empire.

Je retiens mon souffle en sentant la peur qui m'enveloppe, glaciale, et m'étreint avec ses griffes acérées.

Il a honte de moi.

Cette prise de conscience me fait l'effet d'une claque magistrale et ravive un raz de marée de souvenirs. Ces rendez-vous furtifs que les mecs me donnaient, en dehors de la ville, à la nuit tombée. Les liaisons secrètes, et les jours où ils me croisaient dans la rue sans même un regard. Et les soirs où ils se pavanaient en compagnie de leur petite amie officielle, riant avec leur famille et leurs amis. Je savais ce qu'ils pensaient. Que je n'étais bonne qu'à une chose.

En fin de compte, Hunter est bien pareil qu'eux.

Oh, non.

La douleur enfle en moi, mais je la réduis au silence, et m'empare de la seule arme à ma disposition. La colère.

— Et alors, tu crois qu'elle va se fâcher en te voyant batifoler avec ta vieille copine de fac ? Ma voix est cassante, sarcastique.

Hunter me regarde, les yeux ronds.

— Quoi ? Brit, non. Voyons, je suis heureux que tu sois là. Il reprend mes mains, les presse contre son cœur.

Tu m'as tellement manqué. C'est juste… Ce n'est pas le bon moment. Je suis très occupé…

— Avec la réception ? je dis, sur un ton sec.

— Avec la réception, les affaires de papa, maman. Maintenant qu'il est loin des autres, Hunter abandonne son sourire et paraît juste épuisé. Mais je suis vraiment heureux que tu sois venue, je t'assure.

Il essaie de me reprendre contre lui, mais maintenant c'est moi qui ne bouge pas. Je m'efforce de garder le contrôle, mais une vague d'émotion me submerge, tous les doutes et toutes les peurs que j'ai réussi à ignorer depuis que Hunter est réapparu dans ma vie ressurgissent et montrent leur visage hideux.

— Pourquoi ne m'as-tu rien dit ? je chuchote, en le regardant dans les yeux. À propos de la réception.

Hunter semble mal à l'aise.

— Ce n'est rien qu'un de leurs idiots de rendez-vous mondains de plus. Maman m'a embrigadé là-dedans, en me faisant culpabiliser une fois de plus.

— Mais c'est une soirée familiale avant tout, l'anniversaire de mariage de tes parents, je dis, serrant les dents pour ravaler les larmes qui se bousculent au fond de ma gorge. Elle a bien insisté là-dessus, tout le monde sera présent…

— Tu as parlé à ma mère ? Le visage de Hunter se crispe. Merde.

J'en reste bouche bée. Il s'inquiète plus de savoir que j'ai croisé sa mère, que de m'avoir menée en bateau toute la semaine ?

— Quoi, c'est un crime ? je réplique en le défiant du regard, ma colère près d'exploser maintenant. Tu aurais préféré sans doute que j'emprunte l'entrée de service, que personne ne sache que je suis là ?

Son front se plisse sous l'effet de la confusion.

— Brit, mais qu'est-ce que tu racontes ?

— Tu ne veux pas de moi ici ! je hurle. Poings serrés, ongles enfoncés dans ma chair. Si j'arrive à me maîtriser, alors peut-être que je n'éclaterai pas en sanglots, peu importe combien ça fait mal, à l'intérieur. Tu ne m'as pas demandé de venir, tu avais trop peur que je vienne. Mais si tu veux mettre un terme à tout ça, alors dis-le ! Ne me fais pas marcher comme une pauvre fille !

Hunter secoue la tête.

— Ce n'est pas ce que je fais. Et il faut que tu te calmes.

— Pourquoi, tu as peur que je cause un scandale ? j'aboie, le rejet, acide, me brûle à l'intérieur. Tu as oublié, Hunter, je suis très douée pour ça. Une parfaite petite traînée minable et hystérique, demande autour de toi !

— Brit ! Hunter une fois de plus veut m'attraper, mais je me dégage avec violence.

— À quoi tu joues, Hunter ? je demande. Tu dis que tu veux en finir avec tout ça. Te construire une vie rien qu'à toi, qui te ressemble. J'ai cru que tu étais sincère. J'ai cru que nous… Un sanglot m'empêche de continuer, mais les mots résonnent dans le silence, non dits.

J'ai cru en nous.

— J'étais sincère, et rien n'a changé ! Le visage de Hunter se durcit. Mais Brit, tu n'as pas la moindre idée de ce que j'endure, ici.

— Parce que tu ne m'en dis rien ! je crie. Comment suis-je censée faire partie de ta vie si tu ne me laisses pas y entrer ?

— Je cherche juste à te protéger ! Il hurle à son tour. Tu as envie que ma mère te prenne la tête toute la sainte journée, à toi aussi ? Avec toute cette culpabilité et cette merde et ce chagrin ?

— Je veux que tu sois honnête, je rétorque entre deux sanglots, car maintenant c'est le déluge, les larmes coulent à grands flots brûlants sur mes joues. Si tu voulais juste du sexe, tu aurais dû être clair ! Mais au lieu de cela, tu m'as fait toutes ces promesses. Et moi, je t'ai cru !

Espèce d'idiote. Tu le savais, pourtant, c'était trop beau pour être vrai, et il a fallu que tu tombes amoureuse de lui malgré tout.

— Tout cela n'a rien à voir avec toi ! crie Hunter, tout son corps en proie à une tension extrême. Rien n'a changé entre nous, Brit. Si tu pouvais juste me laisser seul régler tout ça…

— Donc tu ne veux pas de moi ici, je l'interromps, n'entendant que du rejet dans ses paroles. Eh bien, tu aurais dû me le dire avant, ça m'aurait évité de venir et de passer pour une idiote.

Je tourne les talons pour partir, mais Hunter attrape mon bras et m'en empêche.

— Pas question, il marmonne et me plaque contre le mur. Tu ne vas pas me mettre ça sur le dos, comme si c'était ma faute.

Je le dévisage, stupéfaite. Comment peut-il dire ça, après tout ce qui s'est passé ?

— Tu m'as abandonnée ! je crie. Tu avais promis. Tu as dit que tu ne me laisserais jamais. Et aujourd'hui, voilà – je gesticule, montre les pelouses manucurées, la maison avec ses colonnes, et la vie extraordinaire de richesse dont je n'oserais même pas rêver. – Je parie que tu ne sais même pas quand tu reviendras ?

— Mon père… réplique Hunter, encore hors de lui.

— Des conneries, je le coupe, entre deux sanglots. Ton père va bien, il a toujours été en pleine forme. Mais toi, tu es encore ici, à chercher à te comporter comme le fils idéal, bien que tu détestes ce petit jeu. À moins que tu ne détestes rien de tout ça, finalement… Je le dévisage et je comprends tout. Ta mère avait peut-être raison, et

Beachwood était juste un caprice, l'envie de jouer à celui qui fait ses propres choix. C'était juste un jeu. J'étais juste un jeu, pour toi.

Je sens un autre sanglot qui m'étrangle, vide et désespéré. Oh, mon Dieu, encore une fois je me suis fait avoir. Je l'ai cru, quand il m'a dit que tout était vrai. Je lui ai donné mon cœur, je lui ai tout donné, et lui il est en train de m'abandonner, juste comme les autres l'ont fait avant lui.

— Tu n'imagines pas quelle pression je subis ! Les yeux de Hunter sont noirs de frustration. Mon père compte beaucoup, pour moi, tous les deux comptent. Mais ça, tu ne peux pas le comprendre…

Je suffoque, au bord de l'asphyxie.

— Ah, mais tu as raison. J'oubliais, j'ai de la chance que ma junkie de mère soit partie il y a des années, et de n'avoir jamais connu mon père.

— Ce n'est pas ce que j'ai voulu dire ! réplique Hunter, furieux.

— Alors explique-moi ! Je suis effondrée, le poids du rejet trop lourd sur mes épaules. En fait, tu ne reviendras pas, jamais. Et tu ne veux pas de moi ici. C'est terminé.

— Mais Brit, écoute-moi à la fin ! Hunter hurle, cogne du poing contre le mur.

— Tes actes parlent pour toi, c'est clair. Je relève la tête, dans un ultime sursaut de détermination je le regarde droit dans les yeux. Si tu ne peux pas le dire, je vais le faire. C'est terminé. Tu ne veux pas de moi ici. Je ne suis pas à ma place ici.

Et je m'enfuis, des larmes plein les yeux.

— Brit ! je l'entends qui m'appelle, mais je ne ralentis pas. Je cours désespérément, cours à perdre haleine à travers cette maison et là je tourne en rond dans les pièces immenses qui se mêlent en un labyrinthe sans fin de sols en marbre et de meubles de style. Je me retrouve alors à mon point de départ et là me cogne contre Hunter qui court lui aussi.

Il m'attrape par les mains, me retient.

— Tu ne partiras pas comme ça !

Je refoule mes larmes, me déteste quand je sens combien son contact encore m'affecte, cette chaleur qui imprègne mon corps, juste à sa proximité.

— Pourquoi ne me laisses-tu pas partir ? je crie.

Les yeux de Hunter sont plein de contradictions.

— Combien de fois devrais-je te le répéter ? Tout cela n'a rien à voir avec toi. Ce sont mes problèmes, Brit. Je veux juste te protéger !

— Je n'ai pas besoin qu'on me protège ! je réponds en hurlant, et Hunter recule, et finalement me lâche. Une peine immense m'envahit, si profonde que c'est à peine si je peux la supporter.

Mais quand finirai-je par le comprendre ? Il y a certaines choses que les filles comme moi ne peuvent garder.

— Je pensais que tu étais différent, je sanglote, abattue. Mais tu es juste comme tous les autres.

Hunter fulmine.

— Ne reporte pas ça sur moi ! il rugit. Je t'ai expliqué, mais tu n'écoutes pas. Tu es trop aveuglée par ton passé pour comprendre !

— Moi ? je réplique. Regarde donc autour de toi, Hunter. Si je suis aveuglée par le passé, alors toi, tu es piégé dedans ! Tu ne t'en libéreras jamais tant que tu n'auras pas compris que ce n'est pas de ta faute. Mais jamais tu ne les laisseras, pas vrai ? je pleure, pas sur moi cette fois, mais sur lui. Parce que même depuis les ténèbres du chagrin et du rejet, ça me brise le cœur de voir Hunter si tourmenté, essayant de se racheter pour des crimes qu'il n'a pas commis. Tu vas gâcher toute ta vie à essayer de réparer les choses, mais tu n'y arriveras jamais.

La douleur décompose son visage, et l'espace d'un instant, mon sentiment de rejet ne compte plus. J'ai envie d'aller vers lui, de le serrer, de lui dire qu'il doit être fort et courageux et laisser toute cette culpabilité derrière lui. J'ai envie de panser ses blessures avec mille baisers, et de chasser les ombres dans ses yeux. Il me laisserait faire, je le sais. Il sent j'en suis sûre mon corps appeler le sien, combien j'ai faim de lui.

Mais qu'arriverait-il au petit matin, à la lueur crue du jour ?

Il redeviendrait le golden boy, or moi je ne suis personne.

Rien.

Je me force à reculer d'un pas, utilisant les dernières forces qui me restent.

— C'était voué à l'échec, dès le début, je chuchote. Salut.

— Brit, de nouveau Hunter proteste, la voix rauque, brisée, les yeux plein de chagrin. Je t'en prie.

C'est une prière désespérée, mais je ne peux en supporter plus. Je me détourne de lui et m'enfuis, la douleur me submergeant, les sanglots du rejet me mettant en pièces, mon cœur brisé en mille morceaux.

Je retrouve enfin mon chemin jusqu'au hall d'entrée et m'élance. Je n'arrive plus à respirer. La douleur est trop intense, à peine si j'arrive à mettre un pied devant l'autre tandis que je rejoins en titubant le pick-up. J'ouvre la portière, me mets au volant, trouve je ne sais comment les clés et mets le contact avant de démarrer sur les chapeaux de roue, direction le portail.

J'essuie mes larmes qui n'en finissent pas de couler et regarde dans le rétroviseur. Une silhouette apparaît sur le perron alors que je m'éloigne. Hunter me regarde partir, à chaque seconde de plus en plus petit.

Puis c'est le virage, et il disparaît.

Je reporte mon regard sur l'allée devant moi, et mon cœur, lui, continue de partir en lambeaux.

Chapitre vint et un

Hunter

J'arrive en courant sur le perron, juste à temps pour voir le pick-up s'éloigner dans un nuage de poussière. Je m'appuie contre une colonne, à bout de souffle. Avec l'impression que Brit m'a arraché le cœur pour l'emporter avec elle, c'est comme si tout ce qui comptait pour moi en ce monde venait de s'en aller, comme ça.

Merde.

Merde !

Je retourne à l'intérieur et monte quatre à quatre dans mon ancienne chambre, j'attrape mes clés et jette quelques affaires dans un sac. Je vais partir à sa poursuite, retourner à Beachwood pour la retrouver. Et alors je lui expliquerai, je sais qu'elle finira par comprendre…

Comprendre quoi ? Qu'elle a raison, sur toute la ligne ? Que tu es piégé et foutu, et que tu ne vaux pas mieux que les autres garçons qui l'ont fait pleurer ?

La vérité de ses paroles est comme une douche froide sur mon désespoir, et la culpabilité telle une lame vient se planter dans mon cœur jusqu'au manche.

Je m'écroule sur le lit, et j'essaie de rassembler mes pensées. Comment ai-je pu être aussi fou ?

Je n'ai jamais eu l'intention de lui faire du mal, mais c'est tout comme. Je n'imagine pas ce qu'elle a dû ressentir, en arrivant ici et en voyant les préparatifs pour une réception où l'idée de l'inviter ne m'a jamais traversé l'esprit. Je voulais juste lui épargner une autre soirée débile de ce monde que je déteste, mais pour Brit, je ne vaux pas mieux que cette ordure de Trey que j'ai vue, le soir où j'ai débarqué au bar. À me comporter comme si j'avais honte d'elle, comme si elle n'était qu'une espèce de secret inavouable.

Alors qu'en réalité, elle est tout pour moi.

Et maintenant, elle est partie.

Je me laisse tomber sur le lit les bras en croix, et je contemple le plafond. J'ai l'impression que mon cœur va s'arrêter, juste là, cassé, mais ce n'est rien comparé au poids de la honte qui m'étreint quand je réalise comment j'ai tout gâché.

Je lui avais dit que je ne l'abandonnerais jamais, c'est pourtant ce que j'ai fait. Elle avait dit qu'elle m'aimait, et je lui ai brisé le cœur en deux.

Je ne peux pas vivre sans elle.

Même pendant qu'elle criait, qu'elle me hurlait dessus, et que j'étais trop frustré pour y voir clair, j'avais besoin d'elle. Aussi vrai, aussi fort que l'eau et que l'air. Je ferme les yeux de toutes mes forces et je vois son beau visage, les profondeurs d'amertume et de tristesse dans ses yeux aussi clairs que le cristal. Tout mon corps la réclame, et ce n'est pas simplement à cause du désir. C'est quelque chose de plus profond, comme si nos atomes maintenant avaient fusionné à jamais, un lien contre lequel même la distance ne peut rien.

Il faut que j'arrange ça. Mais comment vais-je m'y prendre ?

Encore faudrait-il que tu y voies clair toi-même !

Je me lève, les idées se bousculent dans ma tête. Je pensais faire ce qu'il fallait, rentrer à la maison et assumer toute la culpabilité et les reproches que voudraient me faire mes parents, mais tout ce que Brit a dit est vrai. Je ne serai jamais libre. Je le vois clairement cet avenir devant moi, les années de réceptions et de rendez-vous avec les clients, le chantage affectif de ma mère et la déception stoïque de mon père. Une épouse formatée, une belle villa. Tout ce que j'avais décidé que je ne voulais surtout pas.

Toute ma vie foutue en l'air, et pourquoi ?

Pour me faire pardonner un passé contre lequel on ne peut rien ? En l'honneur d'un frère qui me botterait le cul en me voyant agir comme ça ?

Ce n'est pas une façon d'honorer sa mémoire, j'en prends conscience. Me forcer à vivre dans l'ombre de Jace ne nous le ramènera pas. Merde, s'il était là aujourd'hui, il me crierait dessus et me dirait de me dépêcher de réagir. D'arrêter de me flageller comme ça, et de me construire une vie qui me ressemble, de partir et de profiter de chaque moment de bonheur que lui n'a pas eu la chance de goûter. D'aimer suffisamment fort pour deux, jusqu'à mon dernier souffle.

Il me donnerait la raclée du siècle pour avoir fait ça à Brit.

Je sens un sourire se dessiner sur mes lèvres, pour la première fois depuis ce qui me semble une éternité. Je sais ce qu'il me reste à faire. J'espère seulement qu'il n'est pas trop tard pour arranger les choses.

Je vais montrer à cette fille qu'elle est la seule et l'unique, pour moi. Ma lumière, mon cœur, tout. Pour toujours.

Chapitre vingt-deux

Brit

Je roule pendant des heures dans la grande ville, complètement effondrée, en larmes. Je ne peux pas rentrer tout de suite à Beachwood, le cœur en mille morceaux, là où chaque rue me renvoie à un souvenir de lui. À la seule idée de retourner dans cette maison, de passer sous ce porche où il m'a embrassée, de me retrouver dans ces pièces où nous avons discuté et ri, je ne peux pas le supporter. Je ne sais que faire, alors je vais au seul endroit auquel je peux penser, le seul où je serai en sécurité.

Chez mon frère.

— Brit ? Juliet ouvre la porte et a un moment d'arrêt en me trouvant hébétée sur le palier, tellement accablée que je tiens à peine debout. Oh, mon Dieu, que t'arrive-t-il ?

— C'est terminé, je chuchote, désemparée. Il est parti.

Je n'ai même plus la force d'être désespérée. À présent, je ne suis rien qu'une masse informe de désarroi, sonnée, la douleur dans ma poitrine menace de me consumer tout entière. Je la regarde, vide et inconsolable. Je n'étais pas assez bien pour lui. Je n'ai jamais été assez bien pour les retenir.

— Chhuut ! Juliet me prend entre ses bras, caresse doucement mes cheveux, puis elle me fait entrer dans leur appartement. Je la suis comme un automate, la laisse m'installer sur le canapé, glisser une couverture autour de mes épaules. Emerson ne va pas tarder à rentrer, elle me dit à voix basse. Tu veux boire quelque chose ? Un thé. Dis-moi ce que tu veux.

— Hunter, je sanglote, et c'est une nouvelle crise de larmes. Il n'y a que lui que je veux.

Juliet hoche doucement la tête.

— Dans ce cas, c'est un whisky qu'il te faut.

Elle attrape une bouteille et me sert un verre. Je l'avale cul sec, puis j'en prends un autre. Et en redemande un troisième en suivant.

Juliet hésite.

— C'est trop dur, je la supplie. Je t'en prie, pour anesthésier la douleur.

— Oh, ma puce. Au lieu de me servir un autre verre, Juliet pose la bouteille et m'attire entre ses bras une nouvelle fois, et pose ma tête contre son épaule. Je suis désolée, mais la seule chose qui aide dans ce cas, c'est le temps.

Alors je reste blottie contre elle et je pleure, me répétant chaque mot de notre terrible dispute. Je revois Hunter avec Alicia, le sourire suffisant de Camille. Et pire que tout, ce moment où j'ai compris que Hunter ne me reviendrait pas. Que son choix était fait, que je ne faisais plus partie de sa vie.

J'ai l'impression de pleurer depuis des heures comme ça, mais mon corps lui n'en peut plus. Peu à peu, mes larmes s'assèchent, et il ne reste plus qu'un grand vide dans ma poitrine et une douleur aiguë dans ma tête.

— Ça va mieux ? demande Juliet avec tendresse quand enfin j'arrête de pleurer.

Je hoche la tête en reniflant. Elle me tend une boîte de mouchoirs en papier et se lève.

— Je vais te préparer du thé.

Elle disparaît dans la cuisine, me laisse seule dans le salon inondé de soleil. Pour la première fois, je regarde autour de moi, remarque la peinture fraîche sur l'encadrement des fenêtres, et de nouvelles photos au mur. Ils ne vivent là que depuis deux mois, mais déjà, c'est chez eux, leur petit nid. En bas, par les fenêtres ouvertes, j'entends la circulation, et dans la cuisine, la radio diffuse de la musique country sur la station préférée de Juliet.

Soudain, le bruit d'une clé dans la serrure.

— Brit ? Emerson crie et se précipite. Juliet a dû lui envoyer un texto pour lui expliquer. Il vient près de moi, recroquevillée sur le canapé, et son visage alors blêmit, et son regard noir est plein d'inquiétude.

— Oh, Brit.

Je tends les bras, comme je le faisais quand j'étais enfant, et comme il l'a toujours fait, Emerson me soulève et m'attire contre lui pour me bercer. Je m'accroche à lui de toutes mes forces, en regrettant le passé, quand je pleurais pour des broutilles, à cause de la méchanceté de brutes à l'école, ou parce que j'avais déchiré ma robe préférée. Emerson arrivait toujours à me consoler, il trouvait un moyen de réparer la robe ou allait faire la leçon aux garçons de mon école.

— Je vais le tuer, il dit entre ses dents serrées en s'écartant pour me regarder. Je te jure, je vais lui faire la peau.

Je secoue la tête.

— Non, je t'en prie, ça ne servirait à rien. Tu ne peux rien faire, là.

— Je peux lui arranger sa gueule de riche vite fait, grogne Emerson.

— Non, Emerson ! je proteste dans un cri. Il ne faut pas, ça n'avancerait à rien. Promets-moi de ne pas lui faire de mal, je l'implore en voyant cet éclat assassin dans ses yeux. Je t'en prie, Emerson, promets-moi.

— Donne-moi une seule bonne raison de ne pas aller le trouver, dit Emerson en croisant les bras.

— Je l'aime.

L'écho de ces trois petits mots flotte un instant entre nous, puis après un long silence, Emerson soupire.

— Ah. Bien. Il secoue la tête et me serre une fois encore entre ses bras, quand Juliet réapparaît avec le thé et des biscuits.

— Tu es sûre qu'il ne s'agit pas d'un gros malentendu ? elle demande, pleine d'espoir en posant le plateau sur la table basse. Peut-être qu'une fois calmés tous les deux, vous pourriez essayer de parler…

— C'est inutile, je l'interromps, avant qu'elle ne puisse me mettre dans la tête des idées de réconciliation et l'espoir que tout s'arrange. Il pourrait dire n'importe quoi, ça ne changerait rien. C'est toujours comme ça que ça se termine, j'explique, brisée et honteuse. Il y a quelque chose qui cloche, chez moi. Apparemment, quelque chose me manque pour qu'ils m'aiment. Il en a toujours été ainsi. Ils finissent toujours par partir. Hunter, maman, papa…

Je vois Juliet et Emerson échanger un regard par-dessus ma tête.

— Je dois aller récupérer des clichés au labo, dit alors Juliet. Vous n'avez qu'à rester là pour discuter. Ensuite, je reviendrai m'occuper du dîner. Je vais préparer la chambre d'amis, tu vas rester dormir ici.

— C'est inutile, je réponds, ne voulant pas m'imposer. Vous n'êtes pas…

— Tu restes, répète Juliet sur un ton sans appel. Je passerai faire quelques courses avant de rentrer. Que dirais-tu de lasagnes, pour le dîner ? Elle me sourit et m'embrasse sur la joue, puis Emerson l'accompagne à la porte. Ils parlent à voix basse un certain temps, puis il lui donne un baiser pour lui dire au revoir. Une brève étreinte, leurs lèvres se touchent à peine, mais l'amour entre eux est évident, si fort, que de nouveau j'ai mal au cœur.

Comme j'ai envie de ça. De ce que je pensais avoir trouvé avec Hunter. De ce que mon frère partage avec Juliet. Ça. Cette sorte d'amour, éternel, entier.

Emerson revient s'asseoir près de moi sur le canapé.

— Alors, petite sœur… Il soupire et ramène mes jambes sur ses genoux. Si on commençait par le début…

Je lui raconte tout, en boule sur le canapé dans la chaleur de cet après-midi solaire. Emerson m'écoute en silence lui raconter comment j'ai pu être folle de croire que ce pourrait être différent, cette fois-ci. À la fin, alors que je reprends mon souffle, je regarde autour de moi l'appartement et mon frère, au milieu de tout ça, qui a enfin trouvé la paix.

— Au moins, toi, tu y es arrivé, je lui dis, pleine d'une fierté nostalgique. Tu as réussi.

— Ça n'a pas été facile, répond Emerson. Faire confiance à Juliet, se pardonner mutuellement nos erreurs. C'est la chose la plus dure que j'aie jamais faite. Mais c'est la vie, Brit. C'est l'amour. Il faut que tu saches ce que tu veux le plus et te battre bec et ongles pour l'avoir. Parce que ce n'est jamais facile, quand ton cœur est en première ligne. Parce que forcément tu vas prendre des coups, et être en colère et avoir peur.

— Mais comment as-tu fait, toi, pour y arriver ? je demande, désespérée. Comment savoir si le jeu en vaut la chandelle ?

Emerson me regarde avec une certitude éclatante dans son sourire.

— Tu le sais, c'est tout. Tu le sais comme tu sais comment tu t'appelles. Parce que ça fait partie de toi. Parce que l'aimer, elle ou lui, c'est toi… Il détourne les yeux, soudain intimidé, mais ses paroles continuent de faire écho en moi.

Hunter.

— L'aimer était si facile, je me surprends à avouer à Emerson. Je ne me suis même pas vue tomber amoureuse. Mon cerveau produisait tellement de raisons pour que nous ne soyons pas ensemble, c'est mon cœur qui a juste pris la décision de foncer tout droit et de le faire, malgré ma tête.

Emerson me sourit.

— Comme Juliet et moi. Pourtant, j'ai lutté contre comme un fou. Mais en fait, j'étais déjà cuit à la seconde même où on s'est rencontré.

Je ravale une bouffée de larmes. Je me réjouis du happy end de leur histoire, pour mon frère, sincèrement. Personne ne mérite le bonheur plus que lui. Mais ça me rappelle juste que moi, apparemment, je ne le mérite pas. Je n'ai pas Hunter auprès de moi, à tenir entre mes bras, je suis toujours seule en ce monde. Et je le resterai toujours, sans doute.

— Je ne sais pas quoi faire, je chuchote, désemparée, mes plus sombres peurs imprègnent ce cocon de chaleur. Je sens une douleur, la même horrible souffrance que j'ai trimballée toute mon existence. Qu'est-ce qui les fait fuir chez moi ?

— Ça n'a rien à voir avec toi, objecte Emerson, mais je secoue la tête.

— Inutile de prétendre le contraire. Enfin, Emerson, il suffit de réfléchir trois secondes. Maman n'a jamais pensé qu'à nous abandonner, quant à papa… Je l'ai à peine connu. Il est parti si vite.

Je baisse les yeux, entre mes doigts, mon mouchoir en papier est en miettes. Je suppose que j'ai compris maintenant. Je ne serai jamais assez bien pour les faire rester.

— N'importe quoi. Emerson s'approche de moi et prend mes mains dans les siennes. Tu mérites d'être heureuse, plus que n'importe qui que je connaisse. Tu sais, certaines personnes sont juste pas formatées pour être parents, mais ça ne veut pas dire qu'on doive payer pour leurs erreurs. On peut avoir envie de faire les choses autrement. Avoir vraiment envie de donner la vie…

Je le regarde, intriguée soudain.

— Est-ce que… Toi et Juliet… ?

— Quoi ? Oh non ! On est même pas encore mariés, dit Emerson, mais il ne peut retenir un sourire. Bien sûr, on en a discuté. Mais ce n'est pas à l'ordre du jour, on verra ça plus tard. Tu peux avoir la vie que tu veux, Brit, il ajoute. Sur ce point, fais-moi confiance.

— Seulement je ne peux pas m'empêcher de penser qu'il doit y avoir une raison. Que si j'essaie encore, si je m'y prends différemment, alors peut-être ils resteront. Je secoue la tête, la gorge nouée. Quand j'étais petite, je rangeais toujours ma chambre. Tu te souviens ? C'était une obsession pour moi.

— Je me souviens. Emerson sourit. Tu étais par ailleurs tellement farfelue, je ne comprenais pas.

— Je pensais que si je gardais ma chambre en ordre, si j'étais sage, papa reviendrait à la maison, je chuchote ma confession, en évitant de regarder Emerson. En fait, tout ce que je voulais, c'était être comme les autres enfants. Eux, ils avaient un père qui les aimait, et c'était normal, tous les jours. Mais papa n'est jamais revenu. Et puis maman a commencé à se... C'est là que j'ai laissé tomber. Je hausse les épaules, me revois adolescente prenant cette décision, ce sentiment de liberté que j'en ai ressenti, aussi. Je me suis dit que si je ne méritais pas qu'il reste, alors ce n'était pas la peine que je m'ennuie à être une petite fille bien sage.

Emerson serre mes mains, et je me ressaisis.

— En fait, c'est plus fort que moi... Je pense que c'est ma faute. Si je savais ce qui s'est passé avec papa, si j'avais des réponses, j'arriverais peut-être à comprendre pourquoi il est parti... Je me tais, et secoue la tête, gênée. Pardon, je délire là, je sais. Tu as mieux à faire que de ressasser le passé.

— Parfois, ça peut être utile, répond Emerson avec calme. Parfois, pour avancer, tu n'as pas d'autre choix que d'affronter le passé.

Il me dévisage un long moment, puis il se lève et se dirige vers le bureau. Il ouvre un tiroir, en sort un bout de papier et revient s'asseoir sur le canapé. Emerson regarde la feuille entre ses mains un long moment, puis il me la passe.

Je regarde la page.

James Ray. Il y a une adresse aussi, gribouillée sous le nom.

— Papa ? je chuchote, sous le choc.

— Ray Jay a fini par le retrouver, explique Emerson. Il y a quelques mois de ça. Je ne savais pas si je devais t'en parler, si tu ne préférais pas oublier tout ça... Mais aujourd'hui, je crois que le moment est venu... Il se tait et me dévisage, comme s'il craignait que je ne m'effondre encore une fois. Que cela risque d'être le coup de grâce pour moi.

Je fixe le bout de papier entre mes doigts.

— Cette adresse… Ce n'est pas loin d'ici, je réalise en regardant Emerson. À une heure de route à peine.

Mon frère me sourit avec chaleur.

— Alors, il était là, je dis, le souffle coupé. Tout ce temps il était là, et il n'a jamais…

Je m'arrête.

Il n'a jamais pris la peine de venir voir comment j'allais. N'a jamais eu l'idée de passer un coup de fil.

— C'est à toi de voir ce que tu vas faire avec ça, soupire Emerson. J'ignore dans quel état il est, ou s'il a même des réponses à nous donner. Et peut-être même que tu ne devrais pas…

— J'y vais. Et je me lève d'un bond.

— Quoi, maintenant ? Brit, attends une minute… Emerson tente de me calmer, mais pour la première fois depuis ce naufrage avec Hunter, je ressens comme une certaine lucidité, une sorte de sérénité qui enrobe cette violente douleur dans ma poitrine.

— Non, il faut que je lui parle, j'insiste, et j'attrape mon sac. Tu as raison. J'ai besoin de réponses. Je dois affronter le passé.

— Prends au moins le temps d'y réfléchir, dit Emerson en m'emboîtant le pas. Attends demain matin, la nuit porte conseil et…

— Non, je réponds, déterminée. Il faut que je le fasse maintenant. Je serai rentrée pour le dîner, j'ajoute. Promis. Tout ira bien.

Emerson n'a vraiment pas l'air convaincu, mais il ne peut rien et il le sait.

— Sois prudente, il murmure. On ne sait rien de lui, dans quoi il trempe ou s'il a fait de la tôle à cause d'une connerie quelconque.

— Je sais, je le rassure. Crois-moi, je ne m'attends pas à ce que mon cher papa m'accueille les bras ouverts. Je veux juste lui parler.

— Appelle-moi si tu en as besoin, ordonne Emerson. Je viendrai tout de suite, d'accord ?

— Entendu – je lui souris –. Je t'aime.

— Moi aussi.

Chapitre vingt-trois

Je roule à tombeau ouvert, à la limite de la vitesse autorisée, cap sur l'adresse griffonnée sur ce bout de papier. Les mains crispées autour du volant, je laisse mes pensées vagabonder, un million de questions dans la tête. Par exemple, pourquoi est-il parti, qu'est-ce qui l'a poussé à rompre avec sa famille, à couper tout contact avec ses enfants, la chair de sa chair ? Lui arrivait-il de penser à moi, comme je pensais à lui, quand je voyais les autres pères venir à l'école chercher leurs enfants, bien au chaud dans un monde de certitudes qui restait pour moi une utopie ?

Une chose est sûre, si je veux un jour être libre, il faut qu'il me donne des réponses. J'ai tellement besoin de briser ce cycle maudit dans lequel je suis prisonnière, cercle vicieux où je me sens si nulle que je n'arrive pas à croire que quelque chose de bien puisse durer. J'ai poussé Hunter à bout, j'en suis consciente, mais je ne peux pas m'en empêcher. J'attends toujours que le château de cartes vacille et dégringole, que chaque moment de bonheur soit réduit en cendres. C'est la première chose que j'ai apprise, la douleur d'être abandonnée, et c'est à la lumière de cette leçon que j'ai vécu chaque jour de ma vie depuis.

Mais je n'en peux plus. Je ne peux pas vivre comme ça, à attendre que l'amour me délaisse. J'en suis certaine, je n'aimerai jamais personne comme j'aime Hunter, et pourtant je dois garder espoir. Espoir que quelque chose de bien m'arrivera, et que je ne perdrai pas. Qu'un jour, quelqu'un restera.

À mesure que les kilomètres défilent, j'ai les nerfs à fleur de peau, toutes mes émotions concentrées comme un rayon laser sur la tâche qui m'attend, alors que j'imagine mille scénarios. J'essaie de me raisonner, je ne dois pas trop en espérer. Emerson a raison. Nous ignorons ce que James est devenu. Un zombie peut-être, et c'était déjà le cas, quand nous étions enfants. Il le faut, je dois m'attendre au pire. Drogue, violence, peut-être la prison.

Quand je me gare à l'adresse indiquée, de l'autre côté de la rue, j'en reste bouche bée. Rien de ce que j'avais imaginé ne pouvait me préparer à ça.

C'est une maison ordinaire, dans une rue ordinaire. Normale. En banlieue. La voie sans issue passe devant la bicoque, un pavillon de plain-pied, il y a un garage dans la cour, assez grand pour deux bagnoles. La pelouse est tondue, un arbre centenaire au moins projette son ombre sur la maison et derrière le portail, sur le côté, j'aperçois la carcasse colorée d'un vélo d'enfant.

Je frissonne, mais je n'ai pas le temps de réagir, déjà un minivan ralentit et s'engage sur l'allée, avant de se garer devant la maison. Les portières s'ouvrent et deux enfants en surgissent. Un garçon, douze ou treize ans, le nez rivé sur sa console de jeu, et une petite fille. Elle porte une tenue de danse classique, justaucorps et guêtres rose bonbon, petit chignon.

— Jamie, aide ta maman avec les courses !

J'entends la voix de l'homme par ma vitre ouverte, mais le van me bloque la vue. J'éteins la radio, je me penche pour mieux voir. Une jeune femme brune l'air dynamique, aux allures de super-maman, ouvre le coffre du van pour en sortir des sacs. Le garçon manifestement rechigne à l'aider, sa sœur exécute quelques pirouettes sur la pelouse.

Je retiens mon souffle. Ce n'est pas possible, je me dis. Il y a erreur. Ray Jay a merdé avec l'adresse, ou peut-être James a-t-il déménagé entre-temps. Je n'ai jamais eu la chance de le connaître, mais le père dont j'ai entendu parler était un bon à rien, un fainéant, un raté. Et j'étais bien mieux sans lui, voilà ce que l'on m'a répété toutes ces années. Que je m'en sortirais mieux sans lui.

L'homme finalement rejoint la femme, à l'arrière du van.

Mon sang se glace.

C'est lui. Il est plus vieux, c'est sûr, mais le visage et les cheveux noirs sont les mêmes que sur ces vieilles photos que j'ai gardées. Mon père. Là, à une vingtaine de mètres à peine. Il prend la petite fille dans ses bras et la fait sauter en l'air, et la gamine laisse échapper un cri de joie et rit aux éclats alors qu'il la porte jusqu'à la maison.

La maman et l'autre enfant suivent, puis la porte se referme derrière eux, et le silence se fait. Une famille heureuse, l'image même du bonheur de la classe moyenne.

Je m'enfonce sur mon siège, sonnée. Il a une famille… Une autre vie ? Je l'ai toujours su, c'était une possibilité, mais d'une certaine façon, je n'avais jamais pu m'y résoudre. Après tout, il avait prouvé qu'il se moquait éperdument de nous, alors j'en avais déduit qu'il n'avait envie de s'encombrer ni d'une femme ni d'enfants. Qu'il était parti pour vivre sa vie, une autre vie.

Je me trompais.

À ce moment, j'entends un drôle de bruit dans le pick-up et là, je vois ma main qui tremble et tape nerveusement contre le tableau de bord. En fait, je tremble de partout, quand je réalise que pendant toutes ces années, il était là, tout près, se réveillant chaque matin dans une maison avec ses autres enfants, leur préparant leur petit déjeuner, les conduisant à l'école. Il a assisté à tous les spectacles de danse de sa fille, est allé voir son fils jouer au football, il a fait des barbecues le vendredi soir, et il s'est endormi devant la télé en les tenant bien au chaud entre ses bras.

C'est son choix. Il a choisi de nous quitter et de ne jamais regarder en arrière. Il a choisi d'être présent pour quelqu'un d'autre, au lieu de moi. Il a fait ce choix, encore et encore, jour après jour.

Il a choisi l'absence.

Je sens quelque chose se briser en moi, se fendre net en deux. Emerson avait raison, cela n'a rien à voir avec moi. Même si je le voulais, je ne pourrais rien y changer. Quelle que soit la raison pour laquelle il m'a abandonnée comme ça, cela ne changera rien au mal qu'il m'a fait, à cette souffrance et à ce sentiment de rejet que je traîne depuis tant d'années, et qui contamine toutes mes relations, me conditionnant à toujours attendre le pire. À accepter le pire. Aucun mot n'effacera ces nuits où je restai allongée dans mon lit, à me demander pourquoi il ne m'aimait pas assez pour rester. Aucune excuse n'effacera ma colère, mon désarroi et toutes les larmes que j'ai versées.

C'est terminé.

J'en prends conscience, partagée entre tristesse et soulagement. C'est déjà fini depuis des années. Je refusais de lâcher prise, voilà tout. Mais il faut que je tourne la page maintenant. Je suis la seule à pouvoir faire en sorte que les choses changent.

La seule à pouvoir décider que je mérite d'être aimée.

Je m'apprête à mettre le contact. J'étais venue chercher des réponses ici, mais ces réponses, en fait, elles sont en moi depuis tout ce temps. Je sens ce poids sur mes épaules qui s'atténue, ce nœud dans mon cœur qui se délie. J'inspire profondément, l'air du soir est frais et pur dans mes poumons, autour de moi tout est plus clair, comme lavé. J'ai l'impression d'émerger d'une chape de glace, après avoir passé des années à patauger à contre-courant dans la boue et la nuit.

Je suis une fille bien, je l'ai toujours été. Ce n'est pas ma faute s'ils ne restent pas.

Je perçois du mouvement de l'autre côté de la rue. Mon père sort de la maison, se dirige vers le minivan pour attraper un sac oublié tout à l'heure. Puis, alors qu'il repart en direction de la maison, il s'arrête et regarde de mon côté.

Pendant un moment, nos yeux se croisent, deux inconnus qui se regardent. Si différents. Et partageant plus qu'il ne peut l'imaginer.

Je tourne la clé, le moteur du pick-up gronde.

Cette fois, c'est moi qui m'en vais.

Chapitre vingt-quatre

J'appelle Emerson et lui présente des excuses. Le dîner devra attendre ma prochaine visite.

— J'ai quelque chose à faire, je lui explique. Je ne sais pas si c'est encore possible, mais il faut que j'essaye.

— Bien dit, ma super petite sœur, je l'entends presque qui sourit. Mais n'oublie pas, l'offre tient toujours, je peux aller lui casser la figure. Et si tu as besoin de moi, n'importe quand, je suis là. Tu le sais, hein ? Je serai toujours là.

— Je sais. Je souris. Je peux compter sur toi.

— Reviens quand tu veux – maintenant c'est la voix de Juliet à l'autre bout du fil. – Tu seras toujours la bienvenue ici. Oh, et j'aimerais discuter robes de mariée avec toi…

— Je croyais que ce devait être une cérémonie toute simple, j'entends marmonner Emerson. Tu avais dit un mariage pour Noël à Beachwood Bay, sans chichis.

— Simple ne veut pas dire sans élégance, proteste Juliet. Bref, Brit a des choses à faire et un garçon à conquérir. On en parlera une autre fois. Bonne chance !

Je raccroche et reprends la route, direction Beachwood Bay, aussi vite que le peut le pick-up de Garrett. Et kilomètre après kilomètre, les paroles de mon frère dansent dans ma tête.

C'est la vie. C'est l'amour. Il faut que tu saches ce que tu veux le plus et te battre bec et ongles pour l'avoir. Parce que ce n'est jamais facile, quand ton cœur est en première ligne.

Je ne me suis jamais battue pour un homme, aucun ne m'a jamais assez intéressée pour ça. Mais pour Hunter, je ferais la guerre contre un millier d'armées, je traverserais la planète, m'enfoncerais dans les enfers. Il est le seul homme que j'aie jamais aimé, le seul que j'aimerai jamais.

Et pour tout ça, je peux bien affronter sa mère.

Quand j'arrive à la maison et emprunte l'allée, je trouve Garrett qui m'attend sous le porche.

— Pas le temps de t'expliquer ! je crie et je gravis l'escalier du porche d'un bond avant de me ruer dans la maison. J'ai un truc très important à faire !

— Quel genre de truc ? demande Garrett sur mes talons.

Je me retrouve dans le salon, je regarde autour de moi, à bout de souffle.

— L'énorme soirée d'anniversaire se tient demain soir, ce qui veut dire que je dispose d'exactement vingt-quatre heures pour changer ça… Je brandis la longueur de soie… en ça ! dis-je en pointant les croquis de la robe de bal de mes rêves, celle sur laquelle je travaille depuis des mois.

La robe que je vais porter pour faire craquer Hunter.

Garrett écarquille les yeux, mais n'émet aucune protestation.

— Bien, d'accord, il dit en se frottant les mains. De quoi as-tu besoin ?

— J'ai les instruments, le tissu, tout sauf… du café. Des tonnes de café, je lui dis en faisant valser mes bottines.

— Je m'en occupe, il répond avec un grand sourire. Quelques hamburgers aussi ?

Je secoue la tête, déjà j'attrape les patrons et me mets à découper l'échantillon de coton qui va me servir de maquette.

— Je n'ai pas faim. Je serais incapable d'avaler quoi que ce soit dans cet état d'euphorie, avec le sang qui bouillonne dans mes veines, chaque cellule de mon corps électrique, résolue à deux cents pour cent. J'ai une mission, et je n'ai pas de temps à perdre.

— Crois-moi, tu ne tarderas pas à avoir faim, répond Garrett en attrapant les clés du pick-up, sur la table. La nuit va être longue.

Finalement, Garrett a raison. Je dévore un hamburger et engloutis dix tasses de café pleines. Je travaille toute la nuit à mon patron, à découper, à piquer, jusqu'à ce que tout soit parfait. Et c'est à ce moment, seulement à ce moment, que je prends ma précieuse longueur de soie, et taille une à une avec soin les parties qui au final s'assembleront quand, par la fenêtre, l'aube s'invite dans le salon, bientôt délogée par un soleil radieux qui obture l'éclairage de l'ampoule, au-dessus de ma tête.

— Quelle heure est-il ? demande Garrett en bâillant, il s'étire et s'assied sur le canapé où il a passé la nuit.

— Je n'en sais rien. Je ne lève même pas les yeux. Un coup de ciseaux intempestif, et c'est une longueur de tissu perdue. Or je n'ai pas suffisamment de soie pour me permettre ce genre d'erreur, et de toute façon, je n'aurais même pas le temps de recommencer.

— Un peu plus de dix heures. Tu devrais vraiment aller dormir un peu.

— Pas le temps de dormir. Il faut encore que je couse tout ça, finisse l'ourlet, et pique toute la partie corsage… Je sens un frisson d'appréhension à la tâche titanesque qui m'attend encore, mais je reprends vite le dessus. J'aurai fini à temps. Je le dois. Je n'ai pas le choix.

Garrett vient se coller derrière moi.

— Wow, tu as fait tout ça pendant que je dormais ?

— Au fait, tu ronfles.

— Tu parles ! il proteste.

— Mmmhmm, j'émets un murmure dubitatif et découpe avec minutie la dernière bande de tissu de mon modèle.

— Tu crois qu'on ne me l'aurait pas déjà dit, si je ronflais ? me défie Garrett en riant.

Je lève les yeux.

— Arrête ! Comme si une de ces filles allait te dire la vérité. Elles auraient trop peur que ça leur retombe dessus.

Garrett semble blessé.

— Je te l'ai dit, les nanas en ce moment, je fais une pause…

Je m'arrête et l'observe. Apparemment, il est sérieux.

— Eh bien, j'ai l'impression qu'on est deux à aspirer à autre chose.

— Je ne suis pas ce qu'on raconte, un coureur, ni toi une traînée qui n'apporte que des ennuis, acquiesce Garrett avec un sourire en coin. Non, mais regarde-nous un peu, cette maturité affective…

J'éclate de rire, malgré les contractions dans mes épaules, les crampes dans mes muscles.

— Des êtres exceptionnels, je ris en bâillant, avant de plaquer ma main sur ma bouche. Pas question ! je m'exclame. Je ne peux pas être fatiguée. La réception est ce soir, je ne peux pas m'y rendre avec une robe à moitié finie.

— Je parie que ça dérangerait pas Hunter, remarque Garrett. Tu pourrais y aller en jean, qu'il tomberait encore à tes pieds.

Je secoue énergiquement la tête.

— Tu ne nous as pas vus nous disputer. C'était affreux. Une horreur. Il est fort possible qu'il ne veuille plus de moi du tout. Et puis, il ne s'agit pas que de lui, j'ajoute. C'est aussi par rapport à tous les autres. Il faut que je lui montre que je n'en ai rien à faire de sa famille et de toutes ces mondanités. Je jouerai le jeu, je leur montrerai ce que je vaux. Je suis prête à tout pour lui.

Je pensais que c'était un choix entre eux et moi, mais je me trompais. Hunter a besoin de régler ses problèmes avec sa famille. Et je serai à ses côtés quand il le fera.

— Si tu ne veux pas dormir, nous allons avoir besoin de plus de café.

— Oui, du café ! Et des donuts ! j'ajoute, en me souvenant avec un sourire nostalgique de la surprise de Hunter. Et peut-être aussi quelques pancakes.

— Je vais faire une descente chez Mrs Olson, propose Garrett en se dirigeant vers la porte.

— Je ne bouge pas, quitte à devenir folle ! je hurle, mais il a déjà pris son téléphone, et il est en pleine conversation, il cherche probablement à trouver quelqu'un pour le remplacer au bar, et moi aussi, parce que je vais passer la journée sur mon projet fou.

Non, je me sermonne, avant que les chuchotements du doute ne me paralysent. Il n'y a rien de fou à croire en notre amour. Pour une fois dans ma vie, j'ai quelqu'un qui vaut la peine que je me batte pour lui, et je ne le laisserai pas s'en aller, pas cette fois.

— Prends garde à toi, Hunter Covington, je marmonne en dépliant la soie sous l'aiguille de ma machine. Tu ne vas pas comprendre ce qui t'arrive.

Le soir venu, je suis claquée. J'ai les doigts à vif, j'ai dû me piquer cent fois, et je suis tellement épuisée que je vois double. Mais la robe est terminée.

Une robe de rêve. Exactement comme je l'imaginais, et tellement plus.

— Et… voilà, je dis en coupant le dernier fil du corsage. Je vérifie les coutures, fais glisser mes doigts sur le drapé avant de m'écrouler sur ma chaise, la fatigue s'abattant sur moi comme une tonne de pierres. Où en suis-je, question timing ?

Garrett regarde sa montre.

— Tu as juste le temps de passer sous la douche et de te préparer si nous voulons être en ville vers vingt heures.

À ce moment, je surprends mon reflet dans le miroir et je pousse un cri.

— Regarde-moi ! je gémis. Mes cheveux partent dans tous les sens, et j'ai des cernes sous les yeux. On dirait un zombie !

— Alors on arrive au bon moment… La voix vient de l'entrée, je me retourne et découvre à la porte Emerson et Juliet, ainsi que Lacey, la meilleure amie de Juliet sur leurs talons.

— Mais que faites-vous ici ? je m'exclame, je n'en crois pas mes yeux.

— Un petit oiseau nous a dit que tu devais te préparer pour une réception, répond Juliet avec un sourire radieux en venant me serrer dans ses bras.

— Garrett ! je hurle, et il prend un air penaud.

— Pour le café, ça va encore, mais pour tous ces trucs-là, je sais pas faire, il dit en montrant mes cheveux et le reste.

— Moi si, s'interpose Lacey, radieuse.

— Écoutez, vous… Je me tais, au bord des larmes, les nerfs à fleur de peau après cette longue journée, bouleversée par les visages amicaux autour de moi.

— Oh non ! s'écrie Lacey. Elle m'attrape par un bras et me pousse dans le couloir, puis vers l'escalier, étonnamment forte pour une fille aussi menue. Surtout, pas de pleurs. Tes yeux seraient tout rouges et bouffis, et crois-moi, on a assez de boulot comme ça ! Tu as le matériel ? elle crie à Emerson.

— Tout est là, il répond avec un sourire en tendant une flopée de sacs pleins à craquer à Juliet qui monte à notre suite.

Lacey me dévisage.

— Je suis capable de faire des merveilles, à une seule condition. Tu t'assieds et tu te tais, et tu fais exactement ce que je te dis.

— Euh, ça fait trois conditions, ça, je note, avant d'éclater de rire. Ma fatigue s'estompe, annihilée par l'enthousiasme contagieux qui tourbillonne autour de moi.

— Tu as raison, c'est une enfant difficile, dit Lacey à Juliet.

— Hé !

— Détends-toi, ma puce, m'ordonne Lacey. Quand j'en aurai fini avec toi, tu seras à tomber !

Chapitre vingt-cinq

— Je peux regarder, maintenant ? je demande en me trémoussant avec impatience sur mon tabouret. Ça fait une heure déjà que Lacey m'a fait asseoir là pour me maquiller, quasiment sans dire un mot, tant elle est concentrée.

— Pas question.

— Mais on est en retard, la réception commence à vingt heures…

— Ne bouge pas, sinon je vais finir par te crever un œil avec mon bâton de mascara.

— Et tu ferais mieux de l'écouter, surenchérit Juliet qui assiste à la performance, assise sur le lit. Un jour, elle a failli m'éborgner avec un eye-liner.

— Oui, mais ça valait la peine, avoue ! Lacey remarque en gloussant. Je suis la reine du noir charbonneux.

— Ce n'est pas ce que tu es en train de me faire, non ? je demande, paniquée. Parce que c'est une soirée chic, très mondaine.

— Relax, soupire Lacey en appliquant une dernière couche de poudre sur mon visage. Voilà, ça devrait tenir. OK, tu peux regarder.

Et elle me tourne pour la première fois face au miroir. J'en ai le souffle coupé.

— Oh zut !

— Plutôt réussi, je trouve. Lacey semble fière d'elle, mais je ne parviens pas à décoller les yeux de mon reflet. C'est moi, mais en version raffinée, très belle. Les cernes sous mes yeux, envolés, et disparu aussi le visage blême de fatigue, mes joues sont roses et pimpantes, mes yeux étincelants sous les couches expertes d'une ombre à paupières rose nacré. Juliet s'est déjà occupée de mes cheveux en les relevant et en laissant quelques mèches retomber autour de mon visage.

— Merci, je chuchote, submergée par l'émotion. Merci à toutes les deux. Je n'y serais jamais arrivée toute seule.

— Ça, c'est certain, répond Laccy en faisant un bond en arrière quand je veux la serrer entre mes bras. Whoa, attention à pas souiller l'œuvre d'art !

— Va mettre ta robe, me presse Juliet après un coup d'œil à sa montre. Il ne nous reste plus beaucoup de temps.

Je vais chercher la robe sur son cintre. Juliet et Lacey m'aident à la passer, ajustent le corsage à ma taille, et c'est une rivière de soie pourpre qui se déploie autour de mes jambes.

— Eh bien ? je tourne et re-tourne devant elles, nerveuse, en faisant glisser mes doigts sur le tissu. J'ai cousu à la main une centaine de minuscules perles en cristal sur le décolleté, et elles brillent de mille feux. Qu'en pensez-vous ? Ce n'est pas trop ?

— C'est parfait, dit Juliet dans un murmure.

— Fantastique, soupire Lacey, l'air béat.

Je me regarde dans le miroir. Elles ont raison. On dirait une apparition, mes croquis animés en méga Technicolor. La soie épouse la courbe de mes seins, est cintrée à la taille avant de s'écouler en un flot ondoyant, aussi pur qu'une cascade chatoyante.

— Bien, si vous le dites, alors, j'imagine que ça va, je dis, la gorge serrée.

Elles sont là à m'attendre, et j'ai les nerfs qui lâchent.

— Et si tout ça était une énorme erreur ? je demande, soudain prise de panique.

— Ça ne l'est pas, me rassure Juliet, en venant auprès de moi. Elle me prend par les épaules et me pilote vers la porte.

— Mais s'il ne veut plus me revoir, jamais, et que je m'effondre, devant tout le monde ?

— Alors tu n'auras qu'à profiter du buffet gratos et repartir avec son meilleur copain, répond Lacey en nouant son bras au mien. Et quoi ?, elle s'exclame, au regard courroucé de Juliet. Enfin, je veux dire, bien sûr qu'il voudra te voir, tout va super bien se passer.

Je rassemble mes affaires avant de descendre, quand on entend du bruit, dehors, puis quelqu'un crie.

— Brit !

Plus personne ne bouge.

— Brit, je sais que tu es là !

Mon cœur s'arrête. je reconnaîtrais cette voix entre dix millions.

— C'est Hunter, je chuchote, et je me précipite à la fenêtre. Lacey et Juliet sur mes talons, qui se bousculent pour regarder en bas, dans la cour.

Hunter est là, beau à mourir dans son smoking noir, avec une limousine géante garée derrière lui.

Garrett et Emerson sortent de la maison.

— Hé, du calme, commence Garrett, mais Hunter n'écoute pas. Il regarde en l'air et me voit.

Il traverse alors la cour en quelques enjambées.

— Brit ! appelle-t-il en nous regardant. Je sais que tu es en colère, mais écoute-moi une minute, s'il te plaît !

— Que fais-tu ici ? je réponds, et je n'en crois toujours pas mes yeux.

— Je suis venu te chercher ! Hunter me fixe, la détermination fait briller ses yeux bleus. J'ai apporté une robe, et tout ce qu'il faut. Je n'irai nulle part sans toi.

J'en reste sans voix.

— Oh, oh, j'entends Lacey qui murmure à côté de moi. Maintenant, je comprends.

— Chut ! Juliet lui balance un coup de coude.

Hunter se rapproche, maintenant il est juste sous la fenêtre.

— Je t'en prie, Brit, écoute-moi, supplie-t-il. J'ai tout gâché, j'en ai conscience, mais je suis désolé. Si tu savais comme je suis désolé. Je te l'avais promis, jamais je ne t'abandonnerais, et je n'ai pas tenu parole. Je suis prêt à me battre pendant l'éternité s'il le faut, pour que tu me pardonnes. Mais là, ce soir, je voudrais juste que tu viennes avec moi. S'il te plaît, Brit, si tu pouvais descendre… Il se tait, l'air désemparé. Je t'aime. Sa voix résonne dans toute la cour, l'écho de ses paroles couvre le ressac des vagues au loin. Je ne sais pas quoi dire d'autre. Je t'aime, il répète, une main sur le cœur. Je t'ai toujours aimée, depuis notre toute première nuit. Tu es tout, pour moi, Brit.

Je le regarde, à moitié aveuglée par les larmes qui brouillent ma vue, et l'amour fait un fracas du tonnerre dans ma poitrine.

Il est venu me chercher. Cet homme, cet homme beau comme un dieu, que j'ai tout fait pour repousser, il est venu pour moi. Il m'aime, en dépit de tout.

Et je l'aime. Je l'aime si fort que je peux à peine respirer.

— Qu'est-ce que tu attends ? murmure Juliet. Va le retrouver !

Je m'écarte d'un bond de la fenêtre, attrape le bas de ma robe et me précipite.

— Attends ! Tes chaussures ! Il me semble que c'est Lacey qui crie dans mon dos, mais je n'écoute pas, tout juste si j'entends. Je ne m'arrête même pas pour respirer et je dévale l'escalier et surgis pieds nus dans la cour.

Hunter écarquille les yeux.

— Oh ! dit-il en me regardant, stupéfait. Cette robe…

— C'est moi qui l'ai faite, j'explique, le cœur battant à tout rompre. Il est si près de moi maintenant qu'il me suffirait de tendre la main pour pouvoir le toucher, mais quelque chose à cet instant me retient. C'est pour la réception. J'allais venir te retrouver, j'explique, à bout de souffle. Hunter, je… Je m'en veux tellement.

Ses yeux expriment une vive émotion.

— Tu n'as à t'en vouloir de rien, dit Hunter, et il vient alors vers moi et me prend entre ses bras.

Oh, ciel.

Au contact de sa peau, je m'envole. Je m'abandonne contre son corps, mon aimant à moi, mon étoile Polaire. Mais pas si vite. Je pose mes mains à plat sur son torse et plonge mes yeux dans les siens.

— Si, j'insiste. Tu avais raison, je vivais dans le passé. Mais tout ça, c'est fini maintenant, je te le promets. Quoi que tu décides, je suis là. Je t'aime, j'ajoute, la gorge nouée, au comble de l'émotion.

Un sourire diamant brut se dessine sur les lèvres de Hunter, sourire de joie, puis les discours sont terminés. Sa bouche atterrit sur la mienne, avide et impatiente, douce comme un baume d'amour.

Oui.

Sous l'effet de l'émotion, mes jambes se dérobent sous moi et je presse mes lèvres contre les siennes, le serre fort, et j'enfouis mes mains dans ses cheveux et savoure et m'enivre de la saveur grisante de son baiser.

Il est à moi.

Je pourrais embrasser cet homme jusqu'à la fin des temps, perdue dans une dimension où rien d'autre n'existe, juste ses lèvres, et sa langue qui s'enroule à la mienne, et la chaleur de ses mains autour de ma taille, qui me tiennent contre lui, là où est ma place.

Jamais je ne le quitterai. Cette vérité s'impose à moi, aussi vraie que mon désir. Peu importe ce qui arrivera, tout ce bonheur, il est à moi. Il est tout ce que je veux en ce monde.

Quand ma tête se met à tourner et que mon cœur menace d'imploser, Hunter arrache sa bouche à la mienne, et me lâche.

— On ferait mieux d'y aller, dit-il avec un sourire, peinant à retrouver son souffle. Je, euh, on dirait qu'on a des spectateurs...

Je me retourne, et pour la première fois, je réalise que tout le monde regarde. Juliet et Lacey sourient, aux anges, mais Garrett et Emerson sont poings serrés sous le porche, le regard noir, prêts à bondir sur Hunter.

J'éclate de rire.

— C'est bon, les garçons ! je crie. Tout va bien !

Mieux que bien, en fait. Parfait.

— Par ici, Madame, dit Hunter en faisant une révérence, et il ouvre la portière de la limousine. Je m'apprête à monter dedans quand j'entends Juliet crier.

— Attends ! Tes chaussures ! Elle court avec mes talons aiguille et ma minuscule pochette. Rouge à lèvres, petite culotte de rechange, capotes, elle me chuchote avec un clin d'œil.

— Lacey, bien sûr, je devine.

— Tu la connais, jamais prise au dépourvu… Juliet m'embrasse sur les deux joues, puis elle se tourne vers Hunter.

— Prends soin d'elle.

— Comme la prunelle de mes yeux, répond Hunter avec vigueur.

J'agite la main pour leur dire au revoir, puis je m'engouffre dans la limousine, émerveillée par la douceur du cuir à l'intérieur et le luxe de l'habitacle. Hunter me rejoint, ferme la portière derrière nous.

— J'oubliais une chose essentielle, me dit-il, alors que la limousine s'ébranle.

— Quoi ? je demande, encore ivre de joie. Le seul fait de l'avoir près de moi me suffit. C'est plus que je n'aurais osé espérer. Je le dévisage, des étoiles plein les yeux.

— Je ne t'ai pas encore dit que tu étais divinement belle, ce soir. Hunter prend mon visage entre ses mains et plonge ses yeux dans les miens.

Je sens mes joues qui s'embrasent.

— Je suis sérieux, dit-il, et du bout des doigts, il effleure le contour de ma mâchoire, puis la courbe de mon épaule. Je tressaillis, électrisée par ses caresses.

— Tu es si belle, que le temps pourrait s'arrêter. C'est vrai, ça fait mal, rien qu'à te regarder.

— Hunter… je chuchote, hypnotisée par le ballet de ses doigts qui vont et viennent sur mes épaules nues, encore et encore.

— Oh, si tu savais ce que j'éprouve, quand tu dis mon nom…

Je retiens mon souffle, et il se penche sur moi, couvre mon cou de baisers, sa langue dessine des ronds sur ma gorge. Sa voix est chaude, sur ma peau.

— Et j'aime aussi quand tu cries mon nom…

Je ris, puis suffoque quand il dépose une série de baisers le long de mon décolleté, sur le galbe tendre de mes seins.

Le désir monte en moi, brûlant et vif, il envahit tout mon corps, tandis que Hunter embrasse chaque grain de ma peau, jusqu'à ce que je demande grâce et tremble entre ses bras.

— Oh, j'ai envie de toi, je gémis, en me pressant contre sa bouche. Je tâtonne et tente de déboutonner sa chemise, de la sortir de son pantalon, que je puisse sentir le contact de sa peau contre la mienne. Mais Hunter emprisonne mes mains, et me retient.

— Pas si vite, murmure-t-il, le désir de me prendre, là, pourtant brille dans ses yeux. Je veux t'embrasser pour chaque minute où nous avons été séparés. Pour chaque seconde passée loin de toi.

Il agrippe mes hanches et m'attire vers lui, si bien que je me retrouve allongée sur le siège en cuir, sous lui, son corps niché entre mes cuisses. Je suffoque, subjuguée par le contact de son sexe, long et dur entre mes cuisses, là où est sa place. Il me couvre de baisers partout, en prenant son temps, et en jouant avec les perles du décolleté de ma robe, si bien que je finis par manquer d'air et me tortille sous lui en le suppliant.

— Comment tu ouvres ce machin ? murmure-t-il, ses doigts cherchant une agrafe dans mon dos.

— Il faut défaire une bonne centaine de boutons, je réponds. Il ondule entre mes cuisses, m'envoyant une nouvelle décharge de désir.

— Je vais devoir trouver un autre moyen, et vite. Hunter relève la tête et me regarde avec un air espiègle, puis il glisse sur moi et s'agenouille entre mes jambes. Il ne décroche pas ses yeux des miens quand il s'empare de mes chevilles et relève lentement la soie sur mes jambes.

Mon cœur s'accélère.

Hunter incline la tête, il me regarde, mon désir sans doute aussi clair que le jour dans mes yeux.

— J'aime beaucoup cette robe, il murmure, et il repousse le tissu, de plus en plus haut. Et j'aimerais aussi te l'enlever, plus tard.

Ses pouces caressent l'intérieur de mes genoux, et c'est plus fort que moi, je ferme les yeux, savoure la sensation de douceur sur ma peau.

— Non, mon cœur, la voix de Hunter revient, amusée. Tu vas regarder, chaque seconde de ce que je vais te faire.

Ses mains se figent sur moi, alors je me force à rouvrir les yeux.

— C'est bien, dit Hunter, avec un sourire délicieux, malicieux, sensuel. Ses mains continuent leur progression vers le haut, jusqu'à ce que ma robe se retrouve en corolle autour de mes hanches. Il baisse alors les yeux, laisse échapper un soupir en regardant la dentelle blanche de ma culotte, le galon de rubans. C'est aussi toi qui as fait ça ?

J'acquiesce d'un signe de tête, incapable de proférer un seul mot.

— Tu es un génie. Hunter fait courir son pouce sur les motifs en dentelle, aussitôt je frémis. J'exige un défilé privé chaque soir.

De nouveau, je hoche la tête.

— Je n'ai pas entendu, me taquine Hunter en continuant ses va-et-vient sur ma petite culotte, me mettant au supplice. Qu'est-ce que tu as dit ?

— Oui, je hoquette, n'en pouvant plus de ses caresses. Je te ferai un défilé, rien que pour toi, chaque fois que tu le voudras. Mais maintenant, prends-moi, je t'en prie !

Le regard de Hunter lance des éclairs.

— Avec plaisir.

Il accroche ses pouces à ma petite culotte et tire doucement, lève tour à tour chacune de mes jambes pour m'en libérer, puis il se penche et embrasse l'intérieur de mes cuisses et je me tords à son contact, tête rejetée en arrière, corps bandé par trop de désir.

— Hé, chérie, la voix de Hunter me rappelle à l'ordre. Qu'est-ce que j'ai dit. Ouvre les yeux. Regarde.

Je m'exécute, relève la tête, le cœur battant. Et ce que je vois me coupe le souffle. Hunter, parfaitement maître de lui entre mes cuisses, les yeux brûlant de désir. Je regarde, fascinée, et il se penche et de nouveau se met à me lécher, doucement, scrupuleusement.

Par pitié.

C'est d'un érotisme insoutenable, le mouvement exquis de sa langue sur mon clitoris, ses yeux toujours rivés aux miens. Il s'arrête, reprend son souffle, puis se remet à me lécher, plus fort cette fois.

Des vagues successives de plaisir me submergent. je laisse échapper un gémissement.

— Tu as le goût d'une cerise bien mûre, chuchote-t-il, en me mordillant la cuisse. Sucrée, tellement sucrée.

Je frémis sous lui, déjà je sens mon sang en ébullition dans mes veines, le désir comme une tornade, qui s'élève et s'élève encore. Je me cambre, cherche à me presser contre sa bouche, et lui, il sourit, et d'une main me maintient allongée pendant qu'il me lèche et que sa langue virevolte sur moi, et que le désir me fait perdre la tête.

— Je t'en prie ! je m'entends crier, comme de loin. Je le supplie, mon corps n'en peut plus de le vouloir. De vouloir plus, lui. Maintenant.

En guise de réponse, Hunter relève la tête, et il m'observe avec ce regard fabuleusement sexy, taquin, puis il glisse deux doigts en moi.

Je laisse échapper un cri, me cambre, subjuguée par cette pression de ses doigts en moi, et nous continuons à nous regarder. Je sens la vague qui s'élève en moi, d'une douceur à pleurer, puis Hunter bouge ses doigts à l'intérieur de moi, tandis que son pouce va et vient sur mon clito. Je suis emportée, balayée par le courant, et finis par m'échouer haletante et en état second sur le siège.

Quand je rouvre les yeux, Hunter me regarde encore. Je rougis.

— Pourquoi fais-tu ça, je chuchote, gênée. Me regarder comme ça.

Il incline la tête doucement.

— Parce que tu es belle, il répond, tout en défaisant sa ceinture. Parce que rien ne me fait plus bander que de te regarder jouir.

J'ai le cœur qui cogne quand il me prend dans ses bras et pivote, si bien qu'il se retrouve assis sur le siège, et moi à cheval sur ses genoux, tête sur son épaule pour éviter de me cogner au plafond de la limousine. Je tire sur son pantalon, son boxer, pendant qu'il fait courir ses mains sur mes épaules nues. Je vibre contre lui, le corps ultrasensible suite à mon orgasme. Son sexe est dur entre mes doigts, brûlant et prêt. Je le caresse tout au bout et Hunter laisse échapper un grognement.

Nos yeux alors se croisent, pour un regard électrique.

Je me place au-dessus de lui, puis m'abaisse lentement, sans jamais le quitter des yeux, alors que son sexe glisse en moi, centimètre par centimètre.

Hunter.

Je gémis alors que je le prends en moi, jusqu'à la garde. Il est si large en moi, il me distend, me remplit, jusqu'à ce qu'il n'y ait plus rien en ce monde que ce noir plaisir dans ses yeux qui m'hypnotise, et cette friction entre nous, suffisamment ardente pour anéantir l'univers en un gigantesque brasier.

Je me cabre sur lui, et je vais et je viens doucement autour de lui, et de nouveau dans mes veines je sens le feu qui coule, la pression délicieuse de son corps sur mon sexe. Hunter plonge en moi et je gémis, nous trouvons notre rythme, et puis je ralentis, mais oh, c'est plus fort que moi, je suis emportée par cet élan perpétuel, noyée dans la beauté aveuglante de son regard, et l'étreinte silencieuse de nos corps qui parle plus fort que n'importe quel mot.

Le plaisir palpite dans chaque atome de mon corps alors que je vais de plus en plus vite sur lui, et me rapproche du précipice. Je plante mes ongles dans ses épaules, froisse sa chemise entre mes doigts à chaque coup de rein qu'il donne. Les yeux de Hunter sont noirs maintenant, il souffle, se tend sur le siège. Je me relève un peu sur mes genoux, puis de nouveau viens sur lui et Hunter crie, attrape mes hanches et plonge au plus profond de moi encore et encore, jusqu'au dernier assaut d'une douceur fatale.

Oui. De nouveau, je me hisse sur mes genoux et me relaisse tomber sur lui, qui va et vient, de plus en plus excité, et à chaque fois tout mon corps se fragmente et incendie mon âme et je rebondis toujours plus près, jusqu'à ce que dans un ultime rugissement, Hunter décolle du siège et plaque son bassin contre mon clitoris. Je le sens partout. Chaque nerf, chaque cellule de mon corps implose de plaisir. Je crie, me serre contre lui, me noie dans les profondeurs de son corps, et le sens basculer sous moi, puis nous tombons, tombons l'un dans l'autre, sans qu'il n'y ait ni commencement ni fin, juste les abysses sans fond de l'amour reflété dans nos yeux et les battements frénétiques de son cœur et du mien, qui ne font qu'un.

Chapitre vingt-six

Lorsque la limousine se gare devant la demeure des Covington, c'est à peine si nous avons eu le temps de retrouver nos esprits.

— Je suis sûre qu'elle va comprendre, je me lamente en essayant d'effacer les faux plis, sur ma robe. Ta mère va me regarder et elle saura tout de suite que j'ai fait des choses inavouables à son fils dans cette limousine.

— Parfait, répond Hunter en ajustant sa chemise.

Je le fusille du regard.

— Tu es à moi, il ajoute, les yeux brillants. Et je veux que tout le monde le sache.

Je frissonne à ses paroles, puis je sors vite mon mini-miroir de ma pochette, et rectifie mon rouge à lèvres.

— Bien, je dis, la gorge nouée. Allons-y.

Hunter ouvre la portière et m'aide à descendre de voiture. Je retiens mon souffle. L'endroit était déjà impressionnant en plein jour, mais ce soir, c'est pire. Autour de nous, des couples chics descendent de limousines et de voitures de sport de luxe, et tous se dirigent vers le perron et entrent dans la maison.

— Relax, me chuchote Hunter dans le creux de l'oreille, et il prend mon bras et nous entrons à notre tour. Tu es la plus belle femme de cette soirée.

Je tente de me calmer quand nous atteignons la terrasse, à l'arrière. Des flambeaux se dressent un peu partout, lumineux dans la nuit, et les flammes de centaines de lumignons vacillent dans les arbres. Les chapiteaux blancs gonflent comme des voiles sous le vent frais, tandis que le personnel en livrée passe d'un invité à l'autre avec du champagne, et qu'un orchestre joue du jazz sur une estrade, devant la piste de danse dressée au beau milieu de la pelouse.

— Wow ! C'est toi qui as fais tout ça ? je demande, émerveillée.

— Moi, le traiteur, les fleuristes, répond Hunter.

— Ne minimise pas ton travail, je le gronde doucement. Si tout fonctionne, c'est grâce à toi. C'est stupéfiant.

— Si ça te plaît, alors ça en valait la peine, répond-il en me souriant. Viens. Je voudrais trouver mes parents.

— Maintenant ? je manque m'étouffer. On ne pourrait pas se reposer un peu d'abord ? Boire un verre. Peut-être deux.

— Je reste à côté de toi, dit Hunter, et il me prend la main et nous descendons les marches du perron avant de nous enfoncer dans la foule. C'est promis, je ne te lâche pas.

Richard et Camille sont un peu plus loin, au milieu de leur cour, assaillis par les félicitations et les vœux de leurs invités. Je sens ma gorge se serrer quand Hunter m'entraîne vers eux et implore le ciel en silence pour ne pas m'effondrer face à la colère divine de Camille. Quels que soient ses plans pour la soirée, je suis prête à le parier, voir son fils en ma compagnie ne fait pas partie du programme des réjouissances.

Juste à ce moment, Camille nous aperçoit dans la foule. À la vue de Hunter, elle s'illumine, puis son regard dévie sur moi. Son sourire se fige, soudain glacial.

— Hunter, mon chéri, elle se dirige vers nous pour l'accueillir, dépose un baiser sur sa joue. Tu es en retard. Les invités te demandent.

— J'avais quelque chose à faire, répond Hunter, sans lâcher ma main. Tu te souviens de Brit…

— Bien sûr, répond Richard tout sourire. Comment allez-vous, ma chère ?

— Super, je réponds, des trémolos dans la voix. Je veux dire, bien, je vais bien. Quelle fête magnifique, j'ajoute. Félicitations.

Camille me foudroie du regard.

— Hunter, puis-je te dire un mot ?

— Bien sûr, maman, répond Hunter en attrapant un verre de champagne sur le plateau d'un serveur au passage. De quoi s'agit-il ?

— En privé, ajoute-t-elle, le regard noir.

— Désolé, répond alors Hunter avec un haussement d'épaules, parfaitement à son aise. Tout ce que tu as à me dire, tu peux le dire devant Brit.

— Très bien. Camille me tourne le dos et fait face à Hunter, comme si je n'existais pas. À quoi joues-tu en l'amenant ici, comme ça ? Je croyais que tu avais retrouvé la raison et que ces bêtises étaient terminées.

— Tu te trompais. La voix de Hunter est d'un calme olympien.

— Écoute mon chéri, tu vois bien qu'elle n'est pas à sa place, parmi nous… Camille élève la voix, mais Hunter fait un pas vers elle.

— Ça suffit ! il l'interrompt avec force, et Camille en sursaute de surprise. Si tu veux que je remette les pieds dans cette maison, je ne veux plus t'entendre lui manquer de respect !

— Mais...

— Non. Hunter la réduit au silence, mâchoires serrées, déterminé. J'aime Brit. Nous nous aimons, et tu vas devoir t'y habituer. Elle fait partie de la famille, maintenant.

Je me tourne vers lui, le regarde sans comprendre.

— Ridicule, commente Camille, lèvres pincées.

— Et sache aussi que je retourne m'installer à Beachwood, ajoute Hunter. Je viendrai régulièrement vous voir, j'aiderai papa à la banque en cas de besoin, mais je compte bien vivre ma vie comme je l'entends.

Je serre sa main, émue et fière. Car je devine comme ce doit être difficile pour lui et ça me coupe le souffle de l'entendre tenir tête à sa mère comme ça.

— Tu ne sais pas ce que tu dis, réplique Camille. Tout est de sa faute, elle t'a monté contre nous.

— Non, maman, tout ça, c'est à toi, et à toi seule, que tu le dois, répond Hunter du tac au tac, puis il se radoucit. Je sais que c'est dur, mais je dois tourner la page. Nous le devons tous. C'est le seul moyen, tu ne comprends donc pas ?

— Non ! s'obstine Camille dans un cri.

Les gens se retournent pour regarder, j'entends les chuchotements qui enflent dans la foule.

— Laisse-le, intervient alors Richard en posant une main sur l'épaule de sa femme. Ce garçon a suffisamment souffert comme ça. Autant que nous. Il mérite d'être heureux maintenant.

Je tire doucement la main de Hunter.

— Les gens regardent, je chuchote, embarrassée, mais Hunter se contente de me sourire.

— Eh bien, je vais leur en donner du spectacle ! Et il m'entraîne sur la piste de danse, en plein milieu, et soudain il met un genou à terre devant moi.

Mon cœur s'arrête.

Hunter glisse une main dans sa poche et en ressort un petit écrin.

— Brittany Ray, il commence, visiblement nerveux, à croquer. Depuis notre toute première rencontre, cette nuit-là, je le sais, tu es différente des autres. Tu es si brave et si forte. Et si belle. Grâce à toi, j'ai compris qu'il n'y avait pas que du mauvais en ce monde. Et qu'il y avait aussi du bien, en moi.

Je peux voir les regards de stupéfaction, dans la foule. Les parents de Hunter, Alicia, tout le monde nous observe. Je sens les sanglots qui se bousculent dans ma gorge, larmes de pure joie. Je ne peux croire à ce qui arrive.

Il m'a choisie, moi. La fille qu'ils montraient tous du doigt, que l'on méprisait. La fille qui comptait pour rien. Hunter n'a jamais écouté, il ne s'est jamais soucié de la rumeur. Il m'a vue moi, mon vrai moi, dès le début, et ce soir, il me revendique comme sienne, aux yeux du monde.

— Je t'aime plus que tout, continue Hunter et il ouvre l'écrin. C'est un sublime anneau serti de diamants qui scintillent à la lueur des lumignons, dans la nuit. Un jour, je te l'ai dit, je te démontrerai que tu as tort, je serai toujours auprès de toi. Et je veux te le prouver jour après jour, pour le reste de ma vie.

Il plonge ses yeux dans les miens, le regard sincère et éblouissant, lui, le seul homme que j'aie jamais aimé.

— Veux-tu m'épouser, Brit ? M'appartenir, pour toujours...

En état second, je hoche la tête.

— Oui ! je réponds, la gorge serrée. Oui, bien sûr que je veux t'épouser !

Hunter m'offre son plus beau sourire, il glisse l'anneau à mon doigt, puis il se relève, et me fait tournoyer entre ses bras en me donnant un baiser.

C'est un tonnerre d'applaudissements, autour de nous.

— Toi et moi, ma belle, murmure Hunter. Pour toujours.

Je le serre de toutes mes forces contre moi, terrifiée l'espace d'un moment que tout ça ne soit qu'un rêve. Minuit va bientôt sonner, et la magie se dissipera. Mais à cet instant, je le regarde, et à l'éclat de ses yeux, je le sais, ce n'est pas un rêve. C'est la réalité.

Il est à moi, et je suis à lui. Pour la vie.

Rapidement, on se presse autour de nous, les amis de sa famille et les invités nous félicitent et nous souhaitent tout le bonheur du monde. Son père nous prend dans ses bras, il tapote l'épaule de Hunter.

— Je suis fier de toi, mon fils, dit-il, manifestement ému, et au regard de Hunter, je comprends qu'il est très touché par les mots de son père.

— Il ne faudra pas trop tarder dans l'organisation des noces, remarque alors Camille, l'air encore contrarié, mais apparemment réconfortée à la perspective d'un tel événement mondain à superviser. Il faut compter une année, au moins, et pas question de réserver…

Hunter se faufile entre sa mère et moi, pour me protéger des divagations de sa chère maman.

— Merci, je chuchote, quand une nouvelle vague d'invités nous assaille, cette fois un groupe de jeunes femmes qui toutes s'extasient avec des ooh ! et des ahh ! sur ma robe.

— Fabuleuse ! décrète la meneuse de la bande.

— Où l'avez-vous dénichée ?

— Je, hmm… Je rougis, cafouille au souvenir du mépris des filles, à l'école, chaque fois que je portais l'une de mes créations, mais Hunter vole à mon secours.

— C'est elle-même qui a conçu le modèle, il dit fièrement. Brit est une styliste exceptionnelle.

J'attends les quolibets, mais à la place, toutes ces femmes me regardent avec admiration.

— Vous acceptez les commandes ? demande alors l'une d'elles, apparemment intéressée. J'ai un gala d'ici peu, et c'est tellement difficile de trouver quelque chose d'original.

— Je ne… sais pas, je bredouille.

Alicia surgit alors du groupe et vient à mes côtés.

— Elle a une liste d'attente inimaginable, dit-elle aux autres, en me faisant un clin d'œil. Toutes ses créations sont des pièces uniques, voyez-vous…

— Je me fiche de ce que ça coûte, insiste l'autre femme, déterminée. Il me faut une de ses créations.

— Moi aussi ! s'écrie l'une de ses amies en fusillant du regard sa copine. Je ne te laisserai pas être l'égérie de notre nouvelle styliste.

— Moi aussi !

Je regarde autour de moi, stupéfaite. Toutes ces femmes riches et glamour se disputeraient presque la chance de porter l'une de mes créations. Je n'arrive pas à y croire.

— Ça suffit, Mesdames… Alicia rit et congédie tout le monde. Laissons notre petit couple à leur bonheur. Pour celles qui sont intéressées, appelez-moi la semaine prochaine, et je transmettrai tous les éléments à Brit.

Le calme revenu, Alicia se tourne vers nous avec un large sourire.

— Félicitations à tous les deux. Je suis tellement heureuse pour vous.

— Merci… Hunter la prend dans ses bras, et l'espace d'une seconde je vois le visage d'Alicia, pressé contre son épaule, et je jurerais qu'elle a des larmes dans les yeux. Mais quand elle s'écarte, son sourire a retrouvé sa place.

— Je ne veux pas vous embêter plus longtemps, nous dit-elle. Dépêchez-vous d'aller danser avant que quelqu'un d'autre ne vienne vous importuner !

L'orchestre à ce moment commence à jouer… Soudain, en dépit des battements de mon cœur, je reconnais le morceau. Notre chanson.

Meet me in outer space…

Quand l'avons-nous entendue pour la première fois ? Peut-être il y a une semaine, ou cent ans, je suis incapable de faire la différence. Le temps se découpe pour moi en deux périodes, avant Hunter, et maintenant, pour l'éternité, avec lui.

— M'accordes-tu cette danse ?

Il me sourit et comme par magie, le monde s'efface de mon champ de vision, et tout ce que je vois, c'est lui, beau à tomber par terre quand il m'attire entre ses bras.

Nous dansons corps à corps, doucement, enlacés sur la piste de danse. Je pose ma tête sur son épaule, et je peux entendre son cœur qui cogne contre le mien. Un sentiment de bonheur infini me submerge, une déferlante de bien-être. C'est ici qu'est ma place, pour toujours. Peu importe ce que ça m'a coûté, j'ai reçu quelque chose de bien trop précieux pour le laisser un jour m'échapper.

— Tu avais raison, je chuchote.

Hunter me regarde sans comprendre. Je souris.

— Au sujet des contes de fées et du Prince charmant, et des histoires d'amour qui finissent bien – et je place ma main sur son cœur, mon cœur maintenant. – La magie existe, je dis. C'est toi et moi. Ensemble. Toujours.

— Toi et moi, pour toujours.

PEFC™
PEFC / 10-31-1601

Dépôt légal : juin 2014 – N° d'impression : 1407.0496
Achevé d'imprimer en France par : Aubin Imprimeur